Contemporánea

Alice Munro creció en Wingham, Ontario, en el seno de una familia de granjeros y estudió en la Universidad de Western Ontario. Es autora de doce volúmenes de relatos, tres antologías y una novela. Sus cuentos han aparecido en revistas como *The New Yorker*, *Atlantic Monthly* o *The Paris Review* y han sido traducidos a veinte idiomas. A lo largo de su destacada trayectoria ha recibido numerosos galardones, entre los que destacan los canadienses Governor General's Award (en tres ocasiones) y Giller Prize (en dos); los estadounidenses National Book Critics Circle Award, Rea Award y Lannan Literary Award; el inglés W. H. Smith Literary Award, y el italiano Premio Ennio Flaiano, así como el prestigioso Man Booker International Prize, que le fue otorgado en 2009 por «la gran contribución de su obra al panorama literario mundial». En 2013 recibió el Premio Nobel de Literatura por «su maestría en el arte del relato».

PREMIO NOBEL DE LITERATURA

Alice Munro

¿Quién te crees que eres?

Traducción de
Eugenia Vázquez Nacarino

DEBOLS!LLO

Papel certificado por el Forest Stewardship Council®

We acknowledge the support of the Canada Council for the Arts.
Nous remercions le Conseil des arts du Canada de son soutien.

Título original: *The Beggar Maid*
Primera edición en Debolsillo: mayo de 2022

Printed in Spain – Impreso en España

ISBN: 978-84-663-6041-8
Depósito legal: B-3246-2022

Compuesto en M.I. Maquetación, S.L.
Impreso en Novoprint
Sant Andreu de la Barca (Barcelona)

P360418

A G. Fn.

Palizas soberanas

Una soberana paliza. Esa era la promesa de Flo. «Vas a llevarte una soberana paliza.»

La palabra «soberana» se arrellanaba en su lengua, revestida de boato. Rose tenía la necesidad de hacerse una imagen de las cosas, de detectar absurdos, que era más fuerte que la necesidad de no meterse en líos, y en lugar de tomarse la amenaza a pecho, meditaba: ¿cómo es soberana una paliza? Recreó una avenida arbolada, una multitud de espectadores ceremoniosos, varios caballos blancos y esclavos negros. Alguien arrodillado, y la sangre saltando a borbotones, como estandartes. Una ocasión a la vez salvaje y espléndida. En la vida real no adquirían tanta dignidad, y era solo Flo quien intentaba dotar al suceso de cierto aire de fuerza mayor y penitencia. Rose y su padre pronto traspasaron los límites del decoro.

Su padre era el rey de las palizas soberanas. Las de Flo nunca llegaron a ser gran cosa; unos cachetes rápidos y bofetadas al tuntún, como si tuviese la cabeza en otra parte. «Quítate de en medio», decía. «Ocúpate de tus asuntos.» «No eches esas miradas.»

Vivían en la parte posterior de una tienda en Hanratty, Ontario, los cuatro: Rose, su padre, Flo y el hermanastro menor de Rose, Brian. La tienda, de hecho, era una casa que el padre y la madre de Rose habían comprado cuando se casaron y se instalaron allí, en el negocio de la restauración y la tapicería de muebles. Su madre sabía tapizar. Rose debería haber heredado de ambos unas manos diestras, una afinidad inmediata con los materiales, un ojo para los arreglos mañosos, pero no fue así. Era torpe, y cuando se rompía algo se impacientaba por barrerlo y tirarlo a la basura.

Su madre había muerto. Una tarde le dijo al padre de Rose: «Tengo una sensación muy difícil de describir. Como un huevo duro en el pecho, con cáscara y todo». Murió antes de la noche, tenía un coágulo de sangre en el pulmón. Entonces Rose era un bebé, aún estaba en un moisés, así que por supuesto no se acordaba de nada. Sabía la historia por Flo, que debía de habérsela oído contar a su padre. Flo llegó poco después, para ocuparse de Rose en el moisés, casarse con su padre, abrir una tienda de alimentación en la parte delantera de la vivienda. Rose, que no había conocido más casa que aquella, que no había conocido más madre que Flo, veía los dieciséis meses escasos que sus padres pasaron allí como una época pacífica, mucho más dulce y ceremoniosa, con ligeros toques de bonanza. No podía agarrarse a nada salvo unas hueveras de porcelana que su madre había comprado, con una cenefa de vides y pájaros, pintadas con delicadeza, como en tinta roja; el dibujo empezaba a borrarse. No quedaban libros, ni ropa o fotografías suyas. Su padre debió de deshacerse de todo, o tal vez había sido Flo. La única historia que Flo contaba de su madre, la de su muerte, era curiosamente mezquina. A Flo le gustaba recrearse en los detalles de una muerte: las cosas que la gente decía, cómo protestaban o intentaban levantarse de la cama, o si insultaban o se reían (a algunos les daba por ahí), pero cuando mencionaba el huevo duro en el pecho de su madre hacía que la comparación sonara un poco ridícula, como si de verdad su madre hubiese sido una de esas personas capaces de creer que te puedes tragar un huevo entero.

Su padre tenía un cobertizo fuera, detrás de la tienda, donde se dedicaba a arreglar y restaurar muebles. Tejía asientos y respaldos de mimbre, remendaba labores de rejilla, tapaba grietas, ensamblaba patas, todo a conciencia y con maña y de lo más barato. Ese era su orgullo: asombrar a la gente con un trabajo tan magnífico a precios tan módicos, hasta ridículos. En los años de la Depresión la gente no podía permitirse pagar más, quizá, pero él continuó con la misma práctica durante la guerra, durante los años de prosperidad después de la guerra, hasta que murió. Nunca hablaba con Flo de lo que cobraba o lo que se debía. Tras su muerte, ella tuvo que salir y abrir con llave la puerta del cobertizo y sacar toda clase de trozos de papel y sobres rasgados de unos ganchos de aspecto siniestro que le servían de archivo. Advirtió que en muchos casos no eran cuentas o recibos ni nada por el estilo, sino registros del clima, datos sobre la huerta, cosas que se había sentido impulsado a anotar.

Comimos patatas nuevas el 25 de junio. Insólito.

Día Oscuro, 1880, nada sobrenatural. Nubes de ceniza de los bosques quemados.

16 de agosto, 1938. Tormenta colosal al anochecer. Rayo cae sobre iglesia presb., mun. Turberry. ¿Voluntad de Dios?

Escaldar fresas para quitar el ácido.

Todo está vivo. Spinoza.

Flo creyó que Spinoza debía de ser una nueva hortaliza que su marido pensaba cultivar, como el brécol o la berenjena. A menudo probaba plantando algo nuevo. Le enseñó el trozo de papel a Rose y le preguntó si sabía qué era Spinoza. Rose lo sabía, o tenía una idea, pero contestó que no. Estaba ya en la adolescencia, una edad en la que creía que no soportaba saber nada más, ni de su padre ni de Flo; apartaba cualquier descubrimiento a un lado con vergüenza y temor.

Había una estufa en el cobertizo, y muchas estanterías toscas cubiertas de latas de pintura y barniz, laca y aguarrás, tarros con pinceles en remojo y también algunos frascos de medicina para la tos. ¿Por qué un hombre que tosía constantemente, un hombre con los pulmones dañados por el gas en la guerra (a la que cuando Rose era pequeña no llamaban la Primera, sino la Última Guerra), se pasaba los días respirando los vapores de la pintura y el aguarrás? Entonces esas preguntas no se planteaban tanto como ahora. En el banco que había junto a la entrada de la tienda de Flo varios viejos del vecindario se sentaban a contar chismes, a dormitar, cuando hacía buen tiempo, y algunos de esos viejos también tosían sin parar. El hecho es que se estaban muriendo, lenta y discretamente, de lo que se llamaba, sin el menor asomo de victimismo, «el mal de la fundición». Habían trabajado toda la vida en la fundición del pueblo, y ahora se pasaban el día sentados, con aquellas caras ajadas y amarillentas, tosiendo, riendo por lo bajo, haciendo comentarios verdes de las mujeres o de cualquier jovencita en bicicleta que veían por la calle.

Del cobertizo no solo llegaban toses, sino también frases, un murmullo continuo, rezongón o alentador, normalmente justo por debajo del volumen en el que las palabras podían discernirse unas de otras. Languidecía cuando su padre se enfrascaba en un trabajo minucioso, y se animaba cuando hacía algo menos exigente, como lijar o pintar. Cada tanto algunas palabras se abrían camino y quedaban suspendidas, claras y absurdas, en el aire. En cuanto se daba cuenta, las enmascaraba con unos carraspeos, o tragaba saliva, o se hacía un silencio inusual, atento.

—Macarrones, salami, Botticelli, alubias…

¿Qué podía significar? Rose solía repetirse aquellas cosas para sus adentros. Nunca se atrevió a preguntarle. Quien pronunciaba esas palabras y quien le hablaba como su padre no eran la misma persona, aunque parecían ocupar el mismo espacio. Hubiese sido de muy mal gusto reconocer la presencia de alguien que supuestamente no estaba allí; no se le habría perdonado. De todos modos, ella merodeaba y escuchaba.

«Las torres coronadas de nubes», lo oyó decir una vez.

—Las torres coronadas de nubes, los espléndidos palacios.

Rose sintió como si una mano le atenazara el pecho, no para hacerle daño sino para asombrarla, dejándola sin respiración. Entonces echó a correr, huyó. Supo que había oído bastante; además, ¿y si la pillaba? Sería horrible.

Era algo parecido a lo de los ruidos del cuarto de baño. Flo había ahorrado e hizo instalar un cuarto de baño, pero no quedó otro remedio que ponerlo en un rincón de la cocina. La puerta no encajaba, los tabiques eran de aglomerado. Así que los que estaban trajinando o hablando o comiendo en la cocina oían hasta el ruido que se hacía dentro al rasgar un trozo de papel higiénico o acomodar una pierna. Todos estaban familiarizados con las voces pudendas de los demás, no solo en sus momentos más explosivos, sino en sus íntimos suspiros, gruñidos, lamentos y afirmaciones. Y como eran todos de lo más mojigato, nadie parecía oír nunca nada, o estar escuchando, y no se hacía el menor comentario. Quien producía los sonidos del cuarto de baño no guardaba ninguna relación con quien salía.

Vivían en una parte pobre del pueblo. El río separaba Hanratty de Hanratty Oeste, donde estaban ellos. En Hanratty el escalafón social iba desde médicos y dentistas y abogados hasta obreros de la fundición y peones de fábrica y carreteros; en Hanratty Oeste iba desde obreros de la fundición y peones de fábrica hasta clanes de contrabandistas y prostitutas y ladrones de poca monta que vivían a salto de mata. Rose imaginaba a su familia con un pie en cada orilla del río, sin pertenecer a un sitio ni a otro, pero no era verdad. La tienda y la casa donde vivían estaban en Hanratty Oeste, en los arrabales de la calle principal. Enfrente había una vieja fragua, clausurada con tablones más o menos desde que empezó la guerra, y una casa que antiguamente había sido otra tienda. Nunca quitaron el rótulo de TÉ SALADA del escaparate; pervivía como un adorno digno e interesante a pesar de que dentro no se vendiera té. Apenas había un tramo de acera, demasiado agrietada e inclinada para poder patinar, aunque Rose soñaba con unos patines de ruedas y solía imaginarse deslizándose con una falda de cuadros escoceses, ágil y a la moda. Había una sola farola, una flor de hojalata; luego se acababan los servicios y todo eran caminos de tierra y parajes cenagosos, vertederos en los patios y casas de aspecto raro. Lo que les daba un aspecto raro eran los intentos por evitar que se viniesen abajo de una vez por todas. Con algunas nunca se había hecho el intento. Esas estaban negruzcas, podridas y desvencijadas, integrándose en un paisaje de hoyos plagados de maleza, charcas con ranas, eneas y ortigas. La mayoría de las casas, sin embargo, estaban parcheadas con tela asfáltica, algunas tejas nuevas, planchas de latón, conductos de estufa encajados a martillazos y hasta cartones. Eso era, por supuesto, en los tiempos previos a la guerra, tiempos que más tarde serían de una pobreza legendaria, de los que Rose recordaría sobre todo detalles a ras del suelo: hormigueros imponentes y escalones de madera, y una luz turbia, intrigante y equívoca sobre el mundo.

Hubo una larga tregua entre Flo y Rose al principio. La naturaleza de Rose crecía como una piña espinosa, pero se cubrió poco a poco, y en secreto, de una dura capa de orgullo y escepticismo, formando un carácter que incluso a ella misma la desconcertaba. Antes de que tuviese edad de ir a la escuela, y mientras Brian iba aún en el cochecito, Rose se quedaba en la tienda con los dos: Flo sentada en el taburete detrás del mostrador, Brian dormido junto a la ventana; Rose se arrodillaba o se tendía en los viejos tablones del suelo y dibujaba con ceras de colores en trozos de papel de estraza rasgados o irregulares que no servían para envolver la mercancía.

La clientela de la tienda era sobre todo gente de las casas aledañas. También pasaban algunos campesinos, al volver del pueblo a sus granjas, y de vez en cuando algún vecino de Hanratty, que cruzaba el puente a pie. Había gente que siempre estaba en la avenida, entrando y saliendo de las tiendas, como si se creyeran obligados a dejarse ver y con derecho a ser bien recibidos en todo momento. Por ejemplo, Becky Tyde.

Becky Tyde se encaramó al mostrador de Flo, haciéndose sitio junto a una lata abierta de galletas rellenas de mermelada, que se desmigaban con solo tocarlas.

—¿Están ricas? —le preguntó a Flo, y sin reparos empezó a comerse una—. ¿Cuándo vas a darme trabajo, Flo?

—Podrías trabajar en la carnicería —dijo Flo cándidamente—. Podrías trabajar para tu hermano.

—¿Roberta? —dijo Becky con una especie de desdén teatral—. ¿Crees que trabajaría para él?

Su hermano, que llevaba la carnicería, se llamaba Robert, pero a menudo lo llamaban Roberta, por sus modales remilgados y nerviosos. Becky Tyde se echó a reír. Su risa era fuerte y estruendosa como una locomotora a punto de arrollarte.

Era enana y de voz chillona, con los andares arrogantes y asexuados de un cabezudo, la boina escocesa y un cuello retorcido que la obligaba a mantener la cara ladeada, siempre mirando hacia arriba y de soslayo. Llevaba zapatitos de tacón relucientes, auténticos zapatos de mujer. Rose miraba fijamente los zapatos, temerosa de ver el resto, de su risa, de su cuello. Sabía por Flo que Becky Tyde había pasado la polio de niña, que por eso tenía el cuello retorcido y se había quedado canija. Costaba creer que hubiese empezado de otra manera, que alguna vez hubiese sido normal. Flo decía que no era ninguna chiflada, que estaba tan cuerda como la que más, pero sabía que siempre se podía salir con la suya.

—¿Sabes que antes yo vivía aquí? —dijo Becky, al reparar en Rose—. ¡Eh, tú! ¡Niña! ¿A que antes vivía aquí, Flo?

—Si viviste aquí, yo aún no había llegado al pueblo —dijo Flo, como si no supiera nada.

—Fue antes de que el vecindario decayera tanto. Perdona que te lo diga. Mi padre construyó aquí su casa y construyó su matadero, y teníamos nuestra buena parcela de frutales.

—Ah, ¿sí? —dijo Flo, poniendo su voz meliflua, cargada de falsa simpatía, incluso de humildad—. Entonces ¿por qué os mudasteis?

—Ya te lo he dicho, el vecindario empezó a decaer tanto... —dijo Becky. Se metía una galleta entera en la boca si le venía en gana, dejando que los mofletes se le hincharan como a una rana. Nunca contó nada más.

Aun así, Flo lo sabía; ¿y quién no? Todo el mundo conocía la casa, de ladrillo rojo con la galería acristalada y la huerta, lo que quedaba de ella, invadida por los típicos desechos: asientos de coche y lavadoras y somieres y trastos. La casa nunca parecería siniestra, a pesar de lo que había ocurrido allí, por la cantidad de escombros y desorden que la rodeaban.

El padre de Becky, viejo ya, era otro tipo de carnicero, que según Flo no tenía nada que ver con el hermano. Un inglés con malas pulgas. Y tampoco se parecía a Becky a la hora de hablar más de la cuenta. Jamás fue franco. Un roñoso, un tirano con su familia. Después de que Becky pasara la polio, no la dejó volver a la escuela. Rara vez se la veía fuera de casa, nunca más allá del patio. El padre no quería que la gente se regodeara. Eso fue lo que dijo Becky, en el juicio. Su madre había muerto para entonces, y sus hermanas estaban casadas. En casa solo quedaban Becky y Robert. La gente paraba a Robert por la calle y le preguntaba:

—¿Qué tal tu hermana, Robert? ¿Ya está recuperada del todo?

—Sí.

—¿Hace las tareas de la casa? ¿Te prepara la cena?

—Sí.

—¿Y tu padre se porta bien con ella, Robert?

Se decía que el padre les pegaba, había pegado a todos sus hijos y también a su mujer, y que a Becky ahora le pegaba aún más por su deformidad, que según algunos era culpa suya (no entendían de la polio). Los rumores persistieron y fueron a más. Empezaron a decir que Becky había desaparecido porque estaba embarazada, nada menos que de su propio padre. Luego la gente dijo que el bebé nació y lo liquidaron.

—¿Qué?

—Que lo liquidaron —repetía Flo—. Solían decir: «¡Ve a comprar las costillas de cordero donde Tyde, que te las dará ricas y tiernas!». Seguro que todo eran mentiras —se lamentaba.

Rose, mirando absorta el viento que sacudía el toldo viejo al colarse por los rotos, salía de su ensimismamiento al oír aquel tono agorero, de cautela, en su voz. Flo, cuando contaba una historia (esa no era la única ni la más escabrosa que sabía), inclinaba la cabeza y suavizaba la expresión, en ademán pensativo, atormentado, de advertencia.

—Ni siquiera debería contarte estas cosas.

Habría más.

Tres muchachos, unos golfos que solían merodear cerca de los establos, se juntaron, o los hicieron juntarse hombres más influyentes y respetables del pueblo, y se dispusieron a darle al viejo Tyde unos buenos azotes en interés de la moral pública. Se pintaron la cara de negro. Les facilitaron látigos y un cuarto de galón de whisky por barba para darse coraje. Eran Jelly Smith, jinete de carreras y bebedor; Bob Temple, jugador de béisbol y matón, y Hat Nettleton, que manejaba el carro fuerte del pueblo, y a quien lo de Hat, «sombrero», le venía de un bombín que llevaba, por vanidad y por hacer la gracia. Aún trabajaba con el carro fuerte, de hecho; había conservado, si no el bombín, el apodo, y se dejaba ver mucho, casi tanto como Becky Tyde, repartiendo sacos de carbón, con la cara y los brazos tiznados. Eso debería haberle recordado la historia de Hat, pero no. El presente y el pasado, ese pa sado turbio y melodramático de las historias de Flo, eran mundos aparte, al menos para Rose. La gente del presente no podía encajar en el pasado. La propia Becky, personaje pintoresco y consentido del pueblo, inofensiva y maliciosa, nunca se correspondería con la prisionera del carnicero, la hija impedida, un reflejo blanco en la ventana: muda, apaleada, preñada. Como con la casa, solo podía hacerse una conexión formal.

Los muchachos a los que convencieron para darle un escarmiento se presentaron tarde en la casa de Tyde, cuando ya todos se habían ido a la cama. Llevaban una escopeta, pero gastaron los cartuchos pegando tiros en el patio. Llamaron a gritos al carnicero y aporrearon la puerta, hasta que al final la echaron abajo. Tyde creyó que buscaban dinero, así que envolvió algunos billetes en un pañuelo y pidió a Becky que los bajara, tal vez creyendo que aquellos hombres se conmoverían o se asustarían al ver a una chica con el cuello torcido, a una enana. Pero no se contentaron con eso. Subieron las escaleras y sacaron al carnicero de debajo de la cama, en camisón. Lo sacaron afuera a rastras y lo obligaron a quedarse de pie en la nieve. La temperatura era de cuatro bajo cero, un dato que se registró en el acta del tribunal. Pretendían simular un juicio, pero no recordaban cómo se hacía, así que empezaron a darle una paliza, y le pegaron hasta que cayó al suelo. Le gritaban: «¡Pedazo de carne!», y siguieron apaleándolo hasta que el camisón y la nieve donde quedó tendido se tiñeron de rojo. Ante el tribunal, su hijo Robert declaró que no había visto la paliza. Becky dijo que Robert al principio miró, pero luego había huido a esconderse. Ella sí que lo presenció todo. Vio a los hombres irse al final, y a su padre avanzar penosamente por la nieve hasta subir los escalones del porche. No salió a ayudarlo, ni abrió la puerta hasta que el viejo llegó al umbral. «¿Por qué no?», le preguntaron en el juicio, y ella dijo que no salió porque iba en camisón, y que no abrió la puerta porque no quería que se metiera el frío en la casa.

Entonces pareció que el viejo Tyde recuperaba las fuerzas. Mandó a Robert a poner los arreos al caballo, e hizo que Becky le calentara agua para lavarse. Se vistió, cogió todo el dinero que tenía y, sin dar ninguna explicación a sus hijos, se montó en el trineo y fue hasta Belgrave, donde dejó el caballo atado a la intemperie y tomó el primer tren de la mañana a Toronto. En el tren se comportó de una manera extraña, gruñendo y maldiciendo como si estuviera borracho. Al día siguiente lo recogieron mientras deambulaba por las calles de Toronto, desquiciado por la fiebre, y murió en el hospital. Aún llevaba encima todo su dinero. Se dictaminó que la causa de la muerte fue una neumonía.

Pero las autoridades se enteraron, dijo Flo. El caso fue a juicio. Sentenciaron a los tres muchachos que lo apalearon a largas condenas de cárcel. «Una farsa», dijo Flo. Al cabo de un año quedaron en libertad, a todos los indultaron, tenían trabajos esperándolos. ¿Y por qué? Pues porque había demasiados peces gordos metidos en el ajo. Y Becky y Robert tampoco mostraron mucho interés en que se hiciera justicia. Les quedó una buena herencia. Se compraron una casa en Hanratty. Robert tomó las riendas del negocio. Becky, después de su larga reclusión, empezó una carrera en sociabilidad y exhibición pública.

Y ya está. Flo zanjó la historia como si le asqueara. De ahí no podía salir nada bueno para nadie.

—Imagínate —dijo.

En esa época Flo debía de tener poco más de treinta años. Una mujer joven. Vestía exactamente con la misma ropa que habría llevado una mujer de cincuenta, o sesenta, o setenta: batas estampadas de andar por casa con el cuello y las mangas holgados, como la cintura; delantales de peto, también estampados, que se quitaba al ir de la cocina a la tienda. Era una indumentaria común entonces para una mujer humilde pero que no pasaba penurias y además respondía, en cierto modo, a un desdén deliberado. Flo desdeñaba los pantalones, desdeñaba los atuendos de la gente que pretendía ir a la moda, desdeñaba el carmín y las permanentes. Llevaba su pelo negro natural, con un corte a lo paje que justo le permitía sujetárselo detrás de las orejas. Era alta pero de huesos finos, con unas muñecas y unos hombros estrechos, la cabeza pequeña, una cara pálida, pecosa, expresiva, como una mona. Por poco que se hubiera esmerado, y de haber tenido recursos, podría haber lucido una especie de encanto frágil, cuidado, que realzara el contraste de su pelo oscuro y su palidez; Rose se dio cuenta de eso más adelante. Pero habría tenido que ser otra persona; habría tenido que aprender a contener las muecas que hacía, tanto a solas como a los demás.

Los primeros recuerdos que Rose conservaba de Flo eran de extraordinaria suavidad y dureza. El pelo suave, las mejillas largas, suaves y pálidas, el suave vello casi invisible delante de las orejas y en el bozo. La angulosidad de sus rodillas, la dureza de su regazo, la lisura de su pecho.

Cuando Flo cantaba:

> *Oh the buzzin' of the bees in the cigarette trees*
> *and the soda-water fountain...**

* «Oh, el zumbido de las abejas en los árboles de cigarrillos, y la fuente de soda...», «Big Rock Candy Mountain», de Harry McClintock. *(N. de la T.)*

Rose pensaba en la vida que había llevado antes de casarse con su padre, cuando trabajaba de camarera en la cafetería de la estación central de Toronto, e iba con sus amigas Mavis e Irene a la isla Central, y la seguían hombres por calles oscuras y sabía cómo funcionaban las cabinas telefónicas y los ascensores. Rose oía en su voz la vida temeraria y peligrosa de las ciudades, las réplicas mordaces mascando chicle.

Y cuando cantaba:

> *Then slowly, slowly, she got up.*
> *And slowly she came nigh him.*
> *And all she said, that she ever did say,*
> *was young man, I think you're dyin'**

Rose imaginaba esa vida anterior de Flo, una vida legendaria y llena de peripecias, con Barbara Allen y el padre de Becky Tyde y un sinfín de escándalos y desdichas entremezclados.

Las soberanas palizas. ¿Cuál fue el detonante?

Supongamos un sábado, en primavera. Las hojas aún no han brotado, pero la puerta está abierta para que entre la luz del sol. Cuervos. Arroyuelos en las zanjas. Un clima prometedor. A menudo los sábados Flo dejaba a Rose a cargo de la tienda —han pasado unos años, entonces Rose ya tenía nueve, diez, once, doce años—

---

* «Entonces despacio, despacio, se puso en pie. / Y despacio se acercó a él. / Y lo único que dijo, que alcanzó a decir, / fue ¡muchacho, pronto vas a morir!», «Barbara Allen», canción tradicional escocesa. *(N. de la T.)*

mientras ella cruzaba el puente para ir a Hanratty («ir al centro», lo llamaban) a comprar y a ver a gente, y a enterarse de los chismes. Se enteraba, entre otros, por la señora Davies, esposa del abogado, la señora Henley-Smith, esposa del párroco anglicano, y la señora McKay, esposa del veterinario. Volvía a casa e imitaba sus voces de gallina clueca. Monstruos, las hacía parecer; de cursilería, y pretenciosidad, y arrogancia.

Al acabar las compras iba a la cafetería del Queen's Hotel y tomaba una copa de helado. «¿De qué sabores?», querían saber Rose y Brian cuando volvía a casa, y se desilusionaban si era solo de piña o caramelo, y se alegraban si era un Tejado Caliente, o un Blanco y Negro. Luego se fumaba un pitillo. Llevaba algunos que compraba sueltos de cajetilla, para no liar tabaco en público. Fumar era la única cosa que hacía que Flo hubiese tachado de extravagancia en cualquier otra persona. Era una costumbre que le había quedado de cuando trabajaba, de la época de Toronto. Sabía que podía traerle problemas. Una vez un cura católico se le acercó, nada menos que en el Queen's Hotel, y le ofreció el encendedor antes de que ella pudiese sacar las cerillas. Le dio las gracias pero no entabló conversación, por si intentaba convertirla.

En otra ocasión, de camino a casa, al final del puente que lindaba con el pueblo vio a un chico con una chaqueta azul que parecía estar mirando el agua. De dieciocho, diecinueve años. No era ningún conocido. Flaco, como enfermizo; Flo enseguida se dio cuenta de que había algo raro. ¿Estaría pensando en saltar? Justo cuando ella pasa por su lado, el muy sinvergüenza se da la vuelta, con la chaqueta abierta y los pantalones también, y se lo enseña todo. Qué frío tuvo que pasar, porque ese día Flo iba ciñéndose el cuello del abrigo para taparse la garganta.

Al ver lo que tenía en la mano, dijo Flo, solo se le ocurrió pensar: «¿Qué hace este muchacho aquí fuera con una salchicha?».

Ella podía hablar así. Contaba como verdad; no era una broma. Aseguraba que aborrecía el lenguaje soez. A veces salía de la tienda y gritaba a los viejos sentados en la puerta: «¡Si quieren quedarse aquí, más vale que se laven esas bocas sucias!».

Sábado, entonces. Por alguna razón Flo no va a ir al centro, ha decidido quedarse en casa y fregar el suelo de la cocina. Quizá eso la ha puesto de mal humor. Quizá estaba de mal humor de todos modos, por la gente que no pagaba las cuentas, o por los altibajos anímicos de la primavera. La riña con Rose ha empezado ya, ha ido gestándose desde siempre, como un sueño que se remonta más y más hasta otros sueños, atravesando montañas y puertas, enloquecedoramente difuso y plagado de presencias, familiar y escurridizo. Van sacando todas las sillas de la cocina antes de fregar, y también han de llevar algunos productos a la tienda, varios envases de cartón y conservas, latas de sirope de arce, bidones de aceite de carbón, frascos de vinagre. Traen esas cosas del leñero. Brian, que tiene cinco o seis años, está ayudando a arrastrar las latas.

—Sí —dice Flo, contestando a partir de un punto de partida que hemos perdido—. Sí, igual que aquella cochinada que le enseñaste a Brian.

—¿Qué cochinada?

—Y el pobre crío qué va a saber.

Hay que bajar un escalón de la cocina al leñero, cubierto con un pedazo de moqueta tan gastado que Rose ni siquiera recuerda haber visto nunca el dibujo. Brian lo desprende al arrastrar una lata.

—Dos Vancouvers —le apunta ella en voz baja.

Flo vuelve a estar en la cocina. Brian mira a Flo y luego a Rose, y Rose dice otra vez, un poco más fuerte, con una tonadilla alentadora.

—Dos Vancouvers...

—¡Fritos en moco! —acaba Brian, incapaz de controlarse más.

—Dos culos en escabeche...

—¡Atados a lo loco!

Ahí está. La cochinada.

> ¡Dos Vancouvers fritos en moco!
>
> ¡Dos culos en escabeche atados a lo loco!

Rose se lo sabe desde hace años, lo aprendió cuando empezó a ir a la escuela. Volvió a casa y le preguntó a Flo:

—¿Qué es un Vancouver?

—Es una ciudad. Está muy lejos de aquí.

—¿Y qué más, aparte de una ciudad?

Flo no entendió a qué se refería con «qué más».

—Pues a cómo se puede freír —dijo Rose, acercándose al momento de peligro, al momento delicioso, cuando tendría que soltarlo todo—. ¡Dos Vancouvers fritos en moco! ¡Dos culos en escabeche atados a lo loco!

—Te la estás buscando —chilló Flo, enrabiada como era de esperar—. ¡Vuelve a decir eso y te caerá un buen sopapo!

Rose no se podía contener. La tarareaba con ternura, intentando decir las inocentes palabras en voz alta y farfullar las demás. No solo le encantaban las palabras «moco» y «culo», aunque desde luego eso también. Era el escabeche y el nudo y los inimaginables

Vancouvers. En su cabeza los veía como una especie de pulpos, retorciéndose en la sartén. La pirueta de la razón; el destello y la chispa de la locura.

Últimamente ha vuelto a recordarlo y se lo ha enseñado a Brian, para ver si tiene el mismo efecto en él, y por supuesto lo tiene.

—¡Ah, os he oído! —dice Flo—. ¡He oído eso! Y os lo advierto, ¿eh?

No se puede negar. Brian sigue la advertencia. Echa a correr, sale por la puerta del leñero, para hacer lo que le venga en gana. Ser un niño, libre de ayudar o no, de implicarse o no. Sin compromisos con la lucha doméstica. De todos modos no lo necesitan, salvo para usarlo una contra la otra, apenas reparan en que se ha ido. Continúan, no pueden evitar continuar, no pueden dejarse en paz. Cuando parecen haberse rendido solo están esperando para volver a la carga.

Flo saca el balde de fregar y el cepillo y el trapo y la estera para las rodillas, una estera de goma roja sucia. Empieza a restregar el suelo. Rose está sentada en la mesa de la cocina, el único sitio que queda para sentarse, balanceando las piernas. Puede sentir el hule fresco, porque lleva pantalones cortos, los pantalones del verano anterior ajustados y descoloridos, que ha desenterrado de la bolsa de ropa de verano. Huelen un poco a moho, después de pasar todo el invierno en el ropero.

Flo está a gatas debajo, frotando con el cepillo, enjuagando con el trapo. Tiene unas piernas largas, blancas y musculosas, surcadas de venas azules por todas partes como si alguien hubiera estado dibujando ríos en su piel con un lápiz indeleble. Una energía anómala, un asco violento, se expresa en los arañazos del cepillo en el linóleo, en los roces del trapo.

¿Qué tienen que decirse? La verdad es que no importa. Flo habla de que Rose se pasa de lista, de que es una maleducada y una dejada y una arrogante. Siempre dispuesta a desvivirse por los demás, mientras que en casa es una desagradecida. Menciona la inocencia de Brian, la corrupción de Rose. «Ah, no te des tantos humos», dice Flo, y al cabo de un segundo: «¿Quién te crees que eres?». Rose le lleva la contraria y replica con una sensatez y una flema venenosas, hace gala de una indiferencia exagerada. Flo se aparta de su desdén y su contención habituales y se pone también de lo más exagerada, diciendo que ella sacrificó su vida por Rose. Vio a su padre cargado con una criatura y pensó: «¿Qué va a hacer este hombre? Así que se casó con él, y aquí está ahora, de rodillas en el suelo».

En ese momento la campanilla de la puerta anuncia que ha entrado un cliente. Como están enzarzadas en la discusión, Flo no consiente que Rose vaya a despachar en la tienda. Se levanta y tira el delantal, gruñendo (aunque no pretende ser comunicativa, a Rose no se le permite compartir la exasperación), y va a atender. Rose la oye hablar como si nada.

—¡Ya era hora! ¡Menos mal!

Cuando vuelve se ata el delantal, dispuesta para continuar.

—¡Tú nunca has pensado en nadie más que en ti misma! ¡Nunca te has parado a pensar en lo que hago!

—Yo no te pedí que hicieras nada. Ojalá no lo hubieras hecho. Me habría ido mucho mejor.

Rose se lo dice con una sonrisa, encarándose con Flo, que todavía no se ha arrodillado. Flo ve la sonrisa, agarra el trapo de fregar que cuelga del borde del balde, y se lo tira. Tal vez pretende darle en la cara, pero le cae en una pierna, y Rose lo atrapa con el pie y empieza a balancearlo despreocupadamente en el tobillo.

—Muy bien —dice Flo—. Esta vez lo has conseguido. Muy bien.

Rose la ve ir hacia la puerta del leñero, la oye caminar hasta el otro lado del leñero, detenerse en la entrada, donde no se ha colocado aún la mosquitera y el portón está abierto, calzado con un ladrillo. Llama al padre de Rose. Lo llama con una voz de advertencia, conminatoria, como preparándolo a su pesar para las malas noticias. Seguro que sabrá de qué se trata.

El suelo de la cocina es de linóleo, con cinco o seis estampados distintos. Retales, que Flo consiguió de saldo y luego recortó y ensambló ingeniosamente, con ribetes de aluminio y tachuelas. Mientras Rose espera sentada en la mesa, mira el suelo, esa disposición mañosa de rectángulos, triángulos y alguna otra forma geométrica cuyo nombre está tratando de recordar. Oye que Flo vuelve por el leñero, haciendo crujir la pasarela de tablones tendidos sobre el suelo de tierra. Se demora, esperando también. Por sí solas, Rose y ella no pueden llevar las cosas más lejos.

Rose oye entrar a su padre. Se pone rígida, un estremecimiento le recorre las piernas, siente cómo le tiemblan encima del hule. Apartado de alguna actividad apacible, absorbente, de las palabras que rondan por su cabeza, instado a intervenir, su padre tiene que decir algo.

—¿Y bien? —dice—. ¿Qué pasa?

Contesta otra voz de Flo. Engolada, dolida, contrita, parece haber sido fabricada en ese mismo momento. Lamenta haberlo llamado mientras trabaja. Nunca lo habría hecho, de no ser porque Rose la estaba sacando de quicio. ¿Cómo es eso? Con sus contestaciones y su descaro y esa lengua que tiene. Las cosas que Rose le ha dicho a Flo son tan horrendas que, si Flo se las hubiera dicho a su propia madre, sabe que su padre le habría dado una somanta de palos.

Rose intenta meter baza, decir que no es verdad.

¿Qué no es verdad?

Su padre levanta una mano, no la mira.

—Calla —dice.

Cuando dice que no es verdad, Rose se refiere a que no ha sido ella quien ha empezado, solo ha respondido, quien la ha provocado ha sido Flo, que ahora está diciendo la más burda de las mentiras, tergiversándolo todo a su conveniencia. Rose deja el resto de lado, a sabiendas de que lo que Flo haya dicho o hecho, lo que ella misma haya dicho o hecho, en realidad no tiene ninguna importancia. Lo que cuenta es la lucha en sí, y eso no puede parar, ya nunca podrá parar, después de llegar a donde ha llegado.

Flo tiene las rodillas sucias, a pesar de la estera. El trapo de fregar sigue colgando del pie de Rose.

Su padre se limpia las manos mientras escucha a Flo. Se toma su tiempo. Tarda en llegar al meollo de la cuestión, cansado de antemano, quizá, a punto de rechazar el papel que le toca asumir. No mira a Rose en ningún instante, pero al menor ruido o gesto que ella hace, levanta la mano.

—Bueno, no necesitamos público, eso seguro —dice Flo, y va a cerrar la puerta de la tienda y en el escaparate pone el cartel de ENSEGUIDA VUELVO, un cartel que Rose hizo para ella con muchas florituras y sombreando las letras trazadas con cera negra y roja. Cuando vuelve, cierra la puerta de la trastienda, luego la puerta de las escaleras, y también la puerta del leñero.

Sus zapatos han dejado marcas en la parte aún húmeda del suelo recién fregado.

—De verdad que ya no lo sé… —dice ahora, como si su voz se desinflara—. No sé qué hacer con ella.

Sigue la mirada de Rose y al ver que tiene las rodillas sucias se las frota con ahínco, esparciendo la suciedad con las manos.

—Me humilla —dice, irguiéndose. Ahí está, la explicación—. Me humilla —repite con satisfacción—. No tiene ningún respeto.

—¡No es cierto!

—¡Tú a callar! —dice su padre.

—¡Si no hubiera llamado a tu padre, aún estarías ahí sentada con esa sonrisa! ¿Qué otra forma hay de que hagas caso?

Rose detecta en su padre algunas objeciones a la retórica de Flo, cierta vergüenza y desgana. Se equivoca, y debería saber que se equivoca, al pensar que puede contar con eso. Por más que se dé cuenta, y que su padre sepa que se da cuenta, no servirá de nada. Él empieza a entrar en calor. Le echa una mirada. Esa mirada al principio es fría y retadora. La informa de su veredicto, de la impotencia de su situación. Luego se aclara, da paso a otra cosa, igual que un manantial vuelve a rebosar cuando quitas la hojarasca. Se llena de odio y de placer. Rose lo ve y lo reconoce. ¿Es solo una manera de describir la ira, acaso debería ver que sus ojos se llenan de ira? No. Odio es correcto. Placer es correcto. La cara de su padre se destensa y cambia y rejuvenece, y levanta la mano esta vez para mandar callar a Flo.

—De acuerdo —sentencia, queriendo decir que ya basta, que es más que suficiente, esta parte se acabó, las cosas pueden proceder. Empieza a aflojarse el cinturón.

Flo ha parado de todos modos. Tiene el mismo problema que Rose, le cuesta creer que lo que sabes que ha de suceder va a suceder de verdad, que llega un momento en que no puedes echarte atrás.

—Ay, no sé, tampoco seas demasiado duro con ella. —Se mueve de un lado a otro con nerviosismo, como si pensara en abrir una vía de escape—. No tienes por qué usar la correa para escarmentarla. ¿Crees que es necesario usar la correa?

Él no contesta. Sigue sacándose el cinturón, sin prisa. Luego lo agarra en un punto preciso. «Ahora verás.» Se acerca a Rose. La empuja de la mesa. Su cara, igual que su voz, parece ajena. Es como un mal actor en un papel grotesco. Como si debiera recrearse e insistir precisamente en la parte más vergonzosa y atroz de toda la situación. Eso no significa que esté fingiendo, que esté actuando y no vaya en serio. Está actuando y va en serio. Rose lo sabe, sabe todo de él.

Desde entonces ha meditado sobre los asesinatos, y los asesinos. ¿Acaso hay que seguir adelante al final en parte para impresionar, para demostrar a esos espectadores que no serán capaces de comentar la lección, solo de registrarla, que una cosa así puede ocurrir, que no hay nada que no pueda ocurrir, que la mayor atrocidad está justificada y se pueden encontrar sentimientos que se correspondan?

Rose procura mirar de nuevo el suelo de la cocina, esa disposición geométrica inteligente que la reconforta, en lugar de mirar a su padre con la correa. ¿Cómo puede seguir todo adelante en presencia de testigos tan cotidianos, el linóleo, el calendario con el molino y el arroyo y los árboles otoñales, los viejos y serviciales cacharros de cocina?

«¡Tiende la mano!»

Esos objetos no van a ayudarla, ninguno puede rescatarla. Se vuelven sumisos e inútiles, incluso antipáticos. Las ollas pueden demostrar malicia, los dibujos del linóleo te pueden mirar con lascivia, la traición es la otra cara de la rutina.

Con el primero o el segundo azote del dolor, Rose retrocede. No piensa entregarse sin oponer resistencia. Corre alrededor de la cocina, intenta llegar a las puertas. Su padre le corta el paso. Se diría que no hay dentro de ella ni un ápice de valentía o estoicismo. Corre, grita, implora. Su padre la persigue, azotándola con la correa cuando puede, aunque después la suelta y se vale de las manos. Zas, bofetón en una oreja, y zas, bofetón en la otra oreja. Bofetón va, bofetón viene, la cabeza le retumba. Zas, en plena cara. La empuja contra la pared, y otra vez, tortazo en la cara. La sacude, la empotra contra la pared y le patea las piernas. Ella pierde la coherencia, desquiciada, chillando. «¡Perdóname! ¡Oh, por favor, perdóname!»

Flo también está chillando. «¡Basta, basta!»

Todavía no. Tira a Rose al suelo. O quizá ella misma se tira al suelo. Él vuelve a patearle las piernas. Ella ha renunciado a las palabras, pero suelta un gemido, un gemido que hace a Flo gritar «Ay, ¿y si la gente la oye?». Es un último gemido desesperado de humillación y derrota, porque parece que Rose debe representar su papel en esta historia con la misma zafiedad, la misma exageración con que su padre hace el suyo. Interpreta a la víctima con una entrega que despierta, y quizá espera despertar, su desprecio, su rechazo definitivo.

Van a hacer lo que haga falta, parece, llegarán hasta donde sea necesario.

O no tanto. Nunca le ha hecho daño de verdad, aunque desde luego hay veces que ella reza para que se lo haga. La golpea con la mano abierta, mide la fuerza de sus patadas.

Ahora se detiene, está sin aliento. Él deja que Flo intervenga, levanta a Rose de un tirón y la empuja hacia ella, con un gruñido de repugnancia. Flo la rescata, abre la puerta de la escalera, la impulsa para que suba.

—¡Ve a tu cuarto ahora mismo! ¡Deprisa!

Rose sube las escaleras, tropezando, permitiéndose tropezar, permitiéndose caer contra los peldaños. No cierra de un portazo porque un gesto así aún podría hacer que su padre fuese tras ella, y de todos modos se siente débil. Se echa en la cama. Por el agujero del tubo de la estufa alcanza a oír los gimoteos y los reproches de Flo, y a su padre contestar enojado que entonces debería haberse callado, si no quería que castigara a Rose no debería habérselo pedido. Flo dice que ella en ningún momento le ha pedido que le diera semejante tunda.

Siguen discutiendo, a vueltas con lo mismo. La voz temerosa de Flo cobra fuerza, a medida que recupera su confianza. Poco a poco, en ese toma y daca, cada uno vuelve a replegarse en sí mismo. Pronto Flo es la única que habla; él ya no hablará más. Rose ha tenido que aplacar los sollozos para escucharlos, y cuando pierde interés en escuchar y quiere llorar un poco más, se da cuenta de que no le salen las lágrimas. Ha pasado a un estado de calma, en el que la indignación se percibe como absoluta y definitiva. En ese estado los sucesos y las posibilidades cobran una apacible simplicidad. Las opciones son misericordiosamente claras. Las palabras que vienen a la cabeza no son las nimias, rara vez las condicionales. «Nunca» es una palabra que de pronto adquiere pleno derecho. Nunca volverá a dirigirles la palabra, nunca los mirará salvo con desprecio, nunca los perdonará. Los castigará; acabará con ellos. Encerrada en estas certezas definitivas, y en el dolor físico, flota en un curioso consuelo, ajena a sí misma, ajena a la responsabilidad.

¿Qué pasaría si muriese ahora? ¿O si se suicidara? ¿O si se diese a la fuga? Cualquiera de esas soluciones sería apropiada. Solo es cuestión de elegir, de averiguar la manera. Flota en ese estado puro y superior de placidez, como drogada.

Y así como hay un momento, cuando estás drogada, en que te sientes completamente a salvo, segura, inalcanzable, y de pronto sin previo aviso llega un momento en el que sabes que toda la protección se ha resquebrajado sin remedio aunque en apariencia siga todavía intacta, pues ahora hay un momento, el momento, de hecho, en que Rose oye los pasos de Flo en la escalera, que contiene para ella tanto la paz y la libertad presentes como la plena conciencia del curso por el que se precipitarán los acontecimientos en adelante.

Flo entra en el cuarto sin llamar a la puerta, pero con una vacilación que indica que tal vez se le ha pasado por la cabeza. Trae un tarro de crema fría. Rose procura mantener la ventaja todo lo que puede, tumbada boca abajo en la cama, negándose a reconocer su presencia o a contestar.

—Eh, vamos —dice Flo, inquieta—. No ha sido para tanto, ¿verdad? Ponte esto y te sentirás mejor.

Está tanteando. No sabe con seguridad cuáles son los daños. Ha quitado la tapa de la crema fría. Rose puede olerla. El olor íntimo, infantil, humillante. No permitirá que se la acerquen siquiera. Sin embargo, para esquivar el pegote de crema que Flo tiene ya en la mano, debe moverse. Se escabulle, se resiste, pierde la dignidad, y deja que Flo vea que en realidad no es para tanto.

—Muy bien —dice Flo—. Tú ganas. Te la dejo aquí y te la pones cuando quieras.

Más tarde aparecerá una bandeja. Flo la dejará sin decir palabra y se irá. Un gran vaso de leche con cacao, preparado con jarabe de malta de la tienda. Suculentas vetas oscuras en el fondo del vaso. Emparedados pequeños, compactos y apetitosos. Salmón en lata de primera, y rojísimo, mayonesa en abundancia. Un par de tartas de mantequilla con el envoltorio de la pastelería, galletas de chocolate rellenas con crema de menta. Los sabores favoritos de Rose, en el emparedado, la tarta y las galletas. Apartará la cara, negándose a mirar, pero a solas con esas delicias se sentirá míseramente tentada, enardecida y turbada, y las ideas de suicidio o de fuga remitirán ante el olor a salmón, la expectativa del chocolate crujiente, acercará un dedo, solo para rozar el borde de uno de los emparedados (¡pan sin corteza!) y recoger lo que rebosa, probar a qué sabe. Entonces decidirá comerse uno, y tener así fuerzas para rechazar el resto. Uno no se notará. Pronto, corrompida e impotente, se los comerá todos. Se tomará la leche con cacao, las tartas, las galletas. Sacará con el dedo los posos del fondo del vaso, aunque gimotea avergonzada. Demasiado tarde.

Flo subirá y se llevará la bandeja. Tal vez diga «Veo que tenías apetito», o «¿Te ha gustado la leche con chocolate?, ¿llevaba bastante sirope?», en función de lo escarmentada que se sienta. En cualquier caso, toda ventaja se habrá perdido. Rose entenderá que la vida ha vuelto a empezar, que se sentarán juntos a comer, escuchando las noticias de la radio. Mañana por la mañana, puede que incluso esta noche. Por increíble e improbable que parezca. Se sentirán incómodos, aunque menos de lo que cabría esperar después de cómo se han portado. Los embargará una curiosa lasitud, una indolencia reconfortante, no muy alejada de la satisfacción.

Una noche, después de una de esas escenas, estaban todos en la cocina. Debía de ser verano, o al menos hacía buen tiempo, porque su padre hablaba de los viejos que se sentaban en el banco delante de la tienda.

—¿Sabes de qué andan hablando ahora? —dijo, y señaló con la cabeza hacia la tienda para indicar a quién se refería, aunque por supuesto en ese instante no estaban allí; se iban a casa al caer la noche.

—Esos viejos chotos —dijo Flo—. ¿De qué?

Charlaban con una cordialidad no exactamente falsa, pero un poco más enfática de lo normal, estando en familia.

El padre de Rose les contó que a los viejos les había dado por decir, y a saber de dónde habían sacado la idea, que lo que parecía una estrella en el cielo de poniente, la primera estrella que salía al caer el sol, el lucero vespertino, en realidad era una aeronave suspendida encima de Bay City, Michigan, al otro lado del lago Hurón. Un invento estadounidense, enviado allí arriba para rivalizar con los cuerpos celestes. Todos estaban de acuerdo, congeniaban con esa idea. Creían que diez mil bombillas eléctricas lo iluminaban. Su padre los había rebatido sin contemplaciones, señalando que lo que veían era el planeta Venus, que había aparecido en el firmamento mucho antes de que se inventase una bombilla eléctrica. Los viejos nunca habían oído hablar del planeta Venus.

—Ignorantes —dijo Flo.

Y así Rose supo, y supo que su padre sabía, que Flo tampoco había oído nunca hablar del planeta Venus. Con tal de distraerlos, o incluso de disculparse, Flo dejó la taza de té en la mesa y se estiró, apoyando la cabeza en su silla y los pies en otra (a la vez que se las ingeniaba para remeterse el vestido recatadamente entre las piernas), y se puso rígida como una tabla, haciendo que Brian gritara alborozado:

—¡Hazlo, hazlo!

Flo tenía las articulaciones laxas y era muy fuerte. En momentos de celebración o de emergencia, hacía trucos.

Guardaron silencio mientras ella se daba la vuelta, sin valerse de las manos para nada, solo tensando las piernas y los pies. Luego todos la vitorearon, aunque ya lo habían visto otras veces.

Justo cuando Flo se dio la vuelta, Rose imaginó aquella aeronave, una burbuja transparente y alargada, con sus cuerdas de luces diamantinas, flotando en el milagroso cielo de América.

—¡El planeta Venus! —dijo su padre, aplaudiendo a Flo—. ¡Diez mil bombillas!

Una sensación de tolerancia, de desahogo, incluso una ráfaga de felicidad, recorrió la cocina.

Años después, muchos años después, un domingo por la mañana, Rose encendió la radio. Fue cuando ya vivía por su cuenta en Toronto.

Bueno, señor.

Era un lugar muy diferente en nuestra época. Vaya si lo era.

Solo había caballos, entonces. Caballos y carretas. Corrían de arriba abajo por la avenida los sábados por la noche, haciendo carreras.

—Igual que las carreras de cuadrigas —interviene la voz suave del comentarista, o entrevistador, alentándolo.

Nunca he visto ninguna.

—No, disculpe, me refería a las cuadrigas romanas. Fue antes de su época.

Debió de ser antes de mis tiempos. Tengo ciento dos años.

—Esa es una edad prodigiosa, señor.

Lo es.

Rose dejó la radio puesta mientras iba de un lado a otro por la cocina preparándose un café. Supuso que sería una entrevista dramatizada, la escena de alguna obra, y quiso averiguar de qué se trataba. La voz del anciano era de lo más presuntuosa y beligerante, mientras que la del locutor sonaba un tanto desesperada y alerta, bajo la desenvoltura y la cortesía de su oficio. Sin duda se pretendía que lo imaginaras acercándole el micrófono a un centenario desdentado, imprudente y engreído, preguntándose qué diantre pintaba allí, y por dónde iba a salir.

—Debían de ser peligrosas.

¿Qué eran peligrosas?

—Esas carreras de carretas.

Y tanto que sí. Bien peligrosas. Solía haber caballos desbocados. Había la mar de accidentes. A algunos los arrastraban por la grava y quedaban con la cara desollada. Tampoco se habría perdido mucho si se hubieran muerto. Je, je.

Algunos de los caballos eran de paso fino. Algunos debían de tener mostaza debajo de la cola. Algunos se encabritaban por nada. Eso es lo que pasa con los caballos. Algunos trabajan y tiran hasta caer muertos, y algunos no te sacarían el nabo de un cubo de manteca. Je, je.

Debía de ser una entrevista de verdad, al fin y al cabo. De lo contrario no habrían metido esa vulgaridad, no se habrían atrevido. Si el viejo lo dice, no pasa nada. Color local. Cualquier cosa suena inofensiva y adorable, a sus cien años.

Entonces había accidentes a cada rato. En el aserradero. La fundición. No se tomaban precauciones.

—No se hacían tantas huelgas en esos tiempos, supongo, ¿verdad? No tenían tantos sindicatos.

Todo el mundo se lo toma con calma hoy en día. Nosotros traba-
jábamos y nos dábamos con un canto en los dientes. Trabajábamos y
nos dábamos con un canto en los dientes.

—No tenían televisión.

Nada de televisión. Ni radio, teníamos. No teníamos cine.

—Se buscaban sus propias distracciones.

Así nos apañábamos.

—Vivían muchas experiencias que los jóvenes de hoy no vivi-
rán nunca.

Experiencias.

—¿Puede contarnos alguna que recuerde?

Una vez comí carne de marmota. Un invierno. A usted no le ha-
bría gustado. Je.

Hubo una pausa, de reconocimiento, se diría, y luego la voz
del locutor explicó que lo que acababan de escuchar era una entrevista con el señor Wilfred Nettleton, de Hanratty, Ontario, hecha con motivo de su centésimo segundo cumpleaños, dos semanas antes de su muerte, la primavera anterior. Un eslabón vivo
con nuestro pasado. Al señor Nettleton lo habían entrevistado en
la residencia municipal del condado de Wawanash.

Hat Nettleton.

De arriero a centenario. Fotografiado en su cumpleaños, aten-
dido por enfermeras, sin duda besado por una joven reportera.
Deslumbrado por los destellos de los flashes. La grabadora empa-
pándose del sonido de su voz. El vecino más viejo. El arriero más
viejo. Un eslabón vivo con nuestro pasado.

Contemplando el lago frío por la ventana de la cocina, Rose
deseó poder contárselo a alguien. A Flo le habría gustado oírlo. La
imaginó diciendo: «¡Figúrate!», pletórica, como dando a entender

que eso confirmaba sus peores sospechas. Sin embargo, Flo estaba en el mismo geriátrico donde había muerto Hat Nettleton, y Rose ya no podía comunicarse con ella. De hecho, estaba allí cuando grabaron esa entrevista, aunque seguro que ni la escuchó ni se enteró de nada. Cuando Rose la metió en la residencia, un par de años antes, dejó de hablar. Se encerró en sí misma, y pasaba casi todo el tiempo sentada en un rincón de su cama de barrotes, hosca y desagradable, sin contestar a nadie, aunque de vez en cuando mostraba sus sentimientos mordiendo a una enfermera.

Privilegio

Rose conocía a mucha gente que habría deseado nacer pobre. Así que con esa gente se crecía, ofreciéndole escándalos diversos y retazos de la miseria de su infancia. El aseo de los chicos y el aseo de las chicas. El viejo señor Burns en su excusado. Shortie McGill y Franny McGill en la entrada del aseo de los chicos. No repetía a propósito el escenario de los retretes, y se sorprendía un poco de que no dejara de aparecer. Sabía que aquellas barracas pequeñas, oscuras o pintadas, se prestaban a las bromas zafias, pero Rose las veía como marcos fantásticos de vergüenza y escarnio.

En el aseo de las chicas y el aseo de los chicos había una entrada cubierta, que evitaba poner una puerta. La nieve se colaba de todos modos a través de los listones y por los huecos en los nudos de la madera, que servían para espiar. La nieve se amontonaba en el asiento y en el suelo. Muchos, por lo visto, preferían no usar el agujero. En la nieve acumulada bajo una capa de hielo, donde se había derretido y vuelto a congelar, había zurullos copiosos o solitarios, que parecían conservados en una vitrina, brillantes como la mostaza o negruzcos como el carbón, con todas las tonalidades intermedias. A Rose se le revolvían las tripas al verlos; era superior a ella. Se detenía en seco en la entrada, incapaz de obligarse a dar un paso más, decidía que podía esperar. Dos o tres veces se hizo pis encima, corriendo desde la escuela a la tienda, que no estaba muy lejos. Flo se indignaba.

—¡Meona, meona! —cantaba en voz bien alta, burlándose de Rose—. ¡No aguanta ni a llegar a casa para hacer pis!

A Flo también le complacía, en el fondo, porque le gustaba ver que a alguien lo ponían en su sitio, la naturaleza reafirmándose; era de esas mujeres que airean los trapos sucios de los demás. Rose se moría de vergüenza, pero no revelaba el problema. ¿Por qué no? Probablemente temía que Flo se presentara en la escuela con un balde y una pala, a limpiar, y de paso no dejase títere con cabeza.

Creía que la escuela se regía por un orden inalterable, por unas reglas distintas a las que Flo pudiese comprender, un salvajismo incalculable. La justicia y la limpieza se le antojaban entonces nociones ingenuas de una época primitiva de su vida. Empezaba a crear ese repertorio de cosas que jamás se podrían contar.

Jamás podría contar el episodio del señor Burns. Justo después de comenzar la escuela, y antes de tener la menor idea de lo que vería allí, o ni siquiera si habría algo que ver, Rose fue corriendo junto a la valla de la escuela con algunas otras niñas, entre las acederas y las varas de oro silvestre, y se agachó detrás del excusado del señor Burns, que daba al fondo del patio del recreo. Alguien había arrancado desde la valla los listones de abajo, así que se podía mirar adentro. El viejo señor Burns, medio ciego, panzón, sucio, brioso, se acercó por el jardín trasero de su casa hablando solo, canturreando, azotando el pasto con un bastón. En el excusado, también, tras unos momentos de esfuerzo y silencio, se oyó su voz.

Hay una colina verde a lo lejos
tras la muralla de una ciudad
donde crucificaron a Nuestro Señor
que murió para salvar a la humanidad.

El señor Burns no cantaba con devoción sino con un tono amenazante, como si incluso en ese momento echara de menos una pelea. La religión, por allí, salía a relucir sobre todo en las peleas. La gente era católica o protestante fundamentalista, y unos y otros estaban moralmente obligados a hostigarse. Muchos de los protestantes pertenecían a familias de tradición anglicana o presbiteriana, pero siendo ahora pobres no podían presentarse en esas iglesias y se habían pasado al Ejército de Salvación, a los pentecostales. Otros habían sido paganos redomados hasta que los salvaron. Algunos seguían siendo paganos, pero protestantes en las peleas. Flo decía que los anglicanos y los presbiterianos se daban aires de grandeza, y el resto eran evangelistas exaltados, mientras que los católicos aguantaban cualquier doble rasero o perversión con tal de sacarte dinero para su papa. Así que Rose no tenía que ir a ninguna iglesia.

Todas las niñas se agacharon a mirar, se asomaron para ver aquella parte del señor Burns que colgaba por el agujero. Durante años Rose creyó haber visto testículos, pero pensándolo bien ahora creía que solo había sido culo. Algo similar a una ubre, con una superficie erizada, como la lengua de vaca antes de que Flo la cociera. Desde entonces se negó a comer lengua, y después de contarle a Brian lo que era, él tampoco comió, así que Flo se puso hecha una furia y dijo que por ella podían vivir a base de mortadela.

43

Las niñas más mayores ni siquiera espiaron, se quedaron de pie mientras algunas fingían arcadas como si vomitaran. Varias de las pequeñas se levantaron de un salto y se sumaron a ellas, deseosas de imitarlas, pero Rose siguió en cuclillas, estupefacta y pensativa. Habría querido recrearse en la contemplación, pero el señor Burns terminó, salió abrochándose los botones y cantando. Las niñas se escabulleron hacia la valla para saludarlo.

—¡Señor Burns! ¡Buenos días, señor Burns! ¡Eh, señor Burns, se le caen los huevos!

El hombre fue hasta la valla rugiendo y blandiendo el bastón, como si espantara a las gallinas.

Grandes y pequeños, niñas y niños, todo el mundo —salvo la maestra, claro está, que cerraba la puerta durante el recreo y se quedaba dentro de la escuela, aguantándose igual que Rose hasta llegar a su casa, arriesgándose a tener un percance y padeciendo agonías—, todo el mundo se reunió para mirar en la entrada del aseo de los chicos cuando corrió el rumor: «¡Shortie McGill se está follando a Franny McGill!».

Hermano y hermana.

Haciendo el acto.

Esa era la palabra que empleaba Flo: «acto». Allá en el campo, en las granjas de las montañas donde se crio, Flo decía que la gente estaba chiflada, que comían heno hervido y hacían el acto con parientes de sangre. Antes de que Rose comprendiera a qué se refería, solía imaginar un escenario improvisado, un tablado precario en un viejo granero, donde se subían miembros de la misma familia e interpretaban canciones tontas y recitados. «¡Vaya actuación!», decía Flo asqueada, echando el humo del cigarrillo, no refiriéndose a un acto concreto sino a cualquier cosa en esa línea, pasada, presente y futura, que sucediera en cualquier lugar del mundo. Los pasatiempos de la gente, como sus pretensiones, no dejaban de asombrarla.

¿Y de quién fue la idea, en el caso de Franny y Shortie? Probablemente algunos de los chicos mayores retaron a Shortie, o quizá él alardeó y lo desafiaron. De una cosa no cabe duda: no pudo ser idea de Franny. Seguro que la pillaron, o le montaron una encerrona. Ni siquiera podía decirse que la pillaran, porque ella no corría, no habría puesto tanta fe en escapar. Pero se resistió, tuvieron que llevarla a rastras, y luego la tiraron al suelo, donde querían. ¿Sabía lo que se avecinaba? Por lo menos sabría que los demás nunca la metían en nada bueno.

A Franny McGill la había estrellado su padre, borracho, contra la pared cuando era una cría. Eso decía Flo. En otra versión Franny caía de un trineo, borracha, coceada por un caballo. Se había estrellado, en cualquier caso. La cara se llevó la peor parte. La nariz le quedó torcida, y cada vez que respiraba se oía un bufido largo y espeluznante. Tenía los dientes apiñados, así que no podía cerrar la boca, y le costaba retener la saliva. Era una chica pálida, huesuda, desgarbada, miedosa, como una anciana. Abandonada a su suerte en segundo o tercer curso, sabía leer y escribir un poco, aunque apenas le exigían nada. Tal vez no fuese tan estúpida como todo el mundo creía y simplemente estuviera pasmada, perpleja ante las agresiones constantes. Y a pesar de todo, había algo esperanzador en ella. Seguía a cualquiera que no la atacase o la insultase de entrada; ofrecía trocitos de ceras de colores, bolas de chicle que arrancaba de los asientos y los pupitres. Había que rechazarla con firmeza, y fulminarla con miradas de advertencia siempre que te echaba el ojo.

«Lárgate, Franny. Lárgate o te daré un puñetazo. Lo haré. Va en serio.»

Los abusos de Shortie, y de los demás, continuarían. Se quedaría embarazada, se la llevarían lejos, volvería y se quedaría embarazada otra vez, se la llevarían, volvería, se quedaría embarazada, se la llevarían de nuevo. Hablarían de esterilizarla, de que el Club de Leones pagara la operación, hablarían de encerrarla, cuando de pronto murió de neumonía, y se acabó el problema. Más adelante Rose pensaría en Franny al toparse con el personaje de la fulana lela, beatífica, en un libro o una película. Los hombres que hacían libros y películas parecían sentir debilidad por esa figura, aunque Rose se daba cuenta de que la maquillaban. Mentían, pensaba ella, cuando dejaban fuera el aliento y las babas y la dentadura; preferían no tener en cuenta el morbo afrodisíaco de la repulsión, en su afán por gratificarse con la idea de una plácida candidez, de una acogida sin matices.

La acogida que Franny le dio a Shortie no fue tan beatífica, a fin de cuentas. Se puso a chillar, con aullidos que se hicieron entrecortados y flemáticos por sus problemas respiratorios. No dejaba de sacudir una pierna. O el zapato se le había salido, o ya iba sin zapatos. Allí estaba su pierna blanca, y su pie descalzo, con los dedos manchados de barro; parecían demasiado normales, demasiado vigorosos y dignos para pertenecer a Franny McGill. Eso fue lo único que Rose alcanzó a ver. Era pequeña, y la empujaron hacia el final. Los chicos mayores los rodeaban en un corro, dando ánimos, y las chicas mayores rondaban detrás, riendo con nerviosismo. Rose sentía curiosidad, pero no se escandalizó. Someter a Franny a un acto así no tenía trascendencia general, nada que ver con lo que le podía pasar a cualquier otra. Era solo un abuso más.

Cuando Rose contaba esas cosas a la gente, años después, causaban efecto. Tenía que jurar que eran ciertas, que no exageraba. Y eran ciertas, aunque el efecto estuviese descompensado. Su etapa escolar parecía deplorable. Daba la impresión de que había sido desdichada, y no era verdad. Estaba aprendiendo. Aprendió a apañárselas en las grandes peleas que desgarraban la escuela dos o tres veces al año. Rose tendía a ser neutral, y eso era un error garrafal; podían lloverte palos de los dos bandos. Habías de aliarte con gente que viviera cerca, para no correr demasiados riesgos al volver andando a casa. Ella nunca sabía bien a qué venían las broncas, y no estaba hecha para pelear, no acababa de entender qué necesidad había. Siempre la pillaba desprevenida una bola de nieve, o una piedra, un guijarro lanzado por la espalda. Sabía que nunca sería su fuerte, que nunca llegaría a estar en una posición segura, si es que existía tal cosa en el mundo de la escuela. Pero no era desdichada, salvo por su incapacidad de ir al retrete. Aprender a sobrevivir, a pesar de la cobardía y la cautela, de los sustos y la aprensión, no es lo mismo que ser desdichado. Y además es interesante.

Aprendió a esquivar a Franny. Aprendió a no acercarse nunca al sótano de la escuela, que tenía todas las ventanas rotas y estaba tenebroso, húmedo, como una cueva; a evitar el hueco oscuro de debajo de la escalera y el hueco de entre los montones de la leña; a no llamar bajo ningún concepto la atención de los chicos grandes, que le parecían perros salvajes, igual de rápidos y fuertes, caprichosos, exultantes en el ataque.

Un error que cometió al principio y no habría cometido después fue contarle a Flo la verdad en lugar de una mentira cuando un chico mayor, uno de los Morey, le puso la zancadilla y la agarró cuando bajaba por la salida de incendios, arrancándole la manga del chubasquero por la sisa. Flo fue a la escuela a armar la de Dios es Cristo (su intención manifiesta) y oyó a varios testigos jurar que Rose se había enganchado la manga en un clavo. La maestra se quedó taciturna, no quiso inmiscuirse, dio a entender que la visita de Flo no era bien recibida. Los adultos no pisaban la escuela en Hanratty Oeste. Las madres tomaban partido en las peleas, se asomaban por las vallas, chillaban; algunas incluso se abalanzaban a tirar de los pelos y lanzar pedradas. Insultaban a la maestra a sus espaldas y mandaban a los niños a la escuela con instrucciones de no aguantar sus monsergas. Pero nunca se habrían comportado como hizo Flo, nunca habrían puesto un pie en el recinto escolar, nunca habrían llevado una queja hasta ese punto. Nunca habrían creído, como Flo parecía creer (y aquí Rose la vio por primera vez perdida, equivocada) que los culpables confesarían, o serían delatados, que la justicia adoptaría cualquier forma más allá de un tirón y un roto en un abrigo de los Morey, en revancha, una mutilación secreta en el guardarropa.

Flo dijo que la maestra no sabía hacer su trabajo.

Pero sí sabía. Sabía hacerlo muy bien. Cerraba con llave la puerta durante el recreo y dejaba que fuera pasara lo que tuviera que pasar. Nunca intentó que los chicos mayores subieran del sótano, o que entraran de la salida de incendios. Les hacía cortar leña para la estufa y llenar el barril de donde todos bebían; por lo demás, podían ir a la suya. No les importaba cortar leña o bombear, aunque les gustaba empapar a otros con agua helada, y rozaban el asesinato con el hacha. Iban a la escuela solo porque no había otro lugar donde meterlos. Tenían edad para trabajar pero no había empleo para ellos. Las chicas mayores podían conseguir empleo, al menos como sirvientas, así que no se quedaban en la escuela a menos que pensaran hacer el examen de ingreso, para estudiar bachillerato y tal vez un día colocarse en una tienda o un banco. Algunas lo hacían. En sitios como Hanratty Oeste, las chicas prosperan más fácilmente que los chicos.

La maestra mantenía ocupadas a las chicas mayores, salvo a las de la clase de ingreso, mangoneando a los niños más pequeños, mimándolos o dándoles azotainas, corrigiéndoles la ortografía, y quitándoles para uso propio cualquier cosa interesante en forma de estuches, lápices de colores nuevos, las joyas que salían en los paquetes de Cracker Jack. Lo que ocurría en el guardarropa —si se robaban fiambreras del almuerzo o se rajaba un abrigo o a alguien le bajaban los pantalones—, la maestra no lo consideraba de su incumbencia.

No era en ningún sentido una mujer entusiasta, imaginativa, empática. Todos los días cruzaba andando el puente desde Hanratty, donde tenía a su marido enfermo. Había vuelto a dar clases en la madurez. Probablemente fue el único empleo que pudo lograr. Tenía que seguir a toda costa, así que seguía. Nunca adornaba las ventanas con recortables o pegaba estrellitas doradas en los cuadernos. Nunca hacía dibujos en la pizarra con tizas de colores. No tenía estrellitas doradas, no había tizas de colores. No demostraba ningún amor por nada de lo que enseñaba, ni por nadie. Debía de desear, si es que deseaba algo, que un día le dijeran que podía irse a casa, no volver a ver a ninguno de ellos, no volver a abrir un libro de ortografía, nunca más.

Pero enseñaba cosas. Algo debió de enseñarles a los que iban a hacer el examen de ingreso, porque varios aprobaron. Debió de intentar que todos los que iban a aquella escuela aprendiesen a leer y escribir y resolver operaciones básicas de cálculo. Las barandas de la escalera estaban rotas, los pupitres arrancados del suelo, la estufa humeaba y las cañerías se sostenían con alambre, no había libros de consulta, o mapas, y la tiza siempre escaseaba; incluso la regla de madera del aula estaba sucia y astillada por uno de los extremos. Las peleas y el sexo y los hurtos eran los asuntos importantes del día a día. Y a pesar de todo... Se presentaban datos y tablas. Frente a tanto desbarajuste, malestar e impotencia, se mantenía cierto hilo de la rutina de una clase corriente; una invitación. Algunos aprendieron a escribir sin faltas de ortografía.

Tomaba rapé. Era la única persona a la que Rose había visto hacer eso. Espolvoreaba un poco en el dorso de la mano, se lo acercaba a la cara y aspiraba delicadamente por la nariz. Con la cabeza hacia atrás, el cuello expuesto, por un momento parecía despectiva, desafiante. Por lo demás, no era excéntrica en lo más mínimo. Era rolliza, canosa, desaliñada.

Flo estaba convencida de que tenía embotado el cerebro por el rapé. Era como ser una drogadicta. Los cigarrillos solo te aplacaban los nervios.

En la escuela sí había un detalle cautivador, precioso. Estampas de pájaros. Rose no sabía si la propia maestra se había encaramado a clavarlas más arriba de la pizarra, a una altura donde no las pudieran profanar al menor descuido, si fueron el primer y último intento en el que puso alguna esperanza, o si databan de una época anterior, más plácida, en la historia de la escuela. ¿De dónde habían salido, cómo habían llegado hasta allí, cuando no había ningún otro adorno o ilustración?

Un pájaro carpintero de cabeza colorada; una oropéndola; un arrendajo azul; un ganso del Canadá. Los colores nítidos y duraderos. Fondos de nieve pura, de ramas en flor, de un embriagador cielo de verano. En un aula corriente no habrían resultado tan extraordinarios. Allí lucían vívidos y elocuentes, tan en discrepancia con el entorno que no parecían representar a los pájaros en sí, ni aquellos cielos y nieves, sino algún otro mundo de inocencia perenne, de información pródiga, de alegría privilegiada. Nada de robar fiambreras del almuerzo allí, ni de rasgar abrigos; nada de bajar a nadie los pantalones y sondear con palos dolorosos; nada de follar; nada de Franny.

Había tres chicas mayores en la clase de ingreso. Una se llamaba Donna, otra Cora, la otra Bernice. Ellas tres eran la clase de ingreso; no había nadie más. Tres reinas. Aunque cuando te fijabas bien, una reina y dos princesas. Así las veía Rose. Caminaban del brazo por el patio de la escuela, o agarradas de la cintura. Cora en el medio. Era la más alta. Donna y Bernice la flanqueaban y le abrían paso.

Era Cora a quien Rose adoraba.

Cora vivía con sus abuelos. Su abuela cruzaba el puente para ir a Hanratty a limpiar y planchar en otras casas. Su abuelo era el «recolector de la miel». Eso significaba que iba por el pueblo limpiando los retretes. A eso se dedicaba.

Antes de tener ahorrado el dinero para instalar un cuarto de baño de verdad, Flo había conseguido un inodoro químico para colocarlo en un rincón del leñero. Una solución mejor que el excusado, sobre todo en invierno. El abuelo de Cora se lo desaconsejó.

—Muchos se han puesto uno de estos chismes químicos y luego se han arrepentido —le dijo a Flo.

El hombre tenía un acento basto.

Cora era hija ilegítima. Su madre trabajaba en otro sitio, o se había casado. Quizá trabajara de sirvienta, y se las arreglaba para mandarle ropa usada que le daba la gente. Cora tenía mucha ropa. Iba a la escuela con un traje de satén beis drapeado sobre las caderas; o de terciopelo azul, con una rosa del mismo tejido mustia prendida en un hombro; o de crespón rosa palo cargado de flecos. Vestía con ropa impropia para su edad (aunque a Rose no se lo parecía), pero no le quedaba grande. Cora era alta, maciza, con curvas. A veces se recogía el pelo en un moño alto, dejando que un mechón le cayese encima de un ojo. Ella, Donna y Bernice a menudo se hacían peinados de mayores, se pintaban los labios con abundante carmín, se ponían un taco de colorete. Los rasgos de Cora eran toscos. Tenía una frente grasa, ojos castaños perezosos, la complacencia madura e indolente que pronto se endurecería y le echaría años encima. Pero en ese momento estaba espléndida, caminando por el patio de la escuela con su séquito (en realidad era Donna, con su cara pálida y ovalada, el pelo claro y rizado, la que se acercaba más a ser bonita), las tres del brazo, hablando de temas serios. A los chicos de la escuela no les hacía ni caso, ninguna de esas chicas perdía el tiempo con ellos. Estaban esperando, o quizá ya agenciándose, novios de verdad. Algunos chicos las increpaban desde la puerta del sótano, procaces y anhelantes, y Cora se volvía y les gritaba:

—¡Demasiado mayor para la cuna, demasiado joven para la cama!

Rose no tenía ni idea de qué significaba eso, pero admiraba cómo Cora ladeaba las caderas, el tono burlón, cruel, aunque perezoso e imperturbable de su voz, su mirada centelleante. Después, a solas, Rose recreaba toda la escena, los reclamos de los chicos,

metida en el papel de Cora. Plantaba cara igual que ella a sus tortu-
radores imaginarios, los trataba con el mismo desdén provocativo.

«¡Demasiado mayor para la cuna, demasiado joven para la cama!»

Rose caminaba por el patio detrás de la tienda imaginando
que el satén turgente le ceñía las caderas, que llevaba el pelo recogido con algunos mechones sueltos y los labios rojos. Quería crecer y ser igual que Cora. No quería esperar a hacerse mayor. Quería ser Cora, ya.

Cora iba a la escuela con tacones. No tenía un andar grácil.
Cuando se paseaba por el aula con sus vestidos suntuosos notabas
un temblor, oías vibrar las ventanas. También podías olerla. Su talco y sus cosméticos, su piel oscura y tibia, y su pelo.

Las tres se habían sentado en lo alto de la escalera de incendios
con la llegada del buen tiempo. Se estaban poniendo esmalte de
uñas. Olía como a plátanos, con un raro toque químico. Rose iba
a entrar en la escuela por la escalera de incendios, como solía hacer, evitando la amenaza cotidiana de la entrada principal, pero
cuando vio a las chicas dio media vuelta, sin atreverse a esperar que
se echaran a un lado.

Cora la llamó.

—Puedes subir, si quieres. ¡Vamos, sube!

La estaba incitando, alentando, como haría con un cachorro.

—¿Te apetece que te pinte las uñas?

—Entonces todas van a querer —dijo la chica que se llamaba
Bernice, que resultó ser la dueña del frasco de esmalte.

—No se las pintaremos a todas —dijo Cora—. Solo a ella. ¿Cómo
te llamas? ¿Rose? Solo se las pintaremos a Rose. Vamos, sube, cielo.

Cora le pidió que tendiera la mano. Rose se asustó al ver que la tenía sucia, hecha una calamidad. Y encima fría y temblorosa. Un objeto pequeño y repugnante. No le habría extrañado que Cora la soltara de golpe.

—Estira los dedos. Así. Tranquila. ¡Cómo te tiembla la mano! No voy a morderte, ¿a que no? Quédate quieta, como una buena chica. No querrás que me salga, ¿verdad?

Untó el pincel. Era un esmalte rojo intenso, como el de las frambuesas. A Rose le encantó el olor. Cora tenía unos dedos grandes, rosados, firmes y tibios.

—¿No es precioso? ¿No crees que las uñas te quedan preciosas?

Las estaba pintando a la moda de entonces, difícil y ya desfasada, dejando la media luna y las cutículas sin esmalte.

—Es de un tono rosado, para que haga juego con tu nombre. Qué nombre tan bonito, Rose. Me gusta. Me gusta más que Cora. Odio Cora. Tienes los dedos helados, con el calor que hace hoy. ¿No los notas helados, en comparación con los míos?

Estaba coqueteando, por puro capricho, como hacen las chicas a esa edad. Probarán sus encantos con cualquier cosa, con perros y gatos, o hasta con sus propias caras delante del espejo. Rose estaba en ese momento demasiado abrumada para disfrutar. Se sentía débil, absorta, sobrecogida por tan alto favor.

A partir de ese día, Rose se obsesionó. Se pasaba el día entero intentando caminar como Cora y parecerse a ella, repitiendo cada palabra que le había oído decir alguna vez: intentaba ser Cora. Rose estaba hechizada por todos y cada uno de sus gestos, el modo en que se enroscaba con un lápiz el pelo, abundante y áspero, el modo en que gemía a veces en la escuela, con hastío majestuoso. El modo en que se chupaba el dedo y se alisaba primorosamente las cejas. Rose también se chupaba el dedo y se alisaba las cejas, deseando tenerlas morenas, en vez de decoloradas por el sol y casi invisibles.

La imitación no bastaba. Rose fue más lejos. Imaginó que caía enferma y que por alguna razón llamaban a Cora para que cuidara de ella. Mimos durante la noche, caricias, cuneos. Inventaba historias de peligros y rescates, azar y gratitud. A veces ella rescataba a Cora, a veces Cora rescataba a Rose. Después todo era calidez, indulgencia, confidencias.

«Qué nombre tan bonito.»

«Vamos, sube, cielo.»

El despertar, la crecida, la corriente del amor. Del amor sexual, sin saber aún exactamente en qué había que concentrarse. Debe de estar ahí desde el principio, como la miel blanca y dura en el balde, a la espera de derretirse y manar. Carecía de cierta intensidad, faltaba cierta urgencia; estaban las diferencias inherentes al sexo de la persona elegida; por lo demás era lo mismo, la misma pulsión que ha dominado a Rose desde entonces. La marea alta; la locura indeleble; la riada torrencial.

Cuando todo florecía —las lilas, los manzanos, los majuelos a la vera del camino— empezaba el juego de los funerales, que organizaban las chicas mayores. La que hacía de muerta, porque a ese juego solo jugaban niñas, se tumbaba en lo alto de la escalera de incendios. Las demás desfilaban a paso lento, entonando algún canto, y al pasar la cubrían con puñados de flores. Se inclinaban fingiendo llorar (algunas lo conseguían de verdad) y la contemplaban por última vez. En eso consistía el juego. En teoría todas tendrían una oportunidad para hacer de muertas, pero al final no salió así. Después de que a las chicas mayores les tocara a cada una su turno, no iban a perder el tiempo haciendo de comparsa en los funerales de las más pequeñas. Las que continuaron pronto se dieron cuenta de que el juego había perdido toda su pompa y su fascinación, y se dispersaron, dejando solo a una caterva tenaz para liquidar el asunto. Rose fue una de las últimas en abandonar. Aguantó con la esperanza de que Cora subiese por la escalera de incendios en su funeral, pero Cora no le hizo ningún caso.

La que hacía de muerta podía elegir el canto fúnebre que quisiera. Cora había elegido «Qué hermoso debe de ser el cielo». Yacía colmada de flores, lilas sobre todo, y llevaba su vestido de crespón rosa. También unos abalorios, un broche donde se leía su nombre en lentejuelas verdes, la cara empolvada. Motas de polvo temblaban en la pelusilla que le cubría las comisuras de los labios. Sus pestañas aleteaban. Tenía una expresión concentrada, ceñuda, rigurosamente muerta. Cantando con tristeza, lanzando lilas, Rose estaba tan cerca que sintió el impulso de cometer algún acto de adoración, pero no se le ocurrió nada. Solo alcanzó reunir detalles en los que se recrearía después. El color del pelo de Cora. Le brillaban los mechones que se prendía detrás de las orejas. Un tono caramelo más claro, más cálido, que el cabello de encima. Sus brazos desnudos, morenos, flácidos, eran los brazos recios de una mujer, cubiertos de vello. ¿Qué olor exhalaba en realidad? ¿Qué expresaba el gesto, hosco y displicente, de sus cejas depiladas? Rose se enfrascaría en esas cosas más tarde, cuando estuviese a solas, se enfrascaría en recordarlas, conocerlas, guardarlas para siempre. ¿Y con qué fin? Cuando pensaba en Cora percibía un lugar oscuro y radiante, un centro incandescente, un olor y sabor a chocolate quemado, que nunca llegaba a apresar del todo.

¿Qué se puede hacer con el amor cuando llega a ese punto de impotencia, de desesperanza y obcecación malsana? Algo tendrá que cortarlo de raíz.

Rose no tardó en meter la pata. Robó caramelos de la tienda de Flo para dárselos a Cora. Fue una tontería, una ocurrencia torpe e infantil, se dio cuenta enseguida. No solo porque los robara, aunque eso fue una estupidez, y nada fácil. Flo guardaba los caramelos detrás del mostrador, en un estante inclinado, en cajas abiertas donde los niños no alcanzaban a meter la mano, pero a la vista. Rose esperó a un momento de descuido, y entonces se subió al taburete y llenó una bolsa con lo que pudo pillar: gominolas, confites, regalices surtidos, brotes de arce de chocolate, palotes de caramelo. No se comió ni una sola golosina. Se llevó la bolsa a la escuela, metida debajo de la falda y sujeta con la goma de las bragas. Apretando bien el brazo contra la cintura para que no se le cayera. Flo le preguntó: «¿Qué pasa, te duele la barriga?», pero por suerte estaba demasiado ocupada para investigar.

Rose escondió la bolsa en su pupitre y aguardó una ocasión, que no se presentó como esperaba.

Aunque hubiese comprado las golosinas, aunque las hubiese conseguido en buena ley, habría sido un despropósito de todos modos. Al principio tal vez no, pero ahora ya era tarde. Ahora Rose exigía demasiada gratitud, demasiado reconocimiento, no estaba dispuesta a aceptar cualquier cosa. El corazón se le disparaba, se le secaba la boca con el extraño regusto metálico del deseo y la desesperación solo con que Cora pasara cerca de ella con su andar rotundo, importante, en la nube de perfumes que exhalaba su piel caliente. Ningún gesto podría igualar lo que sentía Rose, no había satisfacción posible, y sabía que lo que estaba haciendo era ridículo, nefasto.

No conseguía armarse de valor para ofrecérsela, nunca se daba el momento, así que al cabo de unos días decidió dejar la bolsa en el pupitre de Cora. Hasta eso fue difícil. Tuvo que fingir que había olvidado algo, después de las cuatro, volver a entrar corriendo en la escuela, a sabiendas de que tendría que salir corriendo de nuevo más tarde, sola, y pasar por delante de los chicos mayores en la puerta del sótano.

La maestra estaba allí, poniéndose el sombrero. Todos los días para cruzar el puente se ponía su viejo sombrero verde, adornado con unas plumas. Donna, la amiga de Cora, estaba limpiando las pizarras. Rose intentó meter la bolsa en el pupitre de Cora. Algo cayó al suelo. La maestra no se inmutó, pero Donna se volvió y le gritó:

—Eh, ¿qué estás haciendo en el pupitre de Cora?

Rose soltó la bolsa en el asiento y echó a correr.

Nunca imaginó que Cora iría a la tienda de Flo y entregaría las golosinas, pero eso fue lo que hizo, ni más ni menos. No para meter a Rose en un lío, sino solo por divertirse. Disfrutaba dándose importancia y sintiéndose respetable, además del placer de tratar con mayores.

—No sé por qué quería darme esto a mí —dijo, o Flo dijo que había dicho.

Por una vez, la imitación de Flo era mala; a Rose no le sonó ni por asomo como la voz de Cora. Flo la hacía parecer afectada y quejica. «¡Pensé que más valía venir a avisarla!»

Las golosinas no se podían comer, de todos modos. Se habían espachurrado y estaban pegoteadas, así que Flo tuvo que tirarlas.

Flo se quedó de piedra. Eso dijo. No porque robara los caramelos. Naturalmente estaba en contra de robar, pero pareció darse cuenta de que en ese caso era un mal menor, era lo de menos.

—¿Qué ibas a hacer? ¿Dárselos? ¿Por qué querías dárselos? ¿Estás enamorada de ella o qué?

La pregunta pretendía ser un insulto y una broma. Rose contestó que no, porque asociaba el amor con los finales de las películas, los besos y el matrimonio. En ese instante sus sentimientos eran convulsos y vulnerables, y, aunque ella no lo sabía, ya empezaban a marchitarse y arrugarse por los bordes. Flo fue una ráfaga de aridez.

—Sí que lo estás —dijo Flo—. Me das asco.

Flo no hablaba de una futura homosexualidad, ni mucho menos. De haberse referido a eso, o de haberlo pensado, aún se lo habría tomado más a broma, le habría parecido más estrafalario, más incomprensible, que los típicos devaneos. Era el amor lo que le daba asco. Era la esclavitud, el sometimiento, el autoengaño. Eso la desconcertaba. Vio el peligro, sin duda; intuyó la flaqueza. La ilusión ciega, las ganas, la necesidad.

—¿Y qué tiene ella de especial? —preguntó Flo, y enseguida se respondió a sí misma—: Nada. De guapa no tiene un pelo. Va a convertirse en un adefesio de grasa, eso se ve venir. Y también tendrá bigote. Mejor dicho, ya lo tiene. ¿De dónde saca esa ropa que lleva? Supongo que cree que la favorece.

Rose no replicó, y Flo siguió despotricando con que Cora no tenía padre, que podías imaginar a qué se dedicaba la madre, y para colmo ¿quién era el abuelo? ¡El recolector de la miel!

Flo volvió sobre el asunto de Cora, de vez en cuando, durante años.

—¡Ahí va tu ídolo! —diría al verla pasar por delante de la tienda, después de que empezara el bachillerato.

Rose fingía no acordarse de ella.

—¡Claro que la conoces! —insistía Flo—. ¡Quisiste darle golosinas! ¡Robaste golosinas para ella! No sabes la gracia que me hizo.

A pesar de que disimulaba, en el fondo Rose no mentía. Recordaba los hechos, pero no los sentimientos. Cora se había transformado en una chica grandota de aspecto huraño, encorvada bajo el peso de los libros del instituto. Los libros le sirvieron de poco, fracasó en el bachillerato. Llevaba blusas corrientes y una falda azul marino, que sí la hacían parecer gorda. Tal vez su personalidad no logró sobrevivir a la pérdida de los vestidos elegantes. Se marchó, consiguió un trabajo durante la guerra. Se alistó en las Fuerzas Aéreas, y aparecía en casa de permiso, embutida en el espantoso uniforme del cuerpo. Se casó con un aviador.

A Rose no le importó mucho esa pérdida, esa transformación. A esas alturas ya intuía que la vida da muchas vueltas. Solo pensaba en lo desfasada que estaba Flo, recordando la historia cada dos por tres y dando una imagen de Cora cada vez peor: morenota, peluda, arrogante, gorda. Después de tanto tiempo, y tan en vano, Rose veía que Flo intentaba advertirla y enderezarla.

La escuela cambió con la guerra. Menguó, perdió toda su energía maligna, su espíritu anárquico, su estilo. Los chicos más temibles se alistaron en el ejército. Hanratty Oeste también cambió. La gente se marchó, aprovechando los puestos de trabajo que generó la guerra, e incluso los que se quedaron consiguieron empleo, cobrando más de lo que nunca habían soñado. La respetabilidad arraigó, en todos salvo los casos perdidos. Los tejados se rehacían enteros, en lugar de remendarse con parches. Las casas se pintaron, o se revistieron con ladrillo decorativo. La gente se compraba frigoríficos y alardeaba de tenerlos. Cuando Rose pensaba en Hanratty Oeste en los años de la guerra, y los años previos, se le antojaban épocas tan alejadas como si se hubieran usado alumbrados distintos, o como si todo estuviera grabado en película y la película se hubiera imprimido de otro modo, de manera que por un lado las cosas se veían nítidas y decentes y limitadas y corrientes, y por el otro, oscuras, borrosas, revueltas y turbadoras.

Incluso la escuela se reformó. Ventanas nuevas, pupitres atornillados al suelo, palabrotas tapadas con brochazos de pintura roja. El aseo de los chicos y el aseo de las chicas se derribaron, y se rellenaron los pozos con tierra. El ayuntamiento y el consejo escolar creyeron oportuno poner inodoros con cisterna en el sótano rehabilitado.

Todo el mundo se movía en esa dirección. El señor Burns murió en verano, y la gente que compró su casa instaló un cuarto de baño. Y levantaron una valla alta de alambrada, para que nadie desde el patio de la escuela pudiera encaramarse y arrancarles las lilas. Para entonces, Flo había instalado también un cuarto de baño. Pidió que colocaran de paso el resto de los accesorios, aprovechando la prosperidad de los tiempos de la guerra.

El abuelo de Cora tuvo que retirarse, y nunca volvió a haber otro recolector de miel en el pueblo.

Medio pomelo

Rose hizo el examen de ingreso, fue al otro lado del puente, fue al instituto a estudiar bachillerato.

Había cuatro ventanales limpios a lo largo de la pared. Había luces fluorescentes nuevas. Estaban en clase de Salud y Orientación, una idea novedosa. Chicos y chicas mezclados hasta después de las navidades, cuando pasarían a Vida Familiar. La profesora era joven y optimista. Llevaba un coqueto traje rojo con falda de vuelo. Iba arriba y abajo, arriba y abajo siguiendo las filas, haciendo que cada uno dijera lo que había desayunado, para comprobar si seguían las Normas de Alimentación de Canadá.

Las diferencias pronto se hicieron evidentes, entre el pueblo y el campo.

—Patatas fritas.

—Pan con sirope de maíz.

—Té y gachas.

—Té y pan.

—Té y huevos fritos con un bollo.

—Tarta de uvas pasas.

Se oían algunas risas, y la profesora ponía caras de reproche que de nada servían. Estaba llegando al lado urbano del aula. En la clase se mantenía, voluntariamente, una especie de segregación. Por acá la gente aseguraba haber comido tostadas con mermelada, huevos con beicon, copos de maíz, incluso gofres con sirope. Zumo de naranja, decían algunos.

Rose se había colocado al fondo de una de las filas urbanas. Hanratty Oeste carecía de representación, salvo por ella. Deseaba fervientemente alinearse con los que vivían en el pueblo, contra su lugar de origen, unirse a aquellos altivos tomadores de café con gofres y dueños mundanos de una cocina-comedor.

—Medio pomelo —dijo con aplomo. A nadie más se le había ocurrido.

A decir verdad, Flo habría pensado que comer pomelo para desayunar era tan malo como tomar champán. Ni siquiera vendían pomelos en la tienda. No les tiraba demasiado la fruta fresca. Alguna que otra banana moteada, naranjas pequeñas poco prometedoras. Flo, igual que mucha gente del campo, creía que cualquier cosa que no estuviese bien cocinada caía mal en el estómago. En casa también desayunaban té y gachas. Arroz inflado, en verano. La primera mañana que el arroz inflado, ligero como el polen, se derramaba en el cuenco era un momento tan festivo, tan esperanzador, como el primer día de ir sin galochas por la tierra dura del camino o el primer día que podía dejarse la puerta abierta en la dulce y breve temporada entre la escarcha y las moscas.

Rose se sintió orgullosa de haber pensado en el pomelo y de cómo lo había dicho, con una voz tan atrevida, y natural al mismo tiempo. En la escuela a veces se le secaba completamente la voz, se le hacía un nudo en la garganta y el corazón se le desbocaba, el sudor le pegaba la blusa a los brazos, a pesar del desodorante. Era un manojo de nervios.

Volvía a casa cruzando el puente unos días después cuando oyó que alguien la llamaba. Aunque no gritaban su nombre supo que iba a por ella, así que aminoró el paso en los tablones y escuchó. Las voces parecían venir de abajo, pero al mirar entre las grietas no vio más que el agua torrentosa. Debía de haber alguien escondido bajo los pilotes. Eran voces anhelantes, enmascaradas con tanta delicadeza que no se sabía si eran de chicos o de chicas.

—¡Medio pomelo!

Durante años oiría que la llamaban así, cada tanto, desde un callejón o una ventana oscura. Nunca se daba por aludida, pero al cabo de un instante tendría que llevarse la mano a la cara, secarse la transpiración de encima del labio. Cómo nos hacen sudar nuestras pretensiones.

Podría haber sido peor. Nada era más fácil que te dejasen en ridículo. La vida en el instituto estaba llena de escollos bajo aquella luz cruda y limpia, y nada se olvidaba jamás. Rose podría haber sido la chica que perdió la compresa. Probablemente había sido una chica del campo, que la llevaba en el bolsillo o en la tapa del cuaderno para cambiarse. Cualquiera que viviese a cierta distancia habría hecho lo mismo. La propia Rose lo había hecho. Había un dispensador de compresas en el lavabo de las chicas, pero siempre estaba vacío, se tragaba las monedas y no daba nada a cambio. Era famoso el pacto que hicieron dos chicas del campo para ir a buscar al conserje a la hora del almuerzo y pedirle que volviera a llenarlo. Para nada.

—¿Cuál de las dos necesita? —preguntó el hombre.

Las chicas huyeron. Luego contaron que en el cuarto que tenía el conserje debajo de las escaleras había un colchón viejo y mugriento, y el esqueleto de un gato. Juraron que era verdad.

Aquella compresa debió de caerse al suelo, en el guardarropa, quizá, y alguien la recogió y se las ingenió para meterla a escondidas en la vitrina de trofeos del vestíbulo del instituto. Luego se corrió la voz. Como la habían doblado y manoseado no parecía limpia, y casi se podía imaginar que había estado en contacto directo con el cuerpo. Se armó un escándalo. En la asamblea de la mañana el director hizo alusión a un objeto desagradable. Se comprometió a descubrir, desenmascarar, azotar y expulsar al culpable que la había puesto a la vista de todos. Las chicas del instituto se desentendieron. Abundaban las teorías. A Rose le daba miedo que la acusaran, así que fue un alivio cuando la responsabilidad recayó en una chica del campo grandota y hosca, Muriel Mason, que usaba batas de tergal para ir a la escuela y olía a sudor.

«¿Hoy llevas el trapo, Muriel?», le decían ahora los chicos, acosándola.

—Si yo fuera Muriel Mason, querría matarme —oyó decir Rose en las escaleras a una chica de los cursos superiores—. Vaya, me mataría. —No hablaba con compasión, sino exasperada.

Cada día al volver a casa Rose le contaba a Flo las cosas que pasaban en el instituto. A Flo le gustó el episodio de la compresa, preguntaba si había novedades. Del medio pomelo nunca llegó a enterarse. Rose no le contaba nada en lo que no tuviera un papel de superioridad, de mera espectadora. Los reveses eran para los demás, Flo y Rose estaban de acuerdo en eso. El cambio que se obraba en Rose, una vez abandonaba la escena, cruzaba el puente y se convertía en cronista, era asombroso. Los nervios desaparecían. Una voz fuerte y escéptica, contoneos de cadera con su falda plisada de cuadros rojos y amarillos, más que un atisbo de fanfarronería.

Flo y Rose habían intercambiado los papeles. Ahora era Rose la que llevaba historias a casa, Flo era la que sabía los nombres de los personajes y estaba deseosa de escuchar.

Horse Nicholson, Del Fairbridge, Runt Chesterton. Florence Dodie, Shirley Pickering, Ruby Carruthers. Flo esperaba todos los días noticias frescas. Patanes, los llamaba.

—Bueno, ¿qué ocurrencia han tenido hoy esos patanes?

Se sentaban en la cocina, con la puerta de la trastienda abierta por si entraba algún cliente, y también la de la escalera por si llamaba su padre. Estaba en cama. Flo hacía café o le pedía a Rose que sacara un par de Coca-Colas del frigorífico.

Este era el tipo de historia que Rose llevaba a casa:

Ruby Carruthers era una chica un poco golfa, pelirroja y bizca. (Una de las grandes diferencias entre entonces y ahora, por lo menos en el campo, y en lugares como Hanratty Oeste, era que no se hacía nada para tratar la bizquera o los ojos vagos, que los dientes crecían apiñados o saltones a la buena de Dios.) Ruby Carruthers trabajaba para los Bryant, la gente de la ferretería; hacía las tareas domésticas a cambio del alojamiento, y se quedaba en la casa cuando la familia se ausentaba, como a menudo hacía, para ir a las carreras de caballos o los partidos de hockey o a Florida. Una vez que estaba sola, tres chicos habían ido a verla. Del Fairbridge, Horse Nicholson, Runt Chesterton.

—Para ver qué podían pillar —agregó Flo. Miró hacia el techo y le pidió a Rose que bajara la voz. Su padre no consentía esa clase de historias.

Del Fairbridge era un muchacho apuesto, engreído y no muy listo. Dijo que conseguiría meterse en la casa y convencer a Ruby de que lo hiciera con él, y si podía persuadirla de que lo hiciera con los tres, mejor que mejor. Lo que no sabía era que Horse Nicholson ya había quedado con Ruby en encontrarse esa misma noche en el hueco debajo del porche.

—Seguro que ahí dentro hay arañas y todo —dijo Flo—. Aunque supongo que no les importa.

Mientras Del rondaba alrededor de la casa buscándola a oscuras, Ruby estaba debajo del porche con Horse, y Runt, que estaba compinchado, vigilaba sentado en los escalones del porche, sin duda escuchando atentamente las embestidas y los jadeos.

Al final Horse salió gateando y dijo que iba a entrar en la casa a buscar a Del, no para avisarle sino por ver si había picado, porque en el fondo ahí estaba la gracia, al menos para Horse. Encontró a Del en la despensa comiendo golosinas y diciendo que al cuerno con Ruby Carruthers, que no valía la pena perder el tiempo con ella, y que se iba a casa.

Entretanto, Runt había gateado debajo del porche y empezó a montárselo con Ruby.

—¡Jesús de mi vida! —exclamó Flo.

Entonces Horse salió de la casa y Runt y Ruby lo oyeron encima, caminando por el porche. Ruby preguntó: «¿Quién será?». Y Runt dijo: «Ah, tranquila, es solo Horse Nicholson». «Entonces…, ¿quién demonios eres tú?», soltó Ruby.

«¡Jesús de mi vida!»

Rose no se molestó en contar el final de la historia, que era que Ruby se puso de mal humor, se sentó en los escalones del porche con la ropa y el pelo llenos de tierra, negándose a fumar un cigarrillo o a compartir un paquete de magdalenas (a esas alturas bastante aplastadas, sin duda) que Runt había birlado de la tienda donde trabajaba al salir de clase. Le insistieron para saber qué le pasaba, y al final ella dijo: «Creo que tengo derecho a saber con quién lo hago, ¿no?».

—Esa chica acabará mal —dijo Flo, con aire filosófico.

Otra gente pensaba lo mismo. Era la costumbre: si tocabas cualquier cosa de Ruby sin querer, en especial su ropa de gimnasia o sus zapatillas de deporte, te lavabas las manos enseguida, por miedo a contagiarte de una enfermedad venérea.

Arriba, el padre de Rose empezó con uno de sus ataques de tos. Tosía como un desesperado, pero ya estaban acostumbrados. Flo se levantó y se acercó al pie de la escalera. Escuchó hasta que la tos se calmó.

—Ese medicamento no le ayuda ni pizca —dijo—. Ese doctor no sabría poner un trozo de esparadrapo a derechas. —Hacia el final culpaba de todos los males del padre de Rose a los medicamentos, a los doctores—. Si alguna vez haces algo así con un chico, despídete —dijo—. Hablo en serio.

Rose se puso colorada de rabia y dijo que antes preferiría estar muerta.

—Eso espero —dijo Flo.

He aquí el tipo de historia que Flo le contaba a Rose:

Cuando murió su madre, Flo tenía doce años, y su padre no pudo seguir criándola. La dejó a cargo de una familia acomodada, que la mantendría a cambio de que ayudara en las tareas de la casa y le daría una educación. Aun así, apenas la mandaban a la escuela. Había demasiado trabajo. Eran gente severa.

—Si estabas recogiendo manzanas y quedaba una en el árbol, tenías que volver y recoger las que quedaran en toda la huerta.

Lo mismo cuando sacabas piedras del campo. Te dejabas una y tenías que hacer de nuevo el campo entero.

La mujer era hermana de un obispo. Siempre se cuidaba la piel, frotándola con crema de miel y almendras Hinds. Le hablaba con altanería a todo el mundo, era sarcástica y creía que el hombre con quien se había casado no estaba a su altura.

—Pero era guapa —dijo Flo—, y me hizo un regalo. Me regaló un par de guantes largos de raso, de un color marrón claro. Canela. Eran preciosos. Por más que me pese, los perdí.

Flo tuvo que llevar la cena a los hombres al campo más retirado de la finca. El marido la abrió y dijo:

—¿Por qué no hay tarta hoy?

—Si quieres tarta, puedes hacerla tú mismo —contestó Flo, con las mismas palabras y el tono idéntico que puso la señora de la casa cuando estaban envolviendo la cena. No era de extrañar que imitara tan bien a aquella mujer; siempre lo hacía, incluso practicaba delante del espejo. Lo asombroso fue que lo soltara en ese momento.

El marido se quedó estupefacto, pero se dio cuenta de que ella solo repetía lo que había oído. Llevó a Flo hasta la casa y le preguntó a su mujer si ella había hecho aquel comentario. Era un hombre corpulento, y con muy mal genio. «No, no es verdad —dijo la hermana del obispo—, esta chica no es más que una lianta y una mentirosa. Se encaró con el marido, pero cuando pilló a Flo por banda le soltó tal guantazo que la mandó al otro lado de la habitación y la cría chocó contra un armario. Se hizo una brecha en la cabeza. La herida se le curó sin puntos (la hermana del obispo no llamó a un médico, no quería habladurías), y Flo aún tenía la cicatriz.»

Después de eso nunca más volvió a la escuela.

Justo antes de cumplir catorce años, se escapó. Mintió sobre su edad y consiguió un empleo en la fábrica de guantes, en Hanratty. Sin embargo, la hermana del obispo averiguó dónde estaba y de vez en cuando iba a verla. «Te perdonamos, Flo. Te escapaste y nos dejaste, pero sigues siendo nuestra Flo y te apreciamos. Ven cuando quieras a pasar el día con nosotros. ¿No te apetece un día en el campo? Estar encerrada en la fábrica no es muy sano para una persona joven. Necesitas aire puro. ¿Por qué no vienes a vernos? ¿Por qué no vienes hoy?».

Y cada vez que Flo aceptaba la invitación resultaba que había que preparar una gran tanda de frutas en conserva o de salsa de guindillas, o que estaban empapelando las paredes o limpiando la casa a fondo, o que iban los trilladores. Del campo lo único que alcanzaba a ver era el sitio donde tiraba el agua sucia de los platos por encima de la valla. Nunca logró entender por qué seguía yendo, o por qué se quedaba. El camino era muy largo para dar media vuelta y volver al pueblo a pie. Y eran un hatajo de inútiles, los pobres. La hermana del obispo guardaba los tarros de conserva sucios. Cuando los subías del sótano estaban mohosos, con grumos de fruta podrida y peluda en el fondo. ¿Cómo no ibas a sentir lástima por gente así?

Resulta que cuando la hermana del obispo estaba en el hospital, moribunda, a Flo también la ingresaron. La operaron de la vesícula, Rose apenas se acordaba. La hermana del obispo se enteró de que Flo estaba allí y quiso verla. Así que Flo dejó que la sentaran en una silla de ruedas y la llevaran hasta el final del pasillo, y nada más ver a la mujer postrada en la cama —la mujer alta de piel tersa, ahora toda huesuda y llena de manchas, sedada y corroída por el cáncer—, empezó a sangrar por la nariz escandalosamente: la primera y la última vez que le había pasado algo así. La sangre roja manaba a borbotones, decía, como serpentinas.

Las enfermeras salieron a pedir ayuda, corriendo de un lado a otro por el pasillo. No había manera de parar la hemorragia. Si levantaba la cabeza, la sangre salía disparada justo encima de la cama de la enferma, y si la bajaba, chorreaba por el suelo. Al final se la cortaron con cataplasmas de hielo. Flo no llegó a despedirse de la mujer moribunda.

—No pude despedirme de ella.

—¿Y te habría gustado?

—Pues claro —dijo Flo—. Claro que sí. Me habría gustado.

Todas las noches Rose volvía a casa con una pila de libros. Latín, álgebra, historia antigua y medieval, francés, geografía. *El mercader de Venecia*, *Historia de dos ciudades*, *Poemas breves*, *Macbeth*. Flo los miraba con malos ojos, como solía mirar todos los libros. La hostilidad parecía crecer con el peso y el tamaño de un libro, la oscuridad o melancolía de las cubiertas, y la extensión y dificultad de las palabras del título. *Poemas breves* la indignó, porque al abrirlo encontró un poema de cinco páginas.

Destrozaba los títulos. Rose creía que los pronunciaba mal a propósito. «Elegía» sonaba a «lejía», y nombraba a Ulises arrastrando las eses, como si el héroe estuviera borracho.

El padre de Rose tenía que bajar las escaleras para ir al cuarto de baño. Se agarraba de la baranda y avanzaba despacio pero sin detenerse. Llevaba un albornoz marrón de lana con un cordón de borlas. Rose evitaba mirarlo a la cara. Más que para no ver los estragos que causaba la enfermedad, por miedo a encontrar plasmada en su rostro la mala opinión que tenía de ella. Si llevaba los libros a casa era por su padre, sin duda, para lucirse delante de él. Y su padre los miraba, porque era incapaz de pasar al lado de un libro sin mirar el título, pero solo decía: «Cuidado, no vayas a volverte más lista de la cuenta».

Rose creía que le hablaba así para contentar a Flo, por si estaba escuchando. A esa hora se encontraba en la tienda, y a pesar de todo Rose creía que su padre hablaba siempre como si Flo pudiera estar escuchando. Deseaba complacer a Flo, anticiparse a sus objeciones. Por lo visto había tomado una decisión. Flo representaba la seguridad.

Rose nunca le replicaba. Agachaba automáticamente la cabeza cuando su padre hablaba, y apretaba los labios en una expresión inescrutable, aunque con cuidado de no parecer insolente. Era reservada. Pero su necesidad de alardear, las altas expectativas con que se veía en el futuro, sus ambiciones caprichosas a él no le pasaban inadvertidas. Las conocía perfectamente, y Rose se avergonzaba por el mero de hecho de que los dos estuviesen en una misma habitación. Sentía que era una deshonra para su padre, que lo había deshonrado desde que nació, y que seguiría deshonrándole hasta el final. No se arrepentía, sin embargo. Sabía que era obstinada; no pretendía cambiar.

Para él, Flo encarnaba el ideal de mujer. Rose lo sabía, y de hecho se lo oía decir a menudo. Una mujer debía ser enérgica, práctica, hábil tanto para gastar como para ahorrar; debía ser espabilada, saber regatear y tener ojo para tratar y calar a la gente pretenciosa. Al mismo tiempo debía ser intelectualmente ingenua, infantil, desconfiar de los mapas y las palabrejas y cualquier cosa que saliera en los libros, plagados de ideas fantasiosas, supersticiones, creencias populares.

—La cabeza de las mujeres funciona de otra manera —le dijo a Rose durante uno de los períodos de calma, incluso de cordialidad, cuando era un poco más pequeña. Tal vez había olvidado que Rose también era, o sería, una mujer—. Creen lo que tienen que creer. No puedes seguir el hilo de sus pensamientos. —Fue un comentario a raíz de una idea de Flo: que llevar galochas en casa te volvía ciego—. Pero saben gestionar la vida de otra forma, ahí reside su talento, no en su cabeza, hay algo en lo que son más listas que un hombre.

Así que en parte la desgracia de Rose era haber nacido mujer, pero para colmo no ser una mujer como es debido. Y la cosa no acababa ahí. El verdadero problema era que combinaba y perpetuaba rasgos que a su padre debían de parecerle los peores de sí mismo. Todos los defectos que había domado en su carácter, que había conseguido reprimir, afloraban de nuevo en su hija, que no mostraba ningún deseo de combatirlos. Divagaba y soñaba despierta, era vanidosa y se afanaba por presumir; para ella, la vida transcurría dentro de su cabeza. No había heredado la única cualidad de la que se sentía orgulloso, y en la que confiaba: su destreza con las manos, su minuciosidad y empeño en cualquier tarea; de hecho era sumamente patosa, chapucera, siempre dispuesta a tirar por el camino de en medio. Verla fregar los platos en la palangana salpicándolo todo, con la cabeza en las nubes, más ancha de caderas ya que Flo, el pelo crespo y rebelde; verla tan grandota, indolente y ensimismada, parecía llenarlo de irritación, de melancolía, casi de repugnancia.

Y Rose lo sabía. Hasta que su padre acababa de cruzar la habitación se quedaba quieta, se miraba a través de sus ojos. Llegaba a aborrecerse, también. En cuanto lo perdía de vista, sin embargo, se reponía. Volvía a sumirse en sus pensamientos o a concentrarse en el espejo, donde andaba ocupada a menudo de un tiempo a esta parte, recogiéndose el pelo, poniéndose de perfil para verse la línea del busto, o estirándose la piel para ver cómo le quedarían unos ojos más rasgados, apenas un poco más rasgados y provocativos.

Sabía de sobra que al mismo tiempo despertaba en su padre otra clase de sentimientos. Sabía que se sentía orgulloso de ella, más allá de esa irritación y aprensión viscerales; la verdad, en el fondo, es que no habría deseado que fuese de otra manera y que la quería tal como era. O al menos una parte de él. Aunque evidentemente se empeñaba en negarlo. Por humildad, y también por perversidad. Humildad perversa. Además tenía que parecer de acuerdo con Flo, hasta cierto punto.

En realidad Rose no daba muchas vueltas a estas cosas, ni quería dárselas. La violentaba tanto como a él ver que a ambos les tocaba la fibra sensible.

Cuando Rose volvió de la escuela, Flo le dijo:

—Bueno, menos mal que has llegado. Tienes que quedarte en la tienda.

Su padre iba a ir a London, al Hospital de Veteranos.

—¿Por qué?

—Qué sé yo. Lo ha dicho el médico.

—¿Está peor?

—No lo sé. Yo no sé nada. Ese médico inepto cree que no. Llegó esta mañana y lo examinó y dice que vaya. Por suerte tenemos a Billy Pope para que lo lleve.

Billy Pope era un primo de Flo que trabajaba en la carnicería. De hecho solía vivir en el matadero, en un par de habitaciones con el suelo de cemento, y como es natural apestaba a tripas y entrañas y a cerdo vivo. Pero debía de ser un hombre hogareño; cultivaba geranios en latas de tabaco, colocadas sobre las toscas repisas de cemento de las ventanas. Ahora ocupaba una buhardilla encima de la tienda, y había ahorrado para comprarse un coche, un Oldsmobile. Eso fue poco después de la guerra, cuando los coches nuevos causaban especial sensación. Cuando iba de visita se acercaba a cada rato a la ventana y le echaba un vistazo, diciendo algo para llamar la atención, como: «Hay que darle alpiste, pero no le sacas abono ni a palos».

Flo estaba orgullosa de su primo y del coche.

—Verás, Billy Pope tiene un asiento grande atrás, por si tu padre necesita estirarse.

—¡Flo!

El padre de Rose la llamaba. Cuando se quedó postrado al principio apenas la llamaba, y si lo hacía era discretamente, como disculpándose. Pero ya lo había superado; la llamaba con frecuencia, con cualquier excusa, decía ella, para hacerle subir las escaleras.

—¿Cómo se las arreglaría si yo no estuviera aquí abajo? —decía—. No me deja tranquila ni cinco minutos.

Parecía orgullosa de eso, aunque a menudo lo hacía esperar; a veces se quedaba al pie de las escaleras y lo obligaba a darle más detalles de lo que quería. Si había gente en la tienda le contaba que no la dejaba tranquila ni cinco minutos, y que tenía que cambiarle las sábanas dos veces al día. Era verdad. Empapaba las sábanas de sudor. A las tantas de la noche ella o Rose, o las dos, tenían que salir a poner la lavadora en el leñero. A veces Rose veía la ropa interior de su padre manchada. Procuraba no mirar, pero Flo la sostenía en alto, se la sacudía casi en las narices exclamando: «¡Vaya, otra vez!», y chasqueaba la lengua renegando con aspavientos de opereta.

Rose la odiaba en esos momentos, y también odiaba a su padre; su enfermedad; la pobreza o la austeridad que hacía impensable mandar la ropa a la lavandería; que la vida no les diera un respiro. Flo estaba ahí para garantizarlo.

Rose se quedó a cargo de la tienda. No entró nadie. Era un día desapacible, ventoso, pasada la época de la nieve, aunque ese año apenas había nevado. Oía a Flo arriba yendo de un lado a otro, regañando y animando, vistiendo a su padre, probablemente, preparándole la maleta, buscando cosas. Rose tenía los libros de estudio encima del mostrador y para abstraerse de los ruidos domésticos estaba leyendo un cuento de su libro de literatura. Era un cuento de Katherine Mansfield, titulado «Fiesta en el jardín». Salía gente pobre en ese cuento. Gente que vivía al final del camino que lindaba con el jardín. Aparecían retratados con compasión. Todo estupendo. A Rose, sin embargo, la indignó de un modo que el relato no se proponía. No acababa de entender qué la indignaba tanto, pero tal vez era la certeza de saber que a Katherine Mansfield nunca la habían obligado a mirar ropa interior manchada; sus parientes podían ser crueles y frívolos pero hablaban con un acento encantador; su compasión flotaba en nubes de bondad pasajera, que sin duda ella misma lamentaba, pero que Rose aborrecía en lo más hondo. Rose se estaba volviendo pedante con la pobreza, y seguiría así mucho tiempo.

Oyó que Billy Pope entraba en la cocina y gritaba alegremente:

—Bueno, supongo que ya os preguntabais dónde carajo me había metido.

Katherine Mansfield no tenía ningún pariente que dijera «carajo».

Rose había acabado el cuento. Abrió *Macbeth*. Había memorizado varios parlamentos de la obra. Memorizaba pasajes de Shakespeare, y poemas, en lugar de las cosas que les pedían en el instituto. No es que se imaginara como una actriz, interpretando a Lady Macbeth en un escenario, cuando los recitaba: imaginaba ser ella, ser Lady Macbeth.

—¡He venido andando! —gritaba Billy Pope por el hueco de la escalera—. He tenido que dejarlo. —Daba por hecho que todo el mundo sabía que se refería al coche—. No sé qué le pasa. No puedo hacer que ande bien, se me ahoga. No quería ir a la ciudad con algo que no funcionara como está mandado. ¿Está Rose en casa?

Billy Pope siempre había sido cariñoso con Rose. De pequeña solía darle diez centavos y decirle: «Anda, ve a comprarte unos corsés», cuando ella aún estaba plana y flaca como un palillo. Su típica broma.

Entró en la tienda.

—Así me gusta, Rose, que te portes como una buena chica.

Ella apenas le contestó.

—¿Estás con los libros de clase? ¿Quieres ser maestra?

—A lo mejor. —No tenía ninguna intención de ser maestra, pero era increíble cómo te dejaban en paz una vez que reconocías que querías serlo.

—Es un día triste para tu padre —dijo Billy Pope, bajando la voz.

Rose levantó la cabeza y lo miró fríamente.

—Por lo de ir al hospital, digo. Aunque os lo devolverán arreglado. Allá tienen todos los equipos. Tienen los médicos buenos.

—Lo dudo —dijo Rose. También detestaba eso, que la gente hiciera insinuaciones y luego se echara atrás, por mojigatería. Hablando de la muerte o de sexo siempre iban con tapujos.

—Lo curarán y para la primavera estará de vuelta.

—No, si tiene cáncer de pulmón —dijo Rose con firmeza. Nunca había dicho eso, y desde luego Flo tampoco lo había dicho.

Billy Pope la miró abatido, con vergüenza ajena, como si acabara de oír algo muy sucio.

—Eso no se dice. No se habla así. El hombre va a bajar en cualquier momento y podría oírte.

No hay por qué negar que Rose se recreaba en la situación con cierto placer, a veces. Un placer sobrio, cuando no estaba demasiado involucrada, lavando las sábanas o escuchando un ataque de tos. Dramatizaba su propio papel en la historia, se veía lúcida e impasible, rechazando todos los engaños, joven pero curtida en las penalidades de la vida. Con ese espíritu había dicho «cáncer de pulmón».

Billy Pope telefoneó al taller. Resultó que el coche no estaría arreglado hasta la hora de la cena. En lugar de marcharse, Billy Pope se quedaría a pasar la noche y dormiría en el banco de la cocina. Por la mañana acompañaría al padre de Rose al hospital.

—No hay tanta prisa, no voy a ir zumbando ahora porque el señor lo diga —añadió Flo, refiriéndose al médico. Había entrado en la tienda a buscar una lata de salmón para hacer una empanada. Aunque no iba a ningún sitio, ni pensaba ir, se había puesto medias y una blusa y una falda limpias.

Continuó hablando con Billy Pope a voces en la cocina mientras preparaba la cena. Rose seguía sentada detrás del mostrador y recitaba de cabeza, mirando por la ventana, las ráfagas de polvo en la calle, los hoyos de los charcos secos de Hanratty Oeste.

> *¡Venid a mis pechos de mujer,*
> *y tomad mi leche por hiel, ministros asesinos!*

Vaya brinco pegarían si de pronto gritaba algo así en la cocina.

A las seis cerró la tienda. Al entrar en la cocina se sorprendió de ver a su padre allí. No lo había oído. No había hablado, ni tosido. Llevaba su traje bueno, que era de un color poco corriente, un tono verde oscuro, como manchado de aceite. Tal vez gracias a eso le había salido barato.

—Míralo, se ha puesto de tiros largos —dijo Flo—. Se cree que va muy elegante. Se ve tan guapo que no quiere volver a la cama.

El padre de Rose sonrió con un gesto poco natural, obediente.

—¿Cómo te encuentras ahora? —le preguntó Flo.

—Me encuentro bien.

—Por lo menos no has tenido ningún ataque de tos.

Su padre tenía la cara recién afeitada, suave y delicada, como los animales que habían esculpido una vez en la escuela con jabón amarillo de la ropa.

—A lo mejor debería levantarme y hacer vida normal.

—Así se quitan todos los males —dijo Billy Pope, campechano—. Basta de hacer el vago. Levantarse y vida normal. Volver al trabajo.

En la mesa había una botella de whisky. La había llevado Billy Pope. Los dos hombres estaban tomándolo en unos vasos chatos que antes habían contenido queso en crema, y lo rebajaban con un par de dedos de agua.

Brian, el hermanastro de Rose, acababa de entrar de jugar, bullicioso, embarrado, envuelto en el olor del frío de fuera.

Justo cuando entró, Rose dijo:

—¿Puedo tomar un poco? —Señalaba la botella de whisky.

—Las chicas no beben eso —dijo Billy Pope.

—Basta con que te demos un poco, y Brian se pondrá a lloriquear para que le demos otro poco a él —dijo Flo.

—¿Puedo tomar un poco? —dijo Brian, lloriqueando, y Flo prorrumpió en una carcajada, escondiendo su vaso detrás de la panera.

—¿Lo ves?

—Antaño por aquí había curanderos —dijo Billy Pope durante la cena—. Pero ya no se los oye nombrar.

—Lástima que no demos con uno ahora mismo —dijo el padre de Rose, justo a tiempo de que le entrara un ataque de tos.

—Mi padre solía hablar de uno que sanaba por medio de la fe —dijo Billy Pope—. Hablaba muy raro, como en jerga de la Biblia. Resulta que fue a verlo un sordo, y el sanador lo visitó y le quitó la sordera. Luego va y le pregunta: «Con tu más pecador, ¿oyes ahora?».

—¿Contumaz pecador? —sugirió Rose. Había apurado el vaso de Flo mientras sacaba el pan para la cena, y se sentía más tolerante.

—Eso es. «Contumaz pecador, ¿oyes ahora?» Y el otro dijo que sí, que oía. Así que el curandero entonces le pregunta: «Contumaz pecador, ¿crees ahora?». Ahora el hombre quizá no entendió a qué se refería. «¿En qué?», le suelta. El curandero se puso hecho una fiera, y volvió a quitarle el oído, así que el hombre se fue a su casa tan sordo como llegó.

Flo dijo que donde vivía de pequeña había una adivina. Las carretas, y más adelante los coches, llegaban hasta el final de su calle los domingos. Era el día en que la gente acudía de otros pueblos para consultarle. La mayoría le consultaba sobre cosas que habían perdido.

—¿No querían ponerse en contacto con sus seres queridos? —dijo el padre de Rose, azuzando a Flo como le gustaba hacer cuando ella se ponía a contar una historia—. Creía que sabía comunicarse con los difuntos.

—Bueno, la mayoría los habían visto de sobra en vida.

Preguntaban por anillos, testamentos, ganado; ¿adónde habían ido a parar?

—Un conocido acudió a ella porque había perdido la cartera. Era un hombre que trabajaba en los ferrocarriles. Y la señora le dice: «Bueno, ¿te acuerdas de que hace cosa de una semana estabas trabajando en las vías y llegaste cerca de una huerta y se te antojó una manzana? Saltaste la valla, y fue justo ahí donde se te cayó la cartera, justo entonces, entre el pasto. Pero resulta que llegó un perro», dice la mujer, «un perro la recogió y la soltó luego más adelante junto a la valla, y ahí es donde la encontrarás». Como el hombre se había olvidado completamente de la huerta y de haber saltado la valla y se quedó tan asombrado, le dio un dólar a la adivina. Y fue y encontró la cartera justo en el sitio que ella describió.

Esto pasó de verdad, yo lo conocía. Pero el dinero estaba todo mordisqueado, todo mordisqueado y hecho trizas, ¡y cuando el pobre lo vio se enfadó tanto que deseó no haberle dado tanto a la mujer!

—Tú nunca fuiste a verla —dijo el padre de Rose—. No habrías confiado en esas paparruchas, ¿a que no? —Cuando se dirigía a Flo a menudo adoptaba expresiones del campo, y también la costumbre de bromear diciendo lo contrario de la verdad, o de lo que pensaba que era verdad.

—No, lo cierto es que nunca fui a preguntarle nada —dijo Flo—. Pero una vez fui a su casa. Me hicieron ir a por unas cebollas tiernas. Mi madre estaba enferma y sufría de los nervios, y esa mujer mandó decir que tenía unas cebollas tiernas que iban bien para los nervios. Resulta que no eran nervios sino cáncer, así que si iban bien o no, no lo sé.

La voz de Flo subió de tono y se aceleró, incómoda por haber soltado aquello.

—Tuve que ir a buscarlas. La mujer las había arrancado y lavado, y me las había atado en un manojo, pero entonces me dice: «No te vayas aún, ven a la cocina y mira lo que tengo para ti». Bueno, yo no sabía qué era, pero no me atreví a decirle que no. Creía que era una bruja. Todos pensábamos lo mismo. En la escuela, todos. Así que me senté en la cocina y ella fue a la despensa y sacó un enorme pastel de chocolate, cortó un pedazo y me lo dio. No me quedó más remedio que sentarme y comérmelo. Lo único que recuerdo son sus manos. Eran unas manos grandes, coloradas, con las venas grandes e hinchadas, y ella no paraba de moverlas y retorcérselas en el regazo. Luego a menudo he pensado que era a ella a quien le convenía comer las cebollas tiernas, porque no estaba muy bien de los nervios, que digamos.

»De pronto noté un sabor raro. En la tarta. Era peculiar. Aun así no me atreví a dejar de comer. Comí sin parar, y cuando acabé le di las gracias y ya os digo que me fui de allí zumbando. Primero caminé despacio porque imaginaba que me estaba observando, pero cuando llegué a la carretera eché a correr. Pero todavía me daba miedo que viniera persiguiéndome, invisible o a saber cómo, y que me leyera la mente y me agarrara y desparramara mis sesos por la grava. Cuando llegué a casa, abrí la puerta de golpe y aullé: "¡Veneno!". Eso era lo que creía. Creía que me había hecho comer un pastel envenenado.

»Solo estaba mohoso. Eso fue lo que dijo mi madre. Había humedad en su casa, y pasaban días sin que recibiera visitas a las que ofrecérselo, cuando en otros tiempos acudían hordas de gente. Así que podía tener el pastel ahí criando hongos.

»Pero yo no pensaba lo mismo. No. Pensaba que había tomado veneno y que estaba sentenciada. Me fui a una especie de escondrijo que tenía en un rincón del granero. Nadie lo sabía. Guardaba toda clase de porquería allí. Guardaba trocitos de porcelana rota, y unas flores de terciopelo. Las recuerdo, eran de un sombrero que se había empapado con la lluvia. Así que me quedé allí sentada, y esperé.

Billy Pope se echó a reír.

—Y qué, ¿tuvieron que sacarte a rastras?

—Se me ha olvidado. No lo creo. Les hubiera costado dar conmigo, estaba detrás de todos los sacos del pienso. No. Qué sé yo. Supongo que al final me cansé de esperar y salí por mi propio pie.

—Y viviste para contarla —dijo el padre de Rose, tragándose la última palabra cuando le sobrevino un fuerte ataque de tos.

Flo dijo que no debía seguir levantado, pero él dijo que solo se echaría en el sillón de la cocina, y eso hizo. Flo y Rose despejaron la mesa y fregaron los platos, y luego, por hacer algo, los demás (Flo, Billy Pope, Brian y Rose) se sentaron alrededor de la mesa y jugaron a las cartas. Su padre dormitaba. Rose pensó en Flo sentada en un rincón del granero con los trocitos de porcelana y las flores de terciopelo mustias y todos sus tesoros, en un estado de terror que debió de ir menguando poco a poco, sin duda, y de exaltación, y de deseo, a la espera de la muerte.

Su padre estaba esperando. Había cerrado con llave el cobertizo, no volvería a abrir sus libros, al día siguiente se pondría unos zapatos por última vez. Todos se habían hecho a la idea, y en cierto modo les hubiera inquietado más que su muerte no llegara. Nadie se atrevió a preguntarle a él lo que pensaba. Se habría tomado la pregunta como una impertinencia, un acto de dramatismo, una indulgencia. Rose así lo creía. Creía que estaba preparado para ir al Hospital Westminster, el antiguo hospital de los soldados, preparado para la hosquedad masculina, las camas separadas por cortinas amarillentas, las palanganas manchadas. Y para lo que viniera después. Comprendió que nunca iba a estar más presente a su lado que en ese instante. La sorpresa fue darse cuenta de que tampoco iba a estarlo menos.

Tomando café, deambulando por los pasillos verdes ciegos del nuevo instituto, en la Reunión del Centenario —aunque ella no había ido para la ocasión, se la topó de casualidad, por así decir, cuando volvió a casa para ver qué se hacía con Flo—, Rose iba encontrándose con viejos conocidos. Unos le decían: «¿Sabes que Ruby

Carruthers murió? Le quitaron un pecho, y luego el otro, pero se le había extendido por todo el cuerpo y murió». Y otros: «Vi tu foto en una revista, cómo se llamaba esa revista… Bueno, la tengo en casa».

El nuevo instituto tenía un taller mecánico para formar a futuros mecánicos, y un salón de belleza para formar a futuras empleadas de salones de belleza; una biblioteca; un auditorio; un gimnasio; una curiosa fuente giratoria para lavarte las manos en el servicio de señoras. También un dispensador de compresas que funcionaba.

Del Fairbridge era el dueño de una funeraria.

Runt Chesterton era contable.

Horse Nicholson se había hecho de oro como contratista y luego se había metido en política. Había dado un discurso diciendo que lo que necesitaban en el aula era mucho más a Dios y mucho menos francés.

Cisnes silvestres

Flo le advirtió que tuviera cuidado con la «trata de blancas». Así era como operaban esos rufianes, dijo: una mujer mayor, la típica madre o abuela, se sentaba a tu lado en el autobús o en el tren y se hacía amiga tuya. Te ofrecía caramelos, que llevaban droga. Enseguida empezabas a dar cabezadas y a farfullar, no estabas en condiciones de hilar una frase. «Oh, ayuda —decía la mujer—, mi hija (o mi nieta) está mareada; por favor, que alguien me ayude a bajarla para que tome el aire y se reponga.» En el acto se levantaba un educado caballero, que se hacía pasar por desconocido, brindándose a socorrerla. Juntos, en la parada siguiente, te sacaban a empujones del tren o del autobús, y ya no se volvía a saber de ti. Te tenían prisionera en el sitio de la trata de blancas (adonde te llevaban drogada y atada, de modo que ni siquiera sabías dónde estabas), hasta que acababas completamente denigrada y loca de desesperación, con las entrañas hechas trizas por borrachos y plagadas de enfermedades horrendas, con la cabeza destruida por la droga, sin apenas pelo ni dientes. Tardabas unos tres años en acabar en ese estado. No querías ir a casa, entonces; tal vez ni siquiera recordaras tu hogar o fueses capaz de encontrar el camino de vuelta. Así que te echaban a las calles.

Flo cogió diez dólares y los metió en una bolsita de tela que le había cosido a Rose en la goma de la ropa interior. Otra cosa que podía pasar era que le robaran el bolso.

«Mucho ojo —le dijo Flo también— con los que llevan alzacuellos.» Eran los peores. Disfrazarse de cura solía ser un truco típico de los tratantes de blancas, así como de los sacacuartos.

Rose repuso que el problema era cómo distinguiría si iban disfrazados o no.

Flo había trabajado en Toronto de joven. Estuvo de camarera en una cafetería de la estación central. Así era como sabía todo lo que sabía. No veía la luz del sol, en aquellos tiempos, salvo en sus días libres. Pero vio muchas otras cosas. Vio a un hombre apuñalar a otro: simplemente le abrió la camisa y le rajó la barriga con un corte limpio, como si fuera una sandía. El otro solo tuvo tiempo de mirarse la tripa, no pudo ni chistar. Flo daba a entender que eso no era nada, en Toronto. Vio a dos mujeres de mala vida (así llamaba Flo a las putas, pronunciando muy juntas las dos palabras, como «malabares») enzarzadas en una pelea, y un hombre se rio de ellas, otro se paró a mirar y se rio y las azuzó, mientras las dos se arrancaban los pelos a puñados. Al final llegó la policía y se las llevó, aunque las mujeres seguían aullando y chillando.

Vio morir a un crío de un ataque, también. Se le puso la cara negra como la tinta.

—Pues yo no tengo miedo —dijo Rose, desafiante—. Además, está la policía.

—¡Ah, claro! ¡Esos serían los primeros en timarte!

No creía nada de lo que Flo contaba al hablar de sexo. El hombre de la funeraria, sin ir más lejos.

Un hombrecillo calvo, vestido con mucha pulcritud, entraba a veces en la tienda y se dirigía a Flo con una expresión sumisa.

—Solo quería una bolsa de caramelos. Y tal vez unos paquetes de chicle. Y una o dos chocolatinas. ¿Sería mucha molestia dármelo envuelto?

Flo, con cortesía impostada, le aseguraba que ni mucho menos. Envolvía cada artículo en papel de estraza blanco, y casi parecían regalos. El hombre se tomaba su tiempo para elegir, tarareando y charlando, y luego se entretenía otro rato. A veces le preguntaba a Flo cómo se encontraba. Y a Rose, si la veía por allí.

—Te veo pálida. Las jovencitas necesitáis aire fresco.

A Flo le diría:

—Trabaja usted demasiado. Ha trabajado duro toda la vida.

—Qué remedio —contestaba Flo, campechana.

En cuanto el hombre salía, iba corriendo hasta la ventana. Allí estaba el viejo coche fúnebre negro, con sus cortinas moradas.

—¡Hoy irá a la caza! —diría Flo mientras el coche se alejaba despacio, casi a paso de cortejo.

El hombrecillo había sido dueño de una funeraria, pero ahora estaba retirado. El coche fúnebre también. Ahora sus hijos llevaban la empresa y habían comprado uno nuevo. Él conducía el viejo coche fúnebre por toda la región, en busca de mujeres. Eso decía Flo. Rose no creía que fuera cierto. Según Flo, las engatusaba con los chicles y los caramelos. Rose dijo que probablemente se los comiera él. Flo dijo que lo habían visto, que lo habían oído. Si hacía buen tiempo, conducía con las ventanillas bajadas y cantaba, tal vez solo, o para alguien que llevaba oculto atrás.

Su frente es como la nieve,
su cuello es como el cisne...

Flo cantaba, imitándolo. Sigiloso, se acercaba a alguna mujer que iba sola por un camino poco transitado o que descansaba en un cruce en medio del campo. Con cumplidos y cortesía y chocolatinas, se ofrecía a llevarla. Desde luego, todas las mujeres aseguraban haberle dicho que no. El hombre nunca atosigaba a nadie, seguía conduciendo respetuosamente. Pasaba de visita por alguna casa, y si estaba el marido, parecía tan contento de sentarse a charlar de todos modos. Las mujeres decían que no hacía nada más, pero Flo no lo creía.

—Hay mujeres que caen en la trampa —dijo ella—. Y no son pocas. —Le gustaba especular cómo era por dentro el coche fúnebre. Felpa. Felpa en las paredes, el techo y el suelo. Morado claro, el color de las cortinas, el color de las lilas.

Tonterías, pensaba Rose. ¿Quién podía creer algo así, en un hombre de esa edad?

Rose iba a ir sola en tren a Toronto por primera vez. Había estado antes una vez, pero con Flo, mucho antes de que muriese su padre. Se llevaron unos bocadillos de casa y le compraron leche al vendedor que pasaba recorriendo el tren. Estaba agria. Leche agria con cacao. Rose seguía dando pequeños sorbos, sin querer reconocer que algo tan deseado pudiera estropearse. Flo olisqueó la leche, y fue de arriba abajo por el tren hasta encontrar al viejo de la chaquetilla roja, desdentado y con la bandeja colgada del cuello. Lo invitó a que probara la leche con cacao. Invitó a los pasajeros que había cerca a que la olieran. El vendedor se la cambió por un refresco de jengibre. Estaba medio tibio.

—Por lo menos ya está avisado —dijo Flo mirando alrededor después de que el hombre se marchara—. Hay que avisar.

Una mujer le dio la razón, pero la mayoría de la gente miró por la ventanilla. Rose se tomó el refresco de jengibre tibio. Tal vez eso, o la escena con el vendedor, o la conversación de Flo con la señora que derivó a hablar de dónde venían y por qué iban a Toronto y de que Rose estaba pálida por no haber hecho de vientre esa mañana, o los tragos de leche con cacao que llevaba dentro, la hicieron devolver en el aseo del tren. Pasó todo el día preocupada por que la gente en Toronto notase el olor a vómito de su abrigo.

Esta vez Flo empezó el viaje diciéndole al revisor: «¡Échele un ojo a la chica, que nunca ha salido de casa!», y luego miró alrededor riendo, para demostrar que era en broma. Entonces tuvo que bajar. Se notaba que el revisor no estaba para bromas, y que tampoco tenía ninguna intención de echarle un ojo a nadie. Solo se dirigió a Rose para pedirle el billete. Le tocó un asiento de ventanilla, y pronto se sintió exultante de felicidad. Sintió que se alejaba de Flo, que echaba a volar de Hanratty Oeste y que mudaba de piel con la misma facilidad con que abandonaba todo lo demás. Le encantó pasar por pueblos cada vez menos conocidos. Había una mujer en camisón asomada a la puerta de atrás de su casa, sin importarle que la viesen desde el tren. Viajaban hacia el sur, saliendo de la franja nevada para entrar en una primavera temprana, un paisaje más benigno. Crecían melocotoneros en las huertas de las casas.

Rose repasó mentalmente las cosas que debía buscar en Toronto. Primero, los encargos de Flo. Medias especiales para las varices. Una cola especial para pegar las asas rotas de la loza. Y una caja de fichas de dominó.

Además Rose quería crema depilatoria, para hacerse los brazos y las piernas, y a ser posible un juego de cojines inflables que por lo visto te reducían las caderas y los muslos. Seguramente vendieran crema depilatoria en la droguería de Hanratty, pero la mujer que despachaba era amiga de Flo y lo contaba todo. Le contaba quién iba a comprar tinte para el pelo, pastillas adelgazantes o preservativos. En cuanto a los cojines, podías encargarlos contra reembolso, pero sin duda habría algún comentario en la oficina de correos, y Flo también conocía a gente allí. Rose quería comprarse además algunas pulseras, y un jersey de angora. Tenía grandes esperanzas en las pulseras de plata y la angora azul celeste. Creía que podían transformarla, convertirla en una belleza serena y esbelta y suavizar su pelo crespo, evitar que le sudaran las axilas y darle un cutis de nácar.

El dinero para esas cosas, así como para los gastos del viaje, provenía de un premio que Rose había ganado por escribir un artículo sobre «Arte y ciencia en el mundo del mañana». Para su sorpresa, Flo preguntó si podía leerlo, y mientras lo leía comentó que seguro que no habían tenido más remedio que darle el premio a Rose por tragarse el diccionario entero. Luego añadió tímidamente: «Es muy interesante».

Pasaría la noche en casa de Cela McKinney. Cela McKinney era prima de su padre. Se había casado con el director de un hotel y creyó que había llegado alto en la vida, pero el director de hotel volvió un día, se sentó en el suelo del comedor entre dos sillas y anunció: «No pienso abandonar esta casa nunca más». Por ninguna razón en particular, solo había decidido no volver a salir de casa, y no lo hizo hasta que murió. Desde entonces Cela McKinney quedó tocada, sufría de los nervios. Cerraba las puertas a las ocho en punto. Era muy tacaña, también. Normalmente ponía gachas de avena para cenar, con uvas pasas. La casa era oscura y angosta y olía como un banco.

El tren empezaba a llenarse. En Brantford un hombre preguntó si le importaba que se sentara a su lado.

—Fuera está más fresco de lo que parece —dijo. Le ofreció una parte de su periódico. Ella dijo que no, gracias.

Luego, para que no la tomara por grosera, dijo que la verdad es que se notaba más fresco. Siguió mirando por la ventanilla la mañana de primavera. Allí abajo no quedaba nada de nieve. Los árboles y los arbustos parecían tener una corteza más pálida que en su región. Incluso la luz del sol se veía distinta. Era tan diferente de su hogar, aquí, como lo sería la costa del Mediterráneo, o los valles de California.

—Qué ventanas tan sucias, cabría esperar que se molestaran en limpiarlas —dijo el hombre—. ¿Viajas a menudo en tren?

Ella dijo que no.

Había charcas en los campos. El hombre las señaló y dijo que este año había mucha agua.

—Nieves abundantes.

Ella se fijó en que decía «nieves», una palabra que sonaba poética. En su pueblo hubieran dicho «nieve».

—El otro día tuve una experiencia insólita. Iba conduciendo por el campo. De hecho iba de camino a visitar a una de mis feligresas, una señora con un problema de corazón…

Ella le lanzó una mirada buscando el alzacuellos. Llevaba una camisa corriente con corbata y un traje azul marino.

—Ah, sí —aclaró él—. Soy pastor de la Iglesia Unida, pero no siempre voy de uniforme. Me lo pongo para la parroquia. Hoy no estoy de servicio.

»Bueno, como te decía, iba conduciendo por el campo cuando vi unos gansos del Canadá en un estanque, y volví a mirar, y resulta que también había varios cisnes. Una magnífica bandada de cisnes. Eran un regalo para la vista. Supongo que iban migrando con la primavera, hacia el norte. Qué espectáculo. Nunca he visto nada igual.

Rose fue incapaz de pensar en los cisnes silvestres con admiración porque temía que el hombre desviara la conversación hacia la naturaleza en general y acabara viéndose en el compromiso de hablar de Dios, como solían hacer los curas. Pero no lo hizo, se quedó en los cisnes.

—Un hermoso regalo para la vista. Creo que lo habrías disfrutado.

Rose calculó que tenía entre cincuenta y sesenta años. Era bajo, de aspecto enérgico, con una cara cuadrada y rubicunda y un pelo gris en ondas lustrosas peinadas hacia atrás. Cuando se dio cuenta de que no iba a mencionar a Dios, quiso mostrarse agradecida.

—Debían de ser preciosos —dijo.

—Ni siquiera era un estanque propiamente dicho, solo un poco de agua en el campo anegado. Fue mero azar que se formara esa charca y que las aves se hubieran posado y que yo pasara con el coche en ese preciso instante. Mero azar. Recalan en la punta este del lago Erie, creo, pero nunca había tenido la suerte de verlos, hasta ahora.

Ella se giró poco a poco hacia la ventana, y él volvió a su periódico. Rose siguió esbozando una sonrisa, para no parecer grosera, para que no pareciera que daba la conversación por zanjada. La mañana era fresca de verdad, y había descolgado su abrigo del gancho donde lo puso cuando se subió al tren para echárselo por encima, como una manta sobre el regazo. Luego había dejado el bolso en el suelo para hacerle sitio al pastor. Él empezó a separar las secciones del periódico, sacudiéndolas y doblándolas con una parsimonia un tanto ostentosa. A Rose se le antojó una de esas personas que lo hacen todo ostentosamente. Con liturgia. El hombre apartó a un lado las secciones que no quería en ese momento. Una esquina del periódico rozaba la pierna de Rose, justo en la orilla de su abrigo.

Durante un rato pensó que era el periódico. Luego se dijo: «¿Y si es una mano?». Le daba por imaginar esas cosas. A veces miraba las manos de los hombres, el vello de sus antebrazos, sus perfiles absortos. Pensaba en todo lo que podrían hacer. Incluso los estúpidos. Por ejemplo, el repartidor que llevaba el pan a la tienda de Flo. La madurez y la confianza de sus gestos, la arraigada mezcla de soltura y precaución con que manejaba la camioneta del pan. Un pliegue en un torso maduro asomando por encima del cinturón no le desagradaba. En otra ocasión le echó el ojo al profesor de francés del instituto. No era francés, ni mucho menos, de hecho se apellidaba McLaren, pero Rose creía que por enseñar el idioma se le había pegado algo, tenía un aire francés. Rápido y cetrino; hombros angulosos; nariz aguileña y ojos tristes. Lo veía gozando y regodeándose en placeres lentos, un perfecto déspota del vicio. Rose fantaseaba con quedar a merced de alguien y ser objeto de sus deseos. Vapuleada, satisfecha, sometida, exhausta.

Pero… ¿y si era una mano? ¿Y si de verdad era una mano? Se movió un poco en el asiento para arrimarse a la ventanilla. Su imaginación parecía haber creado esa realidad, una realidad para la que no estaba preparada en absoluto. Se sobresaltó. Estaba concentrándose en esa pierna, ese pedacito de piel cubierto por la media. No se atrevía a mirar. ¿Era una presión lo que notaba, o no lo era? Volvió a moverse. Había mantenido las piernas muy juntas en todo momento. Sí, sí. Era una mano. La presión de una mano.

«Por favor, no me toque», intentó decir. Dio forma a las palabras en su cabeza, trató de hacerlas salir, pero no logró que traspasaran sus labios. ¿Por qué? ¿Por vergüenza, por miedo a que la gente pudiera oírla? Había gente alrededor, los asientos iban llenos.

No era solo por eso.

Consiguió mirarlo, girando la cabeza con cautela pero sin levantarla. El hombre tenía reclinado el asiento y los ojos cerrados. La manga de su traje azul marino desaparecía debajo del periódico. Había colocado el periódico de manera que se solapaba con el abrigo de Rose. Su mano estaba debajo, apoyada sin más, con el peso lánguido del sueño.

Rose podría haber movido el periódico y retirado su abrigo. Si no estaba dormido, se habría visto obligado a apartar la mano. Si estaba dormido y no la retiraba, ella podría haber susurrado: «Disculpe», y haberle plantado con firmeza la mano en su propia rodilla. Esa solución, tan obvia e infalible, no se le ocurrió. Y tendría que preguntarse: «¿Por qué no?». La mano del pastor no le resultaba grata, ni mucho menos, o no todavía. Le hacía sentir incómoda, violenta, ligeramente asqueada, tensa y recelosa. Pero no pudo armarse de valor para rechazarla. No pudo insistir en que estaba ahí, cuando él parecía estar insistiendo en que no. ¿Cómo iba a responsabilizar a un hombre tan inofensivo y de fiar, con una cara tan plácida y sana, por concederse un descanso antes de un día ajetreado? Un hombre mayor de lo que sería su padre si aún viviera, un hombre acostumbrado a la deferencia, que apreciaba la naturaleza y gozaba contemplando cisnes silvestres. Estaba segura de que si ella decía «Por favor, no me toque», se lo pasaría por alto, como perdonándole una tontería o una salida de tono. Sabía que en cuanto lo dijera, desearía que no la hubiese oído.

Había algo más, de todos modos. Curiosidad. Un impulso más tenaz, más imperioso, que la lujuria. Otra clase de lujuria, que te hará retroceder y esperar, esperar demasiado, que te hará arriesgar prácticamente cualquier cosa, solo por ver qué pasa. «Por ver qué pasa.»

A lo largo de los siguientes kilómetros, la mano inició sin prisa una serie de presiones y tanteos sumamente delicados, tímidos. De dormido, nada. O si él dormía, su mano, no. A Rose le dio asco. Sintió una náusea débil, difusa. Pensó en carne: trozos de carne cruda, hocicos rosados, lenguas gruesas, dedos toscos que no paraban de trotar y reptar y menearse y frotarse en busca de consuelo. Pensó en gatos en celo restregándose contra las vallas de madera, maullando con sus gemidos lastimeros. Era patético, infantil, retorcerse y estrujarse con ese frenesí. Tejidos blandos, membranas inflamadas, terminaciones nerviosas suplicantes, olores vergonzosos; humillación.

Todo eso estaba empezando. La mano, que Rose no habría querido tocar jamás, que no habría estrechado, la mano tozuda y paciente de ese hombre era capaz, al fin y al cabo, de mecer los helechos y hacer manar los arroyos, de despertar una exuberancia furtiva.

Sin embargo, Rose no quería. En ese momento aún prefería que no lo hiciera. «Por favor, aparte la mano», dijo hacia algo más allá de la ventanilla. «Basta, por favor», dijo a los troncos de los árboles cortados y los graneros. La mano había subido por su pierna rozando la piel desnuda donde acababa la media, se había deslizado más arriba, por debajo del liguero, hasta llegar a las bragas y el bajo vientre. Rose mantenía las piernas cruzadas, muy prietas. Mientras mantuviera las piernas cruzadas podría clamar su inocencia, no habría accedido a nada. Aún podía creer que zanjaría la cuestión al cabo de un segundo. No iba a pasar nada, nada más. Bajo ningún concepto pensaba abrir las piernas.

Pero lo hizo. Lo hizo. Mientras el tren atravesaba la escarpa de Niágara sobre Dundas, mientras contemplaban el valle preglacial, las lomas pedregosas con bosques plateados, mientras resbalaban hasta las orillas del lago Ontario, Rose haría esa declaración lenta, muda y categórica, que quizá fuera a la vez una decepción y un triunfo para el dueño de la mano. El hombre no abrió los párpados, su rostro no se alteró, sus dedos no titubearon, sino que se metieron en faena briosa y discretamente. Invasión, y bienvenida, y la luz del sol centelleando en la lejanía sobre las aguas del lago; extensiones de frutales desnudos arremolinándose alrededor de Burlington.

Eso era la desgracia, eso era la miseria humana. Qué tiene de malo, nos decimos en momentos así, qué tiene de malo saciar nuestros apetitos, cuanto más bajos mejor, llevados por la fría ola de la sordidez, del abandono. La mano de un extraño, o las hortalizas, o los humildes utensilios de cocina sobre los que se cuentan chistes; el mundo desborda de objetos con apariencia inocente listos para ofrecerse, traicioneros y serviciales. Rose procuró controlar la respiración. No se lo podía creer. Víctima y cómplice, transportada hasta dejar atrás la fábrica de jaleas y confituras Glassco, los conductos palpitantes de las refinerías de petróleo. Se adentraron en suburbios donde sábanas y toallas íntimas ondeaban de manera impúdica en los tendederos, donde hasta los niños parecían retozar con lascivia en los patios de los colegios, y hasta los camioneros detenidos en los pasos a nivel debían de estar regodeándose en gestos obscenos. Muecas soeces, que entonces se veían mucho. A lo lejos aparecieron las verjas y las torres del recinto ferial, con cúpulas pintadas y columnas que flotaban prodigiosamente contra el cielo rosado de sus párpados. Echaron a volar, en alborozo. Podías hacer que una bandada de aves, incluso de cisnes silvestres, despertaran a la vez bajo una gran cúpula y estallaran, elevándose hacia el cielo.

Rose se mordió la punta de la lengua. Muy pronto el revisor recorrió el tren, para avisar a los pasajeros, devolverlos a la realidad.

Al entrar en la oscuridad del andén cubierto, el pastor de la Iglesia Unida abrió los ojos, renovado, dobló el periódico y le preguntó si quería que la ayudara a ponerse el abrigo. Fue una galantería chulesca, despectiva. «No», dijo Rose, con la lengua lastimada. El hombre se adelantó y salió aprisa del tren. No lo vio en la estación. No volvió a verlo en la vida. Y sin embargo, se quedó de guardia, por decirlo así, durante años, siempre a punto para aparecer en un momento crítico, sin la menor contemplación hacia marido o amantes futuros. ¿Qué la incitaba de ese hombre? Rose nunca pudo entenderlo. ¿Su simplicidad, su arrogancia, le daba morbo su absoluta falta de atractivo, incluso de virilidad en el sentido habitual del término? Cuando él se puso de pie, vio que era aún más bajo de lo que creía, se fijó en su cara brillante y rosada, supo que había algo cruel y avasallador e infantil en él.

¿Sería pastor, en realidad, o lo dijo por decir? Flo había mencionado a impostores que se disfrazaban de curas, no a curas de verdad vestidos como si no lo fueran. O, más raro aún, impostores que se hacían pasar por curas aunque vestían de paisano. De todos modos, que Flo se hubiese acercado tanto a lo que podía ocurrir fue un revés. Rose cruzó la estación notando el roce de la bolsita con los diez dólares, y supo que seguiría notándola todo el día, restregándose contra su piel para recordárselo.

Ni por esas dejaban de llegarle mensajes de Flo. Como estaba en la estación central, recordó a una chica, una tal Mavis, que había sido dependienta en la tienda de obsequios cuando Flo trabajaba en la cafetería. A Mavis le salían unas verrugas en los párpados que parecían orzuelos, pero luego se le fueron. Quizá se las hizo quitar, Flo no preguntó. Era muy guapa sin esas verrugas. Había una estrella de cine en esos tiempos a la que se parecía mucho. La estrella de cine se llamaba Frances Farmer.

Frances Farmer. Rose nunca había oído hablar de ella.

Así se llamaba la actriz. Y Mavis fue a comprarse un gran sombrero que se ladeaba sobre un ojo y un vestido todo de encaje. Se marchó de fin de semana a la bahía de Georgia, a un balneario. Se registró como Florence Farmer, para que la gente pensara que en realidad era la otra, Frances Farmer, pero que se hacía llamar Florence porque estaba de vacaciones y no quería que la reconocieran. Fumaba con una elegante boquilla de concha y madreperla. «Podrían haberla detenido», dijo Flo. Menuda desfachatez.

Rose sintió el impulso de acercarse a la tienda de obsequios, para ver si Mavis aún estaba allí y si podía reconocerla. Pensó qué sensacional sería lograr una transformación como esa. Atreverte a hacerlo, salir airosa y vivir aventuras disparatadas, en tu propia piel pero con un nuevo nombre.

La mendiga

Patrick Blatchford estaba enamorado de Rose. Esa se había convertido para él en una idea fija, incluso febril. Para ella era una sorpresa continua. Patrick quería que se casaran. La esperaba después de las clases, entraba y se ponía a su lado, de modo que cualquiera que estuviese hablando con ella no tenía más remedio que darse por aludido. Cuando esos amigos o compañeros de Rose estaban cerca no hablaba, pero hacía lo posible para decirle con una mirada fría e incrédula lo que opinaba de su conversación. Rose se sentía halagada, pero se ponía nerviosa. Una de sus amigas, Nancy Falls, pronunció mal «Metternich» delante de él.

—¿Cómo puedes ser amiga de gente así? —le dijo Patrick más tarde.

Nancy y Rose habían ido juntas a vender sangre, al hospital Victoria. Cada una sacó quince dólares. Se lo gastaron casi todo en unos zapatos de fiesta, unas sandalias plateadas vulgares, y luego, convencidas de que donar sangre les había hecho perder peso, se tomaron una copa de helado con salsa de chocolate caliente en Boomers. ¿Por qué Rose fue incapaz de decir nada en defensa de Nancy?

Patrick tenía veinticuatro años, cursaba el doctorado, quería ser profesor de Historia. Era alto, delgado, rubio y apuesto, aunque tenía una mancha de nacimiento, larga y encarnada, que le chorreaba como una lágrima por la sien y la mejilla. Él se disculpaba por ese defecto, pero decía que se iba matizando con la edad. A los cuarenta habría desaparecido. No era la mancha de nacimiento lo que anulaba su atractivo, pensaba Rose. (A ella le parecía que algo lo anulaba, o al menos le restaba encanto; debía recordarse continuamente que estaba ahí.) Había algo crispado, nervioso, desconcertante en su actitud. Cuando se aturullaba —con ella, siempre parecía aturullado— se le quebraba la voz, volcaba platos y tazas de las mesas, derramaba bebidas y cuencos de cacahuetes, como un cómico. No tenía dotes de cómico; nada más lejos de sus intenciones. Provenía de la Columbia Británica. Su familia era rica.

Cuando iban al cine llegaba temprano a recoger a Rose. No llamaba a la puerta de la doctora Henshawe, sabía que aún no era la hora. Se sentaba en el escalón de la entrada. Era invierno, ya de noche, pero había un farolillo allí mismo.

—¡Oh, Rose! ¡Ven a ver! —la llamaba la doctora Henshawe con su voz suave, divertida, y las dos lo miraban desde la ventana del estudio a oscuras—. Pobre muchacho —decía la doctora Henshawe con ternura.

Era una mujer setentona. Había sido profesora de Literatura en la universidad, exigente y entusiasta. Cojeaba de una pierna, pero su cara aún rebosaba juventud y ladeaba la cabeza de un modo encantador, con unas trenzas blancas recogidas alrededor.

Llamaba a Patrick «pobre» porque estaba enamorado, y quizá también porque era un hombre, condenado a empujar y a dar traspiés. Incluso desde allí arriba parecía tenaz y digno de lástima, decidido y dependiente, sentado a la intemperie.

—Custodiando la puerta —dijo la doctora Henshawe—. ¡Oh, Rose!

En otra ocasión hizo un comentario inquietante.

—¡Ay, querida, me temo que va detrás de la chica equivocada!

A Rose no le hizo ninguna gracia el comentario. No le gustaba que se burlara de Patrick. No le gustaba que Patrick se sentara así en los escalones, tampoco. Estaba pidiendo a gritos que se burlaran de él. Era la persona más vulnerable que Rose había conocido nunca, se lo buscaba él mismo, no sabía protegerse. Pero también destilaba opiniones crueles, era de lo más engreído.

—Rose, a ti que eres becaria —decía la doctora Henshawe— esto te interesará.

Entonces le leía en voz alta una nota de prensa, o las más de las veces un sesudo artículo del *Canadian Forum* o el *Atlantic Monthly*. Durante un tiempo la doctora Henshawe había estado al frente del consejo escolar municipal, era una de las fundadoras del Partido Socialista de Canadá. Seguía asistiendo a comités, escribiendo cartas al periódico, reseñando libros. Sus padres habían sido médicos misioneros; ella había nacido en China. Vivía en una casa pequeña e impecable. Suelos pulidos, alfombras espléndidas, jarrones chinos, cuencos y paisajes, biombos negros tallados. Rose no alcanzaba a apreciar muchas de esas cosas, en esa época. No era capaz de distinguir realmente entre los animalitos esculpidos en jade que decoraban la repisa de la chimenea de la doctora Henshawe y los adornos expuestos en el escaparate de la joyería de Hanratty, aunque ya podía distinguir ambas cosas de las baratijas que compraba Flo en el bazar.

No sabía hasta qué punto le gustaba vivir en casa de la doctora Henshawe. A veces, sentada en el comedor con una servilleta de hilo sobre las rodillas, comiendo en platos blancos de porcelana fina sobre mantelitos individuales de color azul, se sentía abatida. Para empezar nunca había suficiente comida, y se acostumbró a comprar rosquillas y tabletas de chocolate que escondía en su cuarto. El canario se columpiaba en su percha junto a la ventana del comedor y la doctora Henshawe llevaba la conversación. Hablaba de política, de escritores. Mencionaba a Frank Scott y a Dorothy Livesay. Decía que Rose debía leerlos. Rose debía leer esto, debía leer lo otro. Rose, ofuscada, decidió que no lo haría. Estaba leyendo a Thomas Mann. Estaba leyendo a Tolstói.

Antes de vivir con la doctora Henshawe, Rose nunca había oído hablar de la clase trabajadora. Se llevó el término a casa.

—Tenía que ser este el último barrio del pueblo donde pusieran cloacas —se lamentó Flo.

—Claro —replicó Rose sin inmutarse—. Este es el barrio donde vive la clase trabajadora.

—¿Trabajadora? —dijo Flo—. No, si los de por aquí pueden evitarlo.

Vivir en casa de la doctora Henshawe sirvió para algo. Acabó con la candidez, la seguridad incuestionable, del hogar. Volver allí era exponerse, literalmente, a una luz implacable. Flo había colocado tubos fluorescentes en la tienda y en la cocina. En un rincón de la cocina tenía también una lámpara de pie que había ganado en el bingo, con la pantalla envuelta en anchas tiras de celofán. Por encima de todo, en opinión de Rose, la casa de la doctora Henshawe y la casa de Flo servían para desacreditarse una a la otra. Las primorosas habitaciones de la doctora Henshawe despertaban en

Rose la cruda conciencia de sus orígenes, un nudo intragable, mientras que en casa, ahora que podía apreciar el orden y la armonía de otros lugares, se revelaba una pobreza triste y vergonzosa en gente que nunca se había considerado pobre. La pobreza no era solo miseria, como la doctora Henshawe parecía creer, no era solo privación. Era tener esos feos tubos fluorescentes y enorgullecerte de ellos. Era hablar a todas horas de dinero y hablar con malicia de las cosas nuevas que la gente se había comprado y de si las pagaban o no. Era encenderse de orgullo y envidia por algo como el nuevo par de cortinas de plástico, imitación encaje, que Flo había comprado para el escaparate. También colgar la ropa en clavos detrás de la puerta o poder oír todos los ruidos del cuarto de baño. Era decorar tus paredes con una serie de refranes, tanto piadosos como joviales o un poco subidos de tono.

EL SEÑOR ES MI PASTOR

QUIEN CREE EN EL SEÑOR JESUCRISTO SE SALVARÁ

¿Por qué Flo ponía algo así, cuando ni siquiera era religiosa? Era lo que tenía todo el mundo, igual que los calendarios.

ESTA ES MI COCINA Y AQUÍ HARÉ LO QUE ME DÉ LA REAL GANA

MÁS DE DOS PERSONAS EN UNA CAMA ES PELIGROSO E ILÍCITO

Este lo había llevado Billy Pope. ¿Qué diría Patrick cuando los viera? ¿Qué pensaría de las historias de Billy Pope alguien que se ofendía por oír «Metternich» mal pronunciado?

Billy Pope trabajaba en la carnicería de Tyde. Ahora de lo que más hablaba era del refugiado, el belga, que había ido a trabajar allí, y ponía a Billy Pope de los nervios con sus impúdicas canciones francesas y sus ingenuas aspiraciones de abrirse camino en el país, comprando su propia carnicería.

—No creas que puedes venir aquí con esos humos —le dijo Billy Pope al refugiado—. Eres tú el que trabaja para nosotros, y no creas que eso va a cambiar y que nosotros vamos a trabajar para ti. —Así le cerró la boca de una vez, dijo Billy Pope.

Patrick decía de vez en cuando que, como el pueblo de Rose estaba solo a ochenta kilómetros, debía ir a conocer a la familia de Rose.

—Solo está mi madrastra.

—Qué lástima no haber podido conocer a tu padre.

Impulsivamente, le había presentado a su padre como un amante de los libros de historia, un erudito aficionado. No era del todo mentira, pero tampoco daba una imagen fiel de las circunstancias.

—¿Tu madrastra es tu tutora?

Rose tuvo que decir que no lo sabía.

—Bueno, en su testamento tu padre debió designarte un tutor legal. ¿Quién administra su hacienda?

Su «hacienda». Rose pensaba que una hacienda eran tierras, como las que tenían las familias ricas en Inglaterra.

A Patrick le pareció de una ingenuidad encantadora.

—No, su dinero, sus acciones y demás. Lo que dejó.

—No creo que dejara nada.

—Vamos, no seas tonta —dijo Patrick.

Y otras veces la doctora Henshawe decía: «Bueno, tú eres becaria, a ti eso no te interesa». Normalmente se refería a algún acto en la universidad; una jornada de animación deportiva, un partido de fútbol, un baile. Y normalmente tenía razón; a Rose no le interesaba. Pero no le daba la gana reconocerlo. No pretendía ni le hacía gracia verse etiquetada así.

En la pared de las escaleras colgaban las fotografías de graduación de las demás chicas, todas becarias, que habían vivido antes con la doctora Henshawe. La mayoría llegaron a ser maestras, y luego madres. Una era nutricionista, dos eran bibliotecarias, otra era profesora de Literatura, como la propia doctora Henshawe. A Rose no le atraían nada esos retratos difuminados, sus sonrisas modosas y agradecidas, sus dientes grandes y los recogidos virginales de sus peinados. Parecían querer imponerle abnegación absoluta. No había actrices entre ellas, ni intrépidas reporteras; ninguna se había embarcado en la vida con que Rose soñaba. Pensaba que quería ser actriz pero nunca había intentado actuar, no se atrevía ni a acercarse a los montajes del centro de arte dramático de la facultad. Sabía que no se le daba bien cantar o bailar. Le habría encantado tocar el arpa, pero no tenía oído para la música. Quería ser conocida y envidiada, esbelta e inteligente. A la doctora Henshawe le contó que, de haber nacido hombre, le habría gustado ser corresponsal en el extranjero.

—¡Entonces debes ir a por ello! —gritó la doctora Henshawe escandalosamente—. El futuro estará abierto de par en par para las mujeres. Debes concentrarte en los idiomas. Debes estudiar ciencia política. Y economía. Tal vez puedas conseguir un trabajo de verano en el periódico. Tengo amigos allí.

A Rose le imponía la idea de trabajar en un periódico, y detestaba el curso de introducción a la economía; estaba buscando la manera de dejarlo. Era peligroso comentarle cualquier cosa a la doctora Henshawe.

Fue a parar a casa de la doctora Henshawe por accidente. La candidata elegida había sido otra chica, pero cayó enferma; tenía tuberculosis, así que la ingresaron en un sanatorio. La doctora Henshawe fue a la secretaría de la facultad el segundo día de inscripciones para conseguir los nombres de algunas otras becarias de primer curso.

Rose había estado en la secretaría justo un rato antes, preguntando dónde se celebraba la reunión de los alumnos becados. Había perdido su notificación. El administrador iba a dar una charla a los estudiantes con beca, para explicarles cómo podían ganar un dinero extra y vivir barato e informarles de los altos niveles de rendimiento que allí esperaban de ellos, si querían que sus pagos siguieran llegando.

Rose averiguó el número del aula, y se dirigió por las escaleras a la primera planta.

—¿También vas a la tres cero doce? —le preguntó una chica que subía a su lado.

Caminaron juntas, contándose los detalles de sus respectivas becas. Rose aún no tenía un sitio donde vivir, se alojaba en la pensión de la Asociación Cristiana de Jóvenes Mujeres Americanas. La verdad es que ni siquiera le alcanzaba el dinero para estar ahí. Contaba con una beca para la matrícula y con el galardón del condado para comprar los libros, y solo una ayuda de trescientos dólares para vivir; nada más.

—Pues tendrás que buscar trabajo —dijo la otra chica.

Tenía una beca más generosa, porque estudiaba Ciencias («Ahí es donde está el dinero, el dinero está todo en Ciencias», dijo muy seria), aunque esperaba encontrar un trabajo en la cantina. Se alojaba en un cuarto en el sótano de la casa de alguien. «¿Cuánto se paga por un cuarto de alquiler? ¿Cuánto cuesta un hornillo?», le preguntó Rose, con la cabeza nadando en cálculos angustiosos.

La chica llevaba el pelo recogido en un moño. Llevaba una blusa de crespón, amarillenta y lustrosa a fuerza de tanto lavarla y plancharla. Tenía los pechos grandes y caídos. Probablemente llevaba un sujetador color carne de los que se abrochan por un lado. Tenía una mancha descamada en la mejilla.

—Debe de ser aquí —dijo.

Había una ventanita en la puerta. Echaron una ojeada a los otros becarios ya reunidos y esperando. A Rose le pareció ver a cuatro o cinco chicas con el mismo tipo encorvado y fondón que la chica que estaba a su lado, así como a varios chicos de mirada centelleante y engreída con pinta de críos. Por lo visto la norma era que las chicas con beca aparentasen cuarenta años, y los chicos, doce. Era imposible, evidentemente, que todos se ajustaran a ese patrón. Era imposible que con un simple vistazo Rose detectase indicios de eczema, sobacos sucios, caspa, sarro en los dientes y costras de legañas en los ojos. Fue solo una idea que la asaltó. Pero no se equivocaba, un halo los envolvía, un espantoso halo de afán y docilidad. ¿Cómo si no habían conseguido dar tantas respuestas correctas, tantas respuestas complacientes, cómo si no se habían distinguido para llegar hasta ahí? Y Rose había hecho lo mismo.

—Tengo que ir al lavabo —dijo.

Se veía trabajando en la cantina. Su figura, ya bastante ancha, más ensanchada todavía por el uniforme de algodón verde, la cara colorada y el pelo pegajoso por el vapor. Sirviendo platos de estofado y pollo frito para otros con menos inteligencia y más medios.

Bloqueada por las mesas calientes, el uniforme, por el trabajo duro y honrado del que no había que avergonzarse, por una cabeza brillante y una pobreza que se proclamaban a los cuatro vientos. A los chicos se les podía perdonar. Para las chicas era fatal. La pobreza en las chicas no es atractiva a menos que se combine con una dulce desvergüenza, con la estupidez. El talento no es atractivo a menos que se combine con ciertos signos de elegancia, de «clase». ¿Sería verdad eso? ¿Era tan fatua para que le preocupase? Sí. Y sí.

Volvió a la primera planta, donde los pasillos estaban abarrotados de alumnos corrientes que estudiaban sin beca, a los que no se les exigían sobresalientes ni que fueran agradecidos y vivieran barato. Envidiables e ingenuos, pululaban en torno a las mesas de inscripción con sus chaquetas nuevas moradas y blancas, sus gorritas moradas de novatos, avisándose unos a otros a gritos, intercambiando datos confusos, insultos absurdos. Rose caminó entre ellos con un amargo sentimiento de superioridad y desazón. La falda de su traje de pana verde se le escurría a cada momento y se le pegaba entre las piernas al andar. A la tela le faltaba caída; debería haberse gastado más en comprarse una con más cuerpo. Ahora pensaba que la chaqueta tampoco tenía buen corte, aunque en casa le pareció que daba el pego. Le había hecho el conjunto una modista de Hanratty, amiga de Flo, a quien le preocupaba sobre todo que no se transparentara la silueta. Cuando Rose le preguntó si la falda no podía ser más ceñida, la mujer repuso: «No querrás que se te marque el pompis, ¿verdad?», y Rose no quiso decir que a ella no le importaba.

Otra cosa que dijo la modista fue: «Creía que ya habías terminado los estudios y que ahora buscarías trabajo para ayudar en casa».

Una mujer que iba por el pasillo detuvo a Rose.

—¿No eres una de las chicas con beca?

Era la secretaria del registro. Rose pensó que iba a regañarla por no estar en la reunión, y se le ocurrió decir que se había mareado. Preparó la cara para contar la mentira. Pero la secretaria dijo:

—Acompáñame. Quiero que conozcas a alguien.

La buena de la doctora Henshawe los llevaba de cabeza en la oficina. Le gustaban las chicas pobres, las chicas brillantes, pero debían ser chicas tirando a bonitas.

—Creo que hoy puede ser tu día de suerte —dijo la secretaria, acompañando a Rose—. Pon buena cara, si no te importa.

Rose detestó que se lo pidiera, pero sonrió obedientemente.

En menos de una hora la doctora Henshawe se la llevó a casa, la instaló entre los biombos y los jarrones chinos, y empezó a tratarla de «becaria».

Consiguió un empleo en la biblioteca de la facultad, en lugar de en la cantina. La doctora Henshawe era amiga de la directora. Rose trabajaba los sábados por la tarde. Trabajaba en el depósito, recolocando los libros. En otoño los sábados por la tarde la biblioteca estaba casi desierta, porque había partido de fútbol. Las ventanas altas y estrechas se abrían a la explanada cubierta de hojas, el campo de fútbol, al paisaje seco otoñal. El viento traía los cánticos y los gritos distantes.

Los edificios de la universidad no eran viejos ni mucho menos, pero se habían construido con la intención de que lo pareciesen. Eran de piedra. La Facultad de Letras estaba rematada por una torre, y las ventanas emplomadas de la biblioteca tenían batientes, que tal vez en un principio se diseñaran para disparar flechas. Los edificios y los libros de la biblioteca eran lo que a Rose más le gustaba. La vida que solía invadirla, y que ahora se había desvanecido para concentrarse alrededor del campo de fútbol, dando rienda suelta a todo aquel bullicio, se le antojaba una distracción inoportuna. Los vítores y los cánticos eran una idiotez, si te parabas a escucharlos. ¿Para qué querían edificios tan majestuosos, si iban a cantar semejantes bobadas?

Tenía la prudencia de no revelar esas opiniones. Si alguien le decía «Es una pena que tengas que trabajar los sábados y no puedas ir a ningún partido», ella asentía con vehemencia.

Una vez un hombre le magreó la pantorrilla, agarrándola entre el calcetín y la falda. Fue en la sección de Agricultura, abajo, al fondo del depósito. Solo los docentes, los estudiantes de doctorado y el personal tenían acceso al depósito, aunque alguien podía haberse colado por una de las ventanas del semisótano, si era muy delgado. Ella había visto a un hombre agachado mirando los libros de la estantería de abajo, un poco más adelante. En un momento en que Rose se aupó para poner un libro en su sitio, se le acercó por detrás. Le agarró la pierna al pasar, con un movimiento rápido y repentino, y desapareció en el acto. Rose siguió notando durante un buen rato sus dedos clavados en la carne. No le pareció que la tocara con lascivia, fue más bien una broma, aunque en absoluto simpática. Oyó que huía, o sintió que corría; las estanterías metálicas vibraron. Luego dejaron de vibrar. Ningún sonido delataba su presencia. Ella recorrió el depósito mirando entre los pasillos, mirando en las cabinas de estudio. Y si lo veía, o se topaba con él al doblar una esquina, ¿qué se proponía hacer? No lo sabía. Solo sentía una necesidad imperiosa de buscarlo, como en un emocionante juego infantil. Se miró la pantorrilla, rosada y robusta. Increíble, que por las buenas un individuo hubiese querido magullarla y castigarla.

Solía haber algunos estudiantes de doctorado trabajando en las cabinas, incluso los sábados por la tarde. Con menos frecuencia, un profesor. Todos los cubículos en los que miraba estaban vacíos, hasta que llegó a uno en la esquina. Asomó la cabeza despreocupadamente, pensando a esas alturas que no encontraría a nadie. Entonces tuvo que disculparse.

Había un hombre joven con un libro en el regazo, libros por el suelo, rodeado de papeles. Rose le preguntó si había visto pasar a alguien, y él dijo que no.

Ella le contó lo que había ocurrido. No se lo contó porque estuviera asustada o indignada, como él pareció creer después, sino solo porque tenía que contárselo a alguien; era rarísimo. Así que no estaba preparada en absoluto para su reacción. Su largo cuello y su cara se pusieron tan colorados que la mancha de nacimiento que tenía en el pómulo quedó absorbida por el sofocón. Era delgado y rubio. Se levantó sin pensar en el libro del regazo o los papeles que tenía delante. El libro se cayó al suelo. Un taco de papeles, empujados sobre el escritorio, volcó el tintero.

—Qué vileza —dijo.

—Cuidado con la tinta —le advirtió Rose.

Él quiso coger el frasco y lo tiró al suelo. Por suerte tenía el tapón puesto, y no se rompió.

—¿Te ha hecho daño?

—No, la verdad es que no.

—Vamos arriba. Daremos parte.

—Ah, no…

—No puede quedar impune. Algo así no debe consentirse.

—No hay nadie a quien dar parte —dijo Rose con alivio—. Los sábados la bibliotecaria se va a mediodía.

—Es repugnante —exclamó él con una voz aguda, crispada.

Rose lamentó haberle contado nada, y le dijo que tenía que volver al trabajo.

—¿Seguro que estás bien?

—Sí, sí.

—No me moveré de aquí. Avísame si vuelve.

Ese era Patrick. Si Rose se hubiese propuesto enamorarlo, no podría haber elegido mejor manera. Su cabeza estaba llena de ideas caballerescas, de las que fingía burlarse empleando ciertas palabras o frases como entre comillas. «El bello sexo», diría, y «damisela en apuros». Acudiendo a su cabina con aquella historia, Rose se había puesto en el papel de la damisela en apuros. La falsa ironía no engañaba a nadie; era evidente que él deseaba actuar en un mundo de caballeros y damas; ultrajes; devociones.

Continuó viéndolo en la biblioteca, cada sábado, y a menudo se lo encontraba paseando por el campus o en la cantina. Patrick ponía empeño en saludarla con cortesía y una inquietud velada, le preguntaba si estaba bien como sugiriendo que tal vez hubiera sufrido una nueva agresión, o que aún se estuviera reponiendo de la primera. Siempre se sonrojaba hasta las orejas cuando la veía, y ella pensaba que el recuerdo de lo sucedido lo turbaba. Con el tiempo supo que era porque estaba enamorado.

Patrick averiguó su nombre, y dónde vivía. La llamó a casa de la doctora Henshawe y la invitó a ir al cine. Al principio, cuando dijo: «Soy Patrick Blatchford», Rose no conseguía ubicarlo, pero enseguida reconoció la voz aguda y trémula, un tanto exasperada. Aceptó la invitación. En parte porque la doctora Henshawe siempre decía que se alegraba de que Rose no perdiera el tiempo tonteando con chicos.

Al poco de empezar a salir con él, le dijo a Patrick:

—¿No sería gracioso que tú hubieses sido quien me agarró de la pierna aquel día en la biblioteca?

A él no le hizo ninguna gracia. Se horrorizó de que pudiera pensar semejante disparate.

Ella le dijo que era de guasa. Que solo se refería a que sería un giro muy bueno en una historia, un relato de Maugham o una película de Hitchcock, por ejemplo.

—Si Hitchcock hiciera una película con esa trama, una mitad de tu personalidad podría ser la de un fetichista obsesionado por las piernas, y la otra, un erudito apocado.

Eso tampoco le gustó.

—¿Es así como me ves, como un erudito apocado?

A Rose le pareció que ponía una voz más grave, enronqueciéndola un poco, y que metía la barbilla, como en broma. Pero casi nunca bromeaba con ella; no creía que bromear viniera a cuento cuando estás enamorado.

—No he dicho que fueses un erudito apocado ni un obseso de las piernas. Era solo una idea.

Al cabo de un rato, él dijo:

—Supongo que no parezco muy varonil.

A ella le sorprendió y le irritó que le hablara con semejante desnudez. Corría esos riesgos; ¿es que la vida no le había enseñado a no arriesgar así? Aunque tal vez no era para tanto, al fin y al cabo. Sabía que ella procuraría consolarlo. Por más que no quisiera, que estuviera deseando decir con buen criterio: «Pues no. No lo pareces».

Aun cuando eso tampoco sería cierto. A ella sí le parecía masculino. Por arriesgar como arriesgaba. Solo un hombre podía ser tan descuidado y exigente.

—Venimos de mundos distintos —le dijo Rose en otra ocasión. Se sintió como un personaje en una obra de teatro, al decir eso—. Mi familia es gente pobre. La casa donde me crie te parecería un estercolero.

Ahora era ella la que no jugaba limpio fingiendo quedar a su merced, porque naturalmente no esperaba que Patrick le dijese: «Ah, pues si eres de familia pobre y vives en un estercolero, tendré que retirar mi oferta».

—Pero yo me alegro —dijo Patrick—. Me alegro de que seas pobre. Eres adorable. Eres como la mendiga del cuadro.

—¿Qué cuadro?

—Ya sabes, *El rey Cophetua y la mendiga*. ¿No lo conoces?

Patrick tenía un truco… bueno, no era un truco; Patrick no tenía trucos. Patrick tenía un modo de expresar la sorpresa, una sorpresa un tanto desdeñosa, cuando la gente no sabía algo que él sabía, y un desdén similar, una sorpresa similar, cuando alguien se había molestado en saber algo que él ignoraba. Tanto la arrogancia como la humildad eran rasgos muy acusados de su carácter. Con el tiempo, Rose llegó a la conclusión de que la arrogancia se debía a que era rico, aunque Patrick nunca se mostraba arrogante por el hecho de serlo. Sus hermanas, cuando las conoció, resultaron ser así también, se indignaban con cualquiera que no supiese de caballos o de vela, y se indignaban igual porque alguien supiese de música, pongamos por caso, o de política. Patrick y ellas podían hacer poco más juntos que irradiar indignación. Aunque bien mirado, ¿no eran igual de arrogantes Billy Pope o Flo, cada uno a su manera? Quizá. Había una diferencia, sin embargo, y la diferencia era que Billy Pope y Flo no estaban protegidos. Había cosas que los afectaban: los refugiados, la gente que hablaba francés por la radio; los cambios. Patrick y sus hermanas se comportaban como si nada pudiera afectarlos. Cuando discutían en la mesa parecían niños consentidos; la exigencia con que pedían la comida que les gustaba, la petulancia al ver cualquier cosa en la mesa que no fuese de su agrado eran de lo más pueriles. Nunca habían tenido que agachar la cabeza y pulirse y ganarse favores en el mundo, nunca tendrían que hacerlo, y todo porque eran ricos.

Al principio Rose no tenía ni idea de lo rico que era Patrick. Nadie la creía. Todo el mundo estaba convencido de que había sido lista y calculadora, y estaba tan lejos de ser lista, en ese sentido, que no le importaba lo que pudieran pensar. Resultó que otras chicas habían probado suerte, sin dar con la tecla. Chicas más mayores, chicas de las hermandades universitarias que hasta entonces no se habían fijado en ella, empezaron a mirarla con perplejidad y respeto. Incluso la doctora Henshawe, cuando vio que las cosas iban más en serio de lo que había supuesto y sentó a Rose para tratar el asunto, dio por hecho que había echado ojo al dinero.

—No es triunfo menor atraer las atenciones del heredero de un imperio mercantil —dijo la doctora Henshawe, irónica y seria a la vez—. Yo no desprecio la riqueza —añadió—. A veces desearía vivir con un poco de desahogo. —(¿Hablaba en serio?)—. Estoy segura de que aprenderás a darle buen uso. Pero ¿qué hay de tus ambiciones, Rose? ¿Qué hay de tus estudios y tu carrera? ¿Vas a olvidarlo todo tan pronto?

«Imperio mercantil» era una manera un tanto grandilocuente de expresarlo. La familia de Patrick tenía una cadena de grandes almacenes en la Columbia Británica. Patrick solo le había contado a Rose que su padre era propietario de varios establecimientos. Cuando ella mencionó los «mundos distintos», pensaba en que seguramente él vivía en una casa respetable, como las casas del vecindario de la doctora Henshawe. Pensaba en los comerciantes más prósperos de Hanratty. No podía darse cuenta del golpe maestro que había dado, porque dar el golpe hubiera sido que el hijo del carnicero, o el hijo del dueño de la joyería, se enamorase de ella; la gente habría dicho que salía bien parada.

Echó una ojeada a aquel cuadro. Lo buscó en un libro de pintura de la biblioteca. Estudió a la mendiga, sumisa y voluptuosa, con los pies blancos y tímidos. Su entrega mansa, la indefensión y gratitud. ¿Era así como Patrick la veía? ¿Rose podía ser así? Necesitaría a aquel rey, imperioso y de tez morena, inteligente y bárbaro incluso en el trance de la pasión. Podría derretirla, con su feroz deseo. Con él no habría necesidad de disculpas, ningún asomo de esa resistencia, de esa falta de fe, que parecía revelarse en todas las transacciones con Patrick.

No podía rechazar a Patrick. No podía. No por el dinero, sino por todo el amor que le ofrecía y que ella no podía ignorar; creía que le daba lástima, que tenía que ayudarlo. Era como si se hubiera presentado ante ella en medio de una multitud acarreando un objeto grande, simple, deslumbrante —un huevo inmenso, tal vez, de plata maciza, algo de dudosa utilidad y peso extenuante— y se lo ofreciera, que de hecho se lo lanzara, suplicándole que lo liberara de una parte de ese peso. Si se lo devolvía, ¿cómo iba a soportarlo? Esa explicación, sin embargo, dejaba algo fuera. Dejaba fuera sus propias ansias, que no eran de riqueza sino de veneración. El tamaño, el peso, el brillo de lo que él decía que era amor (y que ella no ponía en duda) tenían que haberla impresionado, aunque ella nunca lo había pedido. No parecía posible que un ofrecimiento así se cruzara de nuevo en su camino. El propio Patrick, aun venerándola, de manera sesgada reconocía su suerte.

Siempre había pensado que ocurriría así, que alguien la miraría y la amaría absoluta y desesperadamente. Al mismo tiempo había pensado que no, que nadie la querría jamás, y hasta ahora nadie se había interesado en ella. No puedes hacer nada para que te quieran, es algo que se da, ¿y cómo sabes si va a darse? Se miraba en el espejo y pensaba: «Esposa», «Cariño», esas palabras suaves, bonitas. ¿Cómo iban a referirse a ella? Era un milagro; era un error. Era lo que siempre había soñado; no era lo que quería.

Empezó a sentirse muy cansada, irritable, insomne. Intentaba pensar en Patrick con admiración. La verdad es que era guapo de cara, con unos rasgos marcados y una tez clara. Y seguro que sabía de lo suyo. Corregía trabajos, presidía exámenes, estaba terminando su tesis. Exhalaba un olor a tabaco de pipa y a lana áspera que a ella le gustaba. Tenía veinticuatro años. Ninguna otra chica que ella conociera, que tuviera novio, salía con uno tan mayor.

Entonces sin previo aviso lo imaginó diciendo: «Supongo que no parezco muy varonil». Pensó en él diciendo: «¿Me amas? ¿Me amas de verdad?». La escrutaba con una mirada temerosa y amenazante. Cuando ella le dijo que sí, él dijo que era muy afortunado, que los dos eran afortunados, los unía un amor más fuerte, en comparación con otros amigos suyos y sus chicas. Rose temblaba de irritación, de tristeza. Estaba tan asqueada de sí misma como de él, estaba asqueada de la estampa que formaban en ese momento, paseando por un parque nevado del centro, su mano encogida dentro de la de Patrick, en el bolsillo de su abrigo. Cosas abominables y crueles se gritaban dentro de ella. Tenía que hacer algo para que no salieran. Empezó a buscarle las cosquillas y a provocarlo.

En la puerta de atrás de la casa de la doctora Henshawe, en medio de la nieve, lo besó, intentó que abriera la boca, le hizo cosas escandalosas. Cuando la besaba sus labios eran suaves; su lengua era tímida; se derrumbaba sobre ella, más que abrazarla, Rose no conseguía encontrar ningún brío en él.

—Eres preciosa. Tienes una piel preciosa. Qué finas son tus cejas. Eres tan delicada…

A ella le gustaba oír eso, a cualquiera le habría gustado. Y sin embargo, quiso ponerlo en guardia.

—No soy tan delicada, la verdad —le dijo—. Soy bastante corpulenta.

—No sabes cómo te quiero. Tengo un libro titulado *La diosa blanca*. Cada vez que lo veo, me acuerdo de ti.

Ella se escabulló de su abrazo. Se agachó a coger un puñado de nieve del montón junto a los escalones y se la aplastó a Patrick en la cabeza.

—Mi dios blanco.

Patrick se sacudió la nieve. Ella cogió un poco más y se la tiró. Él no se rio, estaba sorprendido y alarmado. Ella le quitó la nieve de las cejas y se la lamió de las orejas. A pesar de que estaba riendo, se sentía más desesperada que alegre. No sabía qué la impulsaba a comportarse así.

—La doctora Henshawe… —masculló Patrick. La tierna voz poética que empleaba para loarla podía desaparecer por completo, podía pasar al reproche, la exasperación, sin solución de continuidad—. ¡La doctora Henshawe te va a oír!

—La doctora Henshawe dice que eres un joven muy noble —dijo Rose con aire soñador—. Creo que está enamorada de ti.

Era verdad; la doctora Henshawe había dicho eso. Y sí, Patrick era noble. No podía soportar cómo estaba hablando Rose. Ella le sopló la nieve del pelo.

—¿Por qué no entras y la desfloras? Estoy segura de que es virgen. Esa es su ventana. ¿Por qué no vas? —Le frotó el pelo, luego metió la mano en su abrigo y le frotó la entrepierna del pantalón—. ¡Se te ha puesto dura! —exclamó triunfal—. ¡Oh, Patrick, la doctora Henshawe te la pone dura! —Nunca había dicho nada semejante, nunca había estado siquiera cerca de actuar así.

—¡Cállate! —dijo Patrick, mortificado.

Rose no podía. Levantó la cabeza y, fingiendo que susurraba, llamó hacia una de las ventanas de arriba.

—¡Doctora Henshawe! ¡Venga a ver lo que Patrick tiene para usted! —Lanzó la mano avasalladora a la bragueta.

Para detenerla, para hacerla callar, Patrick tuvo que forcejear con ella. Le tapó la boca con una mano, con la otra la apartó de la cremallera. Las mangas grandes y sueltas de su abrigo la azotaron como alas mustias. En cuanto empezó a pelear, Rose sintió alivio: era lo que quería de él, alguna clase de acción. De todos modos tuvo que seguir resistiéndose, hasta que realmente él demostrara ser más fuerte. Temía que no pudiera con ella.

Pero pudo. La empujó hacia abajo, la empujó, poniéndola de rodillas y boca abajo en el suelo. Le retorció los brazos y le restregó la cara en la nieve. Luego la soltó, y por poco no lo estropea.

—¿Estás bien? ¿En serio? Lo siento. ¿Rose?

Ella se levantó tambaleante y apretó la cara salpicada de nieve contra la suya. Patrick reculó.

—¡Bésame! ¡Besa la nieve! ¡Te quiero!

—¿De verdad? —preguntó con voz lastimera, y le quitó la nieve de la comisura de la boca y la besó, con comprensible desconcierto—. ¿De verdad?

De pronto se encendió la luz, bañándolos en medio de la nieve pisoteada, y la doctora Henshawe llamó desde arriba:

—¡Rose! ¡Rose!

Llamaba con una voz paciente, alentadora, como si Rose anduviera perdida en la niebla cerca de allí y necesitara que la guiasen a casa.

—¿Amas a Patrick, Rose? —dijo la doctora Henshawe—. A ver, piénsalo. ¿Lo amas? —Su voz rebosaba duda y solemnidad.

Rose respiró hondo y contestó, como embargada de una serena emoción:

—Sí, lo amo.

—Bien, pues.

Por la noche Rose se levantaba a comer chocolatinas. Se moría por los dulces. A menudo, en clase o a mitad de una película, empezaba a pensar en pastelitos de caramelo, en bizcochos de chocolate con nueces, en uno de los postres que la doctora Henshawe compraba en la Pastelería Europea; estaba relleno de pepitas de suculento chocolate amargo, que caían rodando por el plato. Siempre que intentaba pensar en ella y Patrick, siempre que se planteaba decidir qué sentía de verdad, le entraban esos antojos.

Empezó a ganar peso, y le salió un nido de granos entre las cejas.

En su cuarto hacía frío, porque estaba encima del garaje y tenía ventanas en tres de los lados. Por lo demás era agradable. Encima de la cama había fotografías enmarcadas de cielos y ruinas griegas, que la propia doctora Henshawe había hecho durante su viaje por el Mediterráneo.

Rose estaba escribiendo un ensayo sobre la dramaturgia de Yeats. En una de las obras, las hadas atraen a una joven para alejarla de un matrimonio sensato e insufrible.

«Ven con nosotras, criatura humana…», leyó Rose, y se le llenaron los ojos de lágrimas, sintiéndose como esa virgen etérea y tímida, demasiado delicada para los perplejos campesinos que la han atrapado. A decir verdad ella era la campesina, que conmocionaba a Patrick, el idealista, aunque él no buscaba ninguna escapatoria.

Descolgó una de esas fotografías de Grecia y garabateó en el papel de la pared, escribiendo el principio de un poema que se le había ocurrido mientras comía chocolatinas en la cama y el viento del parque Gibbons azotaba las paredes del garaje.

Sin miedos en mi vientre oscuro
llevo la criatura de un loco…

Nunca lo continuó, y a veces se preguntaba si había querido decir «sin medios». Tampoco intentó borrarlo, nunca.

Patrick compartía un piso con otros dos estudiantes de doctorado. Llevaba una vida austera, no tenía coche ni pertenecía a una hermandad. Vestía con el típico desaliño de los académicos. Sus amigos eran hijos de maestros de escuela y párrocos. Decía que su padre prácticamente lo había desheredado por sus aspiraciones intelectuales. Decía que nunca se dedicaría a los negocios.

Fueron al apartamento a primera hora de la tarde, cuando sabían que sus compañeros estaban fuera. Hacía frío. Se desvistieron deprisa y se metieron en la cama de Patrick. Era el momento. Se abrazaron con fuerza, temblando, entre risas. Rose era la que se reía. Sentía una necesidad de mostrarse continuamente juguetona. La aterraba que no lo consiguieran, que todo acabara en una gran humillación, que sus tristes engaños y estratagemas quedaran expuestos. Los engaños y las estratagemas, sin embargo, eran solo suyos. Patrick nunca fue un fraude; se desenvolvió, a pesar de la vergüenza colosal, de las disculpas; tras varios jadeos y titubeos de pasmo, quedó en paz. Rose no ayudó, presentando en lugar de una pasividad sincera, muchas contorsiones y excesos de entusiasmo, una falsificación de la pasión por obra de una inexperta. Quedó satisfecha; en eso no tuvo que ser falsa. Habían hecho lo que hacían los demás, habían hecho lo que hacían los amantes. Pensó en celebrarlo. Se le ocurrió que podían darse un capricho, tomar una copa de helado en Boomers, tarta de manzana bañada en crema de canela caliente. La idea de Patrick la pilló por sorpresa: propuso que se quedaran donde estaban y probaran de nuevo.

Cuando el placer se presentó, la quinta o sexta vez que estuvieron juntos, la descolocó por completo, su falso apasionamiento quedó silenciado.

—¿Qué pasa? —preguntó Patrick.

—¡Nada! —dijo Rose, una vez más radiante y solícita.

Pero se olvidaba, los nuevos avances interferían, y al final tuvo que rendirse a esa lucha, más o menos ignorando a Patrick. Cuando podía reparar en él de nuevo lo colmaba de gratitud; ahora estaba agradecida de verdad, y quería ser perdonada, aunque no podía decirlo, por toda su gratitud fingida, su condescendencia, sus dudas.

Por qué dudaba tanto, se preguntaba, tumbada cómodamente en la cama mientras Patrick iba a preparar café soluble. ¿No sería posible sentir lo que fingía? Si esa sorpresa sexual era posible, ¿no lo era cualquier cosa? Patrick no ayudaba demasiado; su caballerosidad y el modo en que se rebajaba, junto con sus reproches, la desalentaban. Pero ¿no era culpa de Rose, en realidad? ¿Por su convicción de que cualquiera que se enamorase de ella debía tener una tara incorregible y al final demostraría que era un estúpido? Por eso se fijaba en cualquier detalle estúpido de Patrick, aunque creyera estar buscando cualidades, virtudes admirables. En ese momento, en su cama, en su habitación, rodeada de sus libros y su ropa, sus cepillos de lustrar zapatos y su máquina de escribir, varias caricaturas clavadas con chinchetas —se incorporó en la cama para mirarlas y la verdad es que eran bastante divertidas, Patrick debía de permitirse alguna diversión cuando ella no estaba—, consiguió verlo como un hombre simpático, inteligente, incluso con humor; ningún héroe; ningún necio. Tal vez podían ser una pareja corriente. Bastaría con que, al volver de la cocina, no empezara a darle las gracias y hacerle mimos y venerarla. A Rose no le gustaba la veneración, en realidad; era solo la idea lo que le gustaba. Por otro lado, tampoco le gustaba cuando empezaba a corregirla y criticarla. Pretendía cambiar demasiadas cosas.

Patrick la amaba. ¿Qué era lo que amaba? No su acento, que se empeñaba en pulir, aunque ella a menudo se rebelaba y se obstinaba, negando la evidencia, en que no tenía un acento de campo, en que todo el mundo hablaba como ella. Tampoco su torpe descaro sexual (que fuera virgen alivió tanto a Patrick como a ella su pericia). Podía hacer que se crispara con una palabra vulgar, un tono basto. Constantemente, al moverse y al hablar, se envilecía a propósito delante de él, pero Patrick veía más allá, a través de todas esas distracciones, y amaba cierta imagen obediente que ella misma no podía ver. Y tenía grandes expectativas. Su acento se podía borrar, sus amistades se podían desacreditar y eliminar, su vulgaridad podía domarse.

¿Y todo lo demás? ¿Qué pasaba con su energía, su pereza, su vanidad, su inconformismo, su ambición? Rose ocultaba todo eso, Patrick no tenía ni idea. Por más dudas que albergara, nunca quiso que dejara de estar enamorado de ella.

Hicieron dos viajes.

Fueron a la Columbia Británica, en tren, durante las vacaciones de Pascua. Los padres de Patrick le mandaron dinero para el billete. Se encargó de pagar también el de Rose, gastando lo que tenía en el banco y otro poco prestado de uno de sus compañeros de piso. Le dijo que no se lo contara a sus padres. Rose comprendió que pretendía ocultarles que ella era pobre. Él no sabía nada de ropa de mujer, o de lo contrario habría visto que eso era imposible de ocultar. Aunque Rose hizo lo que pudo, de todos modos. Le pidió a la doctora Henshawe su gabardina, idónea para el clima de la costa. Le quedaba un poco larga, pero por lo demás perfecta, gracias a los gustos juveniles de la doctora Henshawe. Había vuelto a vender sangre y se compró un jersey de angora, de color melocotón, que la ponía perdida de pelo y parecía la idea de elegancia de una chica de provincias. Siempre se daba cuenta de ese tipo de cosas después de hacer una compra, no antes.

Los padres de Patrick vivían en la isla de Vancouver, cerca de Sidney. Una finca de dos hectáreas con el césped muy cuidado —verde en pleno invierno; marzo le parecía pleno invierno a Rose—, que descendía suavemente hasta un murete de piedra y una cala de guijarros y agua salada. La casa era mitad de piedra, mitad de estuco y vigas de madera. Estaba construida al estilo Tudor, y otros. Las ventanas del salón, del comedor, del estudio, daban todas al mar, y por los vientos fuertes que a veces soplaban desde el océano, eran de vidrio grueso, Rose suponía que vidrio templado, como el escaparate del salón de exposición de automóviles de Hanratty. La pared del comedor orientada hacia el mar era toda de ventanas, curvadas en un hermoso mirador; por el grueso vidrio alabeado se veía como a través del culo de una botella. El aparador también tenía una panza combada, reluciente, y parecía tan grande como una barca. La envergadura se apreciaba en todas partes, y un grosor particular. Grosor en las toallas y las alfombras y los mangos de los cuchillos y los tenedores, y en los silencios. Allí reinaban el lujo y el malestar. Apenas llevaba un día en la casa y Rose se sentía tan desalentada que las muñecas y los tobillos le flaqueaban. Levantar el cuchillo y el tenedor era una faena; cortar y masticar el perfecto rosbif casi la superaba; se quedaba sin aliento subiendo las escaleras. Nunca antes había sabido cómo pueden ahogarte algunos lugares, asfixiarte viva. No lo había sabido, a pesar de haber estado en unos cuantos lugares muy inhóspitos.

La primera mañana, la madre de Patrick la llevó a dar un paseo por la finca, señalándole el invernadero, la casita donde vivía «la pareja»: una casa de campo preciosa, cubierta de hiedra, con postigos, más grande que la casa de la doctora Henshawe. La pareja, los sirvientes, hablaban con más finura, eran más discretos y tenían más porte que cualquiera de los habitantes de Hanratty en quien Rose pudiera pensar, y desde luego superaban en esas cualidades a la familia de Patrick.

La madre de Patrick le mostró la rosaleda, los arriates de plantas aromáticas. Había muchos muretes de piedra.

—Los construyó Patrick —dijo la madre. Explicaba todo con una indiferencia que rozaba la aversión—. Todos estos muros los hizo él.

La voz de Rose salió llena de falso aplomo, ávida y con un entusiasmo desproporcionado.

—Debe de ser un auténtico escocés —dijo. Patrick era de origen escocés, a pesar de su apellido. Los Blatchford provenían de Glasgow—. ¿No eran los escoceses los mejores labrando piedra? —(Había aprendido recientemente a referirse así a los picapedreros)—. Quizá tuvo antepasados que se dedicaran a labrar piedra.

Luego le daba grima pensar en esos afanes, en cómo fingía desenvoltura y alborozo, tan vulgares y postizos como su ropa.

—No —dijo la madre de Patrick—. No creo que se dedicaran a eso.

La envolvía una especie de niebla: afrenta, disgusto, consternación. Rose pensó que tal vez le hubiera ofendido la insinuación de que la familia de su marido pudiera haber trabajado con las manos. A medida que fue conociéndola mejor —o que la observaba más; era imposible conocerla—, entendió que a la madre de Patrick le desagradaba cualquier elemento fantasioso, especulativo, abstracto, en una conversación. Sin duda también le molestaba el tono desenfadado de Rose. Cualquier interés que no se ciñera al asunto en cuestión —comida, clima, invitaciones, mobiliario, sirvientes— le parecía sensiblero, maleducado y peligroso. Estaba bien decir «Hoy hace un día de calor», pero no «Este día me recuerda cuando solíamos…». Detestaba que la gente ventilara sus recuerdos.

Era hija única de uno de los primeros magnates de la madera en la isla de Vancouver. Había nacido en un poblado del norte, ya desaparecido. Sin embargo, siempre que Patrick intentaba que hablara del pasado, siempre que le preguntaba la cosa más simple —qué buques subían por la costa, qué año quedó abandonado el asentamiento, qué ruta hacía el primer ferrocarril maderero—, ella contestaba con irritación «No lo sé. ¿Cómo quieres que sepa algo así?». Esa irritación era la nota más fuerte que calaba en sus palabras.

Tampoco el padre de Patrick se molestaba en satisfacer su curiosidad por el pasado. Daba la impresión de que prácticamente cualquier cosa que viniese de Patrick le diera mala espina.

—¿Para qué quieres saber todo eso? —vociferó desde el otro lado de la mesa. Era un hombre compacto y de espalda ancha, rubicundo, increíblemente beligerante. Patrick se parecía a su madre, que era alta, rubia, y elegante en el sentido más sobrio posible, como si su ropa, su maquillaje, su estilo, se eligiesen aspirando a una neutralidad ideal.

—Porque me interesa la historia —replicó Patrick con una voz enojada, grandilocuente, pero entrecortada por la crispación.

—«Porque me interesa la historia» —repitió su hermana Marion con sorna, en una parodia instantánea, tartamudeando y todo—. ¡La historia!

Las hermanas, Joan y Marion, eran más jóvenes que Patrick, mayores que Rose. A diferencia de él, no delataban ningún nerviosismo, ninguna grieta en su soberbia. Ya habían interrogado a Rose en otra comida.

—¿Montas a caballo?

—No.

—¿Sales a navegar?

—No.

—¿Juegas al tenis? ¿Juegas al golf? ¿Juegas al bádminton?

No. No. No.

—Quizá sea una mente privilegiada, como Patrick —dijo el padre.

Y Patrick, para horror y vergüenza de Rose, empezó a gritar hacia la mesa en general enumerando sus méritos académicos y distinciones. ¿Qué esperaba conseguir? ¿Era tan incauto como para pensar que alardeando así de ella iba a someterlos, a ganar nada salvo más desprecio? Contra Patrick, contra sus fanfarronadas estridentes, su desdén por los deportes y la televisión, sus presuntos intereses intelectuales, la familia parecía unida. Aunque esa alianza era temporal. La antipatía del padre por sus hijas era menor solo en comparación con la que sentía por Patrick. A ellas también las avasallaba a la menor oportunidad; se mofaba del tiempo que malgastaban en sus aficiones, se quejaba del gasto de los uniformes, de los barcos, de los caballos. Y ellas se enzarzaban una con la otra, por turbios asuntos de calificaciones y préstamos y desperfectos. Todos se quejaban a la madre de la comida, que era abundante y deliciosa. La madre hablaba lo mínimo posible con nadie, y a decir verdad Rose no la culpaba. Nunca habría imaginado tanta malevolencia concentrada en un mismo lugar. Billy Pope era un prepotente y un cascarrabias, Flo era caprichosa, injusta y chismosa, y su padre, en vida, había sido capaz de sentencias frías y rechazos implacables; pero en comparación con la familia de Patrick, la de Rose parecía jovial y satisfecha.

—¿Son siempre así? —le dijo a Patrick—. ¿Es por mí? No les caigo bien.

—No les caes bien porque te he elegido —dijo Patrick con un dejo de satisfacción.

Se tumbaron en la cala de guijarros después de que oscureciera, con los impermeables puestos, se abrazaron y se besaron, e incómodamente, sin éxito, intentaron ir a más. La gabardina de la doctora Henshawe se manchó de algas.

—¿Ves por qué te necesito? —dijo Patrick—. ¡Te necesito tanto!

Ella lo llevó a Hanratty. Fue tan mal como había imaginado. Flo se esmeró mucho, y preparó un ágape de patatas al gratén, nabos, unas grandes salchichas camperas que eran un regalo especial de Billy Pope, de la carnicería. Patrick detestaba la comida de consistencia áspera, y no hizo siquiera amago de comérsela. La mesa estaba cubierta con un hule, comieron bajo el tubo de luz fluorescente. Había un centro de mesa nuevo, comprado expresamente para la ocasión. Un cisne de plástico, de un tono verde lima, con unas ranuras en las alas donde iban dobladas las servilletas de papel de colores. Billy Pope gruñó cuando le recordaron que usara una, no quiso. Por lo demás estaba de un buen humor tremendo. Se había enterado, los dos se habían enterado, del triunfo de Rose. La noticia les llegó por gente distinguida de Hanratty, o de lo contrario no se la habrían podido creer. Clientas de la carnicería —señoras formidables, la esposa del dentista, la esposa del veterinario— le contaron a Billy Pope que habían oído que Rose se había buscado a un millonario. Rose sabía que Billy Pope volvería al trabajo al día siguiente con historias del millonario, o del hijo del millonario, y que todas esas historias se centrarían en la llaneza y la desenvoltura con que él, Billy Pope, llevó la situación. «Lo recibimos sin ceremonias y le pusimos unas salchichas, ¡a nosotros no nos intimida saber de dónde viene!»

Sabía que Flo también haría sus comentarios, que no se le escaparía el nerviosismo de Patrick, que sería capaz de imitar su voz y sus manos de trapo al volcar el frasco del kétchup. Pero en ese momento estaban los dos encorvados sobre la mesa, tristemente eclipsados. Rose intentó dar pie a alguna conversación, dicharachera, sin ninguna naturalidad, como si fuese una entrevistadora intentando arrancar alguna frase a un par de lugareños simplones. Se sintió avergonzada en más planos de los que podía contar. Avergonzada de la comida y el cisne y el hule; avergonzada de Patrick, el esnob huraño, que puso una mueca de espanto cuando Flo le pasó el palillero; avergonzada de Flo, por su apocamiento y su hipocresía y sus pretensiones; más que nada avergonzada de sí misma. Ni siquiera encontraba la manera de hablar y sonar natural. Delante de Patrick no podía retomar un acento más próximo al de Flo, al de Billy Pope y el de Hanratty. Ahora ese acento le chirriaba en los oídos, de todos modos. No parecía consistir solo en una diferencia de pronunciación, sino que hacía que hablar fuese otra cosa. Hablar era gritar; las palabras se separaban y se enfatizaban para que la gente pudiese bombardearse con ellas. Y se decían unas cosas que parecían salidas de la comedia rústica más trillada. «Carajo, como a uno le diera por ahí...» Realmente hablaban así. Viéndolos ahora a través de los ojos de Patrick, oyéndolos a través de sus oídos, Rose también se asombraba.

Intentó que hablaran de la historia local, de cosas que creía que a Patrick podían interesarle. Flo al final se soltó, solo lograba contenerse hasta un punto, a pesar de sus recelos. La conversación tomó un derrotero muy distinto del que Rose pretendía.

—La linde donde me crie —dijo Flo— era el peor sitio que se haya visto en la faz de la tierra para suicidarse.

—La linde es el camino que separa dos términos municipales —aclaró Rose. Tenía dudas de lo que se avecinaba, y con razón, porque entonces a Patrick le tocó aguantar la historia de un hombre que se degolló, se rebanó su propia garganta, de oreja a oreja; la de un hombre que se pegó un tiro la primera vez y no consiguió rematar la faena, así que volvió a cargar el arma y disparó de nuevo y lo consiguió; de otro hombre que se colgó con una cadena, una de esas cadenas que enganchas a un tractor, así que fue un milagro que no se le arrancara la cabeza.

—Se le descuajaringara —dijo Flo.

Luego pasó a hablar de una mujer que no se suicidó, pero estuvo una semana muerta en su casa hasta que la encontraron, y era verano, nada menos. Le pidió a Patrick que se lo imaginara. «Todo eso ocurrió en un radio de ocho kilómetros de donde ella había nacido», dijo Flo. Estaba presentando sus credenciales, no intentando horrorizar a Patrick, al menos no más de los límites aceptables, en sociedad; no pretendía desconcertarlo. ¿Cómo iba él a entender eso?

—Tenías razón —dijo Patrick cuando se marcharon de Hanratty en el autobús—. Es un estercolero. Debes de estar contenta de haber escapado.

Rose enseguida se dio cuenta de que era un comentario cruel.

—Menos mal que no es tu verdadera madre —dijo Patrick—. Seguro que tus padres no eran así.

A Rose tampoco le gustó que dijera eso, aunque ella creía lo mismo. Vio que intentaba buscarle unos orígenes más respetables, quizá como los de sus amigos pobres, que se habían criado con unos cuantos libros en casa, una bandeja para el té y la ropa blanca remendada, buen gusto a pesar de la humildad; gente digna, cansada, culta. Qué cobarde era Patrick, pensó indignada, aunque supo que la cobarde era ella, que ni sabía sentirse cómoda con los suyos o en la cocina de su casa o nada de nada. Años después aprendería a usar esa baza, a divertir o intimidar a gente biempensante en cenas y fiestas con estampas del pueblo donde se crio. En ese momento solo sintió confusión, pena.

Aun así su lealtad empezaba a forjarse. Ahora que estaba segura de haber escapado, una capa de lealtad y amparo se endurecía alrededor de cada uno de sus recuerdos, alrededor de la tienda y el pueblo, el paisaje llano y anodino, un poco desangelado, del campo. En secreto contrapondría esa imagen a las vistas de las montañas y el océano de Patrick, a su mansión de piedra y madera. Las raíces de Rose eran mucho más orgullosas y tenaces que las de él.

Resultó, sin embargo, que Patrick no iba a renunciar a nada.

Patrick le regaló un anillo de diamantes y anunció que por ella abandonaba sus aspiraciones de ser historiador. Iba a meterse en el negocio de su padre.

Rose le dijo que creía que odiaba el negocio de su padre. Él dijo que no podía permitirse adoptar esa actitud ahora que tendría una esposa que mantener.

Por lo visto el padre de Patrick había tomado esa voluntad suya de casarse, aunque fuera con Rose, como una señal de cordura. Rachas de munificencia se mezclaban con toda la mala fe en esa familia. El padre le ofreció en el acto un empleo en uno de los grandes almacenes, se ofreció a comprarles una casa. Patrick era tan incapaz de rechazar esa oferta como Rose de rechazar la de Patrick, y ambos por razones muy poco materialistas.

—¿Tendremos una casa como la de tus padres? —preguntó Rose. Sinceramente pensó que tal vez no hubiera más remedio que empezar así.

—Bueno, quizá al principio no. No tan…

—¡Yo no quiero una casa como esa! ¡No quiero vivir así!

—Viviremos como prefieras. Tendremos la casa que prefieras.

«Mientras no sea un estercolero», pensó con resentimiento.

Chicas a las que apenas conocía la paraban y le pedían ver el anillo, lo admiraban, le deseaban felicidad. Cuando volvió a Hanratty un fin de semana, sola esa vez, gracias a Dios, se encontró a la mujer del dentista en la calle principal.

—¡Rose, qué maravilla! ¿Cuándo volverás por aquí próximamente? Vamos a dar un té en tu honor, ¡todas las señoras del pueblo estamos deseando organizarlo!

Esa mujer nunca le había dirigido la palabra, nunca le había hecho el menor caso. De pronto se abrían los caminos, se aflojaban las barreras. Ah, y lo peor, lo más vergonzoso era que Rose, en lugar de cortar a la mujer del dentista, se ruborizaba y le mostraba remilgadamente el diamante y le decía sí, sería una idea estupenda. Cuando la gente decía qué contenta debía de estar, se creía feliz de veras. Así de sencillo. Sonreía con hoyuelos en las mejillas y le brillaban los ojos y se metía en el papel de la prometida sin el menor problema. ¿Dónde viviréis?, preguntaba la gente, y ella decía: «¡Oh, en la Columbia Británica!». Eso añadía más magia al cuento. «¿De verdad es tan hermoso como dicen? —preguntaban—. ¿Es cierto que allí nunca es invierno?»

—¡Oh, sí! —exclamaba Rose—. ¡Oh, no!

Se despertó temprano, se levantó y se vistió y salió con sigilo por la puerta lateral del garaje de la doctora Henshawe. Era demasiado pronto para que circulasen aún los autobuses. Echó a caminar hacia al piso de Patrick. Cruzó el parque. Alrededor del Monumento a la Guerra de Sudáfrica un par de sabuesos daban brincos y jugueteaban, y cerca había una anciana de pie, sujetando sus correas. Acababa de salir el sol, resplandecía sobre sus pelajes claros. La hierba estaba mojada. Junquillos y narcisos en flor.

Patrick abrió la puerta adormilado, con el pelo revuelto y el ceño fruncido, con su pijama de rayas gris y granate.

—¡Rose! ¿Qué ocurre?

Ella no pudo responder. La hizo entrar. Ella lo abrazó y escondió la cara en su pecho.

—Por favor, Patrick —dijo con voz teatral—. Por favor, no dejes que me case contigo.

—¿Estás enferma? ¿Qué ocurre?

—Por favor, no dejes que me case contigo —repitió ella, con menos convicción todavía.

—Estás loca.

No lo culpó por que pensara así. Su voz sonaba postiza, quejumbrosa, tonta. En cuanto Patrick abrió la puerta y se encaró a su presencia, a sus ojos somnolientos, su pijama, vio que lo que la había llevado hasta allí era colosal, imposible. Tendría que explicárselo todo, y por supuesto no se sentía capaz. No podía hacerle ver su miseria. No podía encontrar ningún tono de voz, ninguna expresión de la cara, que le valiese.

—¿Estás disgustada? —preguntó Patrick—. ¿Qué ha pasado?

—Nada.

—¿Cómo has llegado hasta aquí, si puede saberse?

—Andando.

Había estado conteniendo las ganas de ir al cuarto de baño. Creía que ir al cuarto de baño restaría fuerza a su argumento. Pero tenía que ir. Se liberó.

—Espera un momento, voy al lavabo —dijo.

Cuando salió, Patrick había encendido la tetera eléctrica, estaba midiendo el café soluble. Parecía digno y perplejo.

—Aún sigo medio dormido —dijo—. Veamos. Siéntate. Antes de nada, ¿te ha de venir el período?

—No —respondió ella, aunque consternada se dio cuenta de que sí, y de que él podía calcularlo, porque el mes anterior se habían preocupado.

—Bueno, si no esperas el período, y no ha pasado nada que te disgustara, entonces ¿a qué viene todo esto?

—No quiero casarme —dijo ella, evitando la crueldad de «No quiero casarme contigo».

—¿Cuándo lo has decidido?

—Hace tiempo. Esta mañana.

Hablaban en susurros. Rose miró el reloj. Eran poco más de las siete.

—¿Cuándo se levantan los otros?

—Sobre las ocho.

—¿Hay leche para el café? —Fue al frigorífico.

—Cuidado con la puerta —dijo Patrick, demasiado tarde.

—Lo siento —dijo ella, con su extraña voz tonta.

—Fuimos a dar un paseo anoche y todo iba bien. Te presentas esta mañana y me dices que no quieres casarte. ¿Por qué no quieres casarte?

—No quiero, y ya está. No quiero casarme.

—¿Y qué es lo que quieres hacer?

—No lo sé.

Patrick seguía mirándola fijamente mientras tomaba el café. Él, que solía suplicarle: «¿Me quieres? ¿De verdad me quieres?», ahora no sacó el tema.

—Bueno, pues yo sí lo sé.

—¿El qué?

—Sé quién ha estado hablando contigo.

—Nadie ha estado hablando conmigo.

—Ah, no. Bueno, apuesto a que sí. La doctora Henshawe, ni más ni menos.

—No.

—Hay gente que no tiene muy buen concepto de ella. Creen que condiciona a las chicas. No le gusta que las chicas que viven con ella tengan novio. ¿A que no? Incluso tú me lo dijiste. No le gusta que sean normales.

—No es eso.

—¿Qué te ha dicho, Rose?

—No me ha dicho nada. —Rose se echó a llorar.

—¿Estás segura?

—Oh, Patrick, escucha, por favor, no puedo casarme contigo, por favor, no sé por qué, no puedo, por favor, lo siento, créeme, no puedo. —Rose farfullaba, sollozando, mientras Patrick decía: «¡Baja la voz! ¡Vas a despertarlos!», la levantó o la arrastró de la silla de la cocina y la llevó hasta su cuarto, donde Rose se sentó en la cama. Él cerró la puerta. Ella cruzó los brazos en el pecho y empezó a balancearse.

—¿Qué es, Rose? ¿Qué es lo que ocurre? ¡Estás enferma!

—¡Es que me cuesta tanto decírtelo!

—¿Decirme qué?

—¡Lo que te acabo de decir!

—¿No será que te has enterado de que tienes tuberculosis o algo?

—¡No!

—¿Hay algo de tu familia que no me has contado? ¿Demencia? —la alentó Patrick.

—¡No! —Rose se mecía y lloraba.

—Entonces ¿qué es?

—¡No te quiero! —dijo—. No te quiero. No te quiero. —Se desplomó en la cama y hundió la cabeza en la almohada—. Lo siento mucho. Lo siento mucho. No puedo evitarlo.

Al cabo de un momento, Patrick contestó:

—Bueno. Si no me quieres, no me quieres. No te puedo obligar. —Su voz sonó forzada y resentida, contra la sensatez de sus palabras—. Solo me pregunto —dijo— si sabes lo que quieres. Creo que no. Creo que no tienes ni idea de lo que quieres. Solo estás ofuscada.

—¡No tengo que saber lo que quiero para saber lo que no quiero! —dijo Rose, dándose la vuelta. Eso la desató—. Nunca te he amado.

—Baja la voz. Vas a despertarlos. Tenemos que parar.

—Nunca te he amado. Nunca quise. Fue un error.

—Muy bien. Muy bien. Me queda claro.

—¿Por qué se supone que debo quererte? ¿Por qué actúas como si yo tuviese un problema si no te quiero? Me desprecias. Desprecias a mi familia y mis orígenes y crees que me estás haciendo un favor enorme…

—Me enamoré de ti —dijo Patrick—. No te desprecio. Oh, Rose. Yo te adoro.

—Eres un cursi —dijo Rose—. Eres un mojigato.

Saltó de la cama con gran placer mientras lo decía. Se sintió rebosante de energía. Y llegaba más. Llegaban cosas terribles.

—Ni siquiera sabes hacer bien el amor. Siempre he querido acabar con esto, desde el principio. Me dabas lástima. ¡No miras por dónde vas, siempre lo tiras todo, y es porque no te fijas, no te fijas en nada salvo en ti mismo, y siempre andas fanfarroneando, qué estupidez, ni siquiera sabes fanfarronear, si de verdad quieres impresionar a la gente nunca lo conseguirás, porque lo único que hacen es reírse de ti!

Patrick se sentó en la cama y la miró, dispuesto a hacer frente a cualquier cosa que le dijera. Ella tuvo ganas de pegarle sin parar, de seguir soltando barbaridades aún peores, más crueles. Se detuvo a recobrar el aliento, tomó aire, para impedir que salieran las cosas que le subían por dentro.

—¡No quiero volver a verte, nunca más! —dijo con saña. Pero en la puerta se volvió y, con voz natural, añadió apenada—: Adiós.

Patrick le escribió una nota: «No entiendo qué pasó el otro día y quiero hablarlo contigo. Pero creo que deberíamos esperar un par de semanas y no vernos ni hablar hasta entonces, para saber cómo nos sentimos».

Rose se había olvidado de devolverle el anillo. Cuando salió del edificio donde vivía Patrick aquella mañana se dio cuenta de que aún lo llevaba. No podía regresar, y le parecía demasiado valioso para mandarlo por correo. Siguió llevándolo, sobre todo porque no le apetecía tener que contarle a la doctora Henshawe lo que había pasado. Fue un alivio recibir la nota de Patrick. Pensó que podría devolverle el anillo entonces.

Pensó en lo que Patrick había dicho de la doctora Henshawe. Sin duda había algo de verdad en eso, ¿por qué si no era tan reacia a contarle que había roto su compromiso, por qué evitaba encararse con su aprobación sensata, con su enhorabuena contenida, sosegada?

Le dijo a la doctora Henshawe que no iba a ver a Patrick mientras estudiaba para los exámenes. Rose notó que incluso eso la complacía.

No le contó a nadie que su situación había cambiado. No era solo la doctora Henshawe quien no quería que se enterara. Le costaba renunciar a que la envidiaran; la experiencia era demasiado novedosa para ella.

Intentó pensar qué haría a partir de entonces. No podía seguir viviendo en casa de la doctora Henshawe. Parecía claro que si escapaba de Patrick, debía escapar también de ella. Y no quería seguir en la universidad, donde todos se enterarían de que había roto el compromiso, donde las chicas que ahora la felicitaban dirían que habían sabido desde el principio que había pescado a Patrick de chiripa. Tendría que buscarse un trabajo.

La directora de la biblioteca le había ofrecido continuar en verano, pero quizá solo por sugerencia de la doctora Henshawe. Una vez se marchara de su casa, tal vez la oferta no siguiera en pie.

Sabía que en lugar de estudiar para los exámenes debería estar en el centro, rellenando solicitudes para un puesto de administrativa de una agencia de seguros, presentándose en la compañía telefónica, en unos grandes almacenes. La idea le daba miedo. Continuó estudiando. Era lo único que de verdad sabía hacer. A fin de cuentas, le habían dado una beca.

El sábado por la tarde, mientras estaba trabajando en la biblioteca, vio a Patrick. No fue por casualidad. Bajó al sótano, intentando no hacer ningún ruido en la escalera metálica de caracol. Había un hueco entre las estanterías, casi a oscuras, desde donde podía mirar dentro de su cabina. Y eso hizo. No alcanzó a verle la cara. Vio su largo cuello sonrosado y la vieja camisa de cuadros que se ponía los sábados. Su largo cuello. Sus hombros angulosos. No se irritó al verlo, no se asustó; era libre. Pudo mirarlo como habría mirado a cualquiera. Pudo apreciarlo. Se había comportado. No había intentado darle pena, no la había acosado, no la había importunado con llamadas de teléfono o cartas lastimeras. No había ido a sentarse en la puerta de la doctora Henshawe. Era noble, y nunca sabría cuánto valoraba eso, qué agradecida estaba. Las cosas que le había dicho la hicieron avergonzarse. Y ni siquiera eran ciertas. No todas. Sí sabía hacer el amor. Se conmovió tanto, sintió tanta ternura y nostalgia al verlo que quiso darle algo, una recompensa sorprendente, deseó deshacer su infelicidad.

Entonces la asaltó una imagen cautivadora de sí misma. Se vio corriendo de puntillas hasta el cubículo de Patrick, abrazándolo por la espalda, devolviéndole todo lo que le había arrebatado. ¿Lo aceptaría, lo querría todavía? Vio que ambos reían y lloraban, daban explicaciones, perdonaban. «Te quiero. Sí que te quiero, no pasa nada, fue terrible, no era mi intención, me volví loca, te quiero, no pasa nada.» Era una tentación imperiosa; poco menos que irresistible. Sintió el impulso de lanzarse. A un precipicio o a un lecho tibio de hierba y flores, en realidad no lo sabía.

Era irresistible, al fin y al cabo. Se lanzó.

Cuando más adelante Rose repasaba y hablaba de ese momento de su vida —porque pasó por una etapa, como la mayoría de la gente hoy en día, de hablar libremente sobre sus decisiones más íntimas, con amigos y amantes y personas que conocía en fiestas a las que quizá no volvería a ver, mientras que los otros hacían lo mismo—, decía que la compasión se había apoderado de ella, que no era inmune a la imagen de una nuca expuesta y vulnerable. Luego ahondaba más y decía: la codicia, la codicia. Decía que había ido corriendo y se había aferrado a él hasta vencer sus recelos, que lo besó y lloró y logró que la aceptara de nuevo únicamente porque no sabía cómo seguir adelante sin su amor y su promesa de velar por ella; el mundo le daba miedo y no había sido capaz de pensar en ninguna otra salida. Cuando veía la vida en términos económicos, o estaba con gente que lo hacía, aseguraba que de todos modos solo la gente de clase media tenía opciones, que de haber podido pagarse un billete de tren a Toronto su vida habría sido diferente.

«Tonterías —diría más adelante—. Eso da igual, en realidad fue vanidad, fue vanidad pura y dura, para resucitarlo, para devolverle la felicidad.» Para saber si era capaz. No pudo resistirse a semejante prueba de poder. Entonces explicaba que había pagado su precio. Que había estado diez años casada con Patrick, y que en ese tiempo las escenas de la primera ruptura y reconciliación se repitieron periódicamente, ella diciendo todas las cosas que había dicho la primera vez, y las cosas que se había guardado, y muchas otras cosas que se le ocurrían. Espera no haber ido contando por ahí (aunque cree que lo hizo) que solía darse cabezazos contra el cabecero de la cama, que había estampado una salsera contra la ventana del comedor; que estaba tan asustada, tan asqueada de lo que había hecho que se tumbó en la cama, temblando, y suplicó y suplicó su perdón. Patrick se lo concedió. A veces se abalanzaba sobre él; a veces él le pegaba. A la mañana siguiente se levantaban temprano y hacían un desayuno especial, se sentaban a comer beicon con huevos y a tomar café de filtro, exhaustos, compungidos, tratándose con un tímido cariño.

«¿Por qué se nos va de las manos?», decían.

«¿Crees que deberíamos tomarnos unas vacaciones? ¿Unas vacaciones juntos? ¿Vacaciones en solitario?»

Esos esfuerzos resultaban vanos, una farsa, pero salvaban la situación. Calmados, decían que muchos matrimonios pasaban por baches así, y de hecho parecían conocer muchos casos. No pudieron separarse hasta que todo el daño que se habían hecho, un daño casi mortal, los obligó a poner distancia. Y hasta que Rose pudo conseguir un trabajo y ganar su propio dinero, así que quizá en el fondo había una razón de lo más ordinaria.

Lo que Rose nunca dijo a nadie, nunca confió, fue que a veces pensaba que no había sido por compasión o codicia o cobardía o vanidad, sino por algo muy distinto, algo así como una visión de la felicidad. A la luz de todo lo que había contado, eso no podía contarlo. Parece muy raro; no puede justificarlo. No se refiere a que en su matrimonio no hubiera momentos sumamente banales, llevaderos, largas rachas de ajetreo empapelando las paredes, preparando vacaciones y comidas y compras y preocupándose por una criatura que se ha puesto enferma, sino que a veces, sin razón o aviso previo, la felicidad, la posibilidad de la felicidad, los sorprendía. Entonces era como si fuesen otros, con otra piel aunque de aspecto idéntico, como si existiesen una Rose y un Patrick radiantes de bondad y candor, rara vez visibles, a la sombra de quienes solían ser. Quizá fuera ese Patrick a quien vio cuando se liberó de él, al atisbar en su cubículo, sin ser vista. Quizá. Debería haberlo dejado ahí.

Sabía que era así como lo había visto; lo sabe, porque volvió a suceder. Estaba en el aeropuerto de Toronto, en plena madrugada. Fue unos nueve años después de que Patrick y ella se divorciaran. Entonces ya era bastante conocida, su cara le resultaba familiar a mucha gente en este país. Hacía un programa de televisión en el que entrevistaba a políticos, actores, escritores, «personalidades», y a mucha gente corriente que estaba enfadada por algo que el Gobierno o la policía o un sindicato les había hecho. A veces hablaba con gente que había visto fenómenos extraños. Ovnis, o monstruos marinos, o que tenían habilidades o colecciones curiosas, o que cultivaban alguna costumbre obsoleta.

Estaba sola. Nadie había ido a esperarla. Acababa de llegar en un vuelo con retraso de Yellowknife. Estaba cansada y con el pelo revuelto. Vio a Patrick de espaldas, de pie en la barra de una cafetería. Llevaba un impermeable. Estaba más corpulento que en otros tiempos, pero lo reconoció al instante. Y la asaltó la misma impresión de que ese hombre era su destino, de que por algún truco mágico, aunque posible, se podían encontrar y confiar el uno en el otro, y que para eso bastaba con que se acercara y le tocara el hombro, dándole por sorpresa la razón de su felicidad.

No lo hizo, por supuesto, pero sí se detuvo. Estaba de pie quieta cuando Patrick se volvió y fue hacia una de las mesitas de plástico con asientos curvados que se agrupaban delante de la barra. No quedaba nada del académico enclenque y sin garbo, de su autoritarismo relamido. Sus formas se habían suavizado, rellenado, en la figura de aquel hombre de aspecto moderno y cordial, responsable, ligeramente complaciente. Su mancha de nacimiento se había borrado. Pensó en qué demacrada y sosa debía de parecer ella, en su trenca arrugada, su pelo canoso y greñudo aplastado a los lados de la cara, el rímel reseco y corrido.

Patrick la miró e hizo una mueca. Era un gesto de auténtico odio, amenazante; infantil, caprichoso, aunque calculado; era una explosión medida de asco y aversión. Costaba creerlo. Pero ella lo vio.

A veces, cuando Rose hablaba con alguien delante de las cámaras de televisión, advertía en ellos el impulso de hacer una mueca. Advertía ese impulso en toda clase de personas, en políticos duchos y obispos liberales ingeniosos y respetados filántropos, en amas de casa que habían sido testigos de desastres naturales y en obreros que habían protagonizado rescates heroicos o a quienes les habían estafado la pensión de invalidez. Estaban deseando sabotearse a sí mismos, hacer una mueca o decir una palabrota. ¿Era esa la cara que todos querían poner? ¿Para escarmentar a alguien, para escarmentar a todo el mundo? No lo hacían, sin embargo; no aprovechaban la oportunidad. Se requerían circunstancias especiales. Un lugar escabroso, irreal, en plena madrugada; una fatiga abrumadora, desquiciante; la aparición súbita, alucinatoria, de tu verdadero enemigo.

Rose se alejó deprisa, por el largo pasillo multicolor, temblando. Había visto a Patrick; Patrick la había visto a ella; había puesto aquella cara. Pero en realidad no era capaz de entender cómo podía ser una enemiga. ¿Cómo alguien podía odiarla tanto, en el mismo momento en que ella estaba dispuesta a acercarse con buena voluntad, confesando su agotamiento con una sonrisa, su tímida fe en los gestos civilizados?

Ah, Patrick podía. Patrick sí.

Travesura

Rose se enamoró de Clifford en una fiesta que Clifford y Jocelyn daban en casa y a la que Rose fue con Patrick. Llevaban unos tres años casados en ese momento; Clifford y Jocelyn, cerca de un año más.

Clifford y Jocelyn vivían a las afueras de Vancouver Oeste, en una de aquellas casas de verano, acondicionadas con cuatro chapuzas para el invierno, que solían flanquear las calles cortas y sinuosas entre la carretera de la costa y el mar. La fiesta fue en marzo, una noche de lluvia. Rose se puso nerviosa antes de ir. Se sintió medio mareada mientras conducían por Vancouver Oeste, observando las luces de neón que se escurrían en los charcos de la carretera, escuchando el vaivén condenatorio de los limpiaparabrisas. Más adelante volvería a menudo la vista atrás y se vería sentada al lado de Patrick, con la blusa negra escotada y la falda de terciopelo negro con las que esperaba no desentonar; «Ojalá simplemente fuéramos al cine», pensó. No tenía ni idea de que su vida estaba a punto de cambiar.

Patrick también estaba nervioso, aunque no lo habría reconocido. La vida social era un asunto desconcertante, y a menudo desagradable, para ambos. Habían llegado a Vancouver sin conocer a nadie. Seguían la inercia. Rose no estaba segura si de verdad querían hacer nuevos amigos, o solo creían que debían tenerlos. Se arreglaban y salían a visitar a gente, u ordenaban el salón y esperaban a que la gente a la que habían invitado los visitara. En algunos casos establecieron una dinámica regular de visitas. Tomaban unas copas, esas noches, y alrededor de las once o las once y media —rara vez se les echaba la hora encima— Rose iba a la cocina y preparaba café y algo de comer. Los tentempiés solían consistir en una rebanada de pan de molde con una rodaja de tomate, una loncha de queso y una tira de beicon encima, todo a la plancha y ensartado con un palillo. No se le ocurría otra cosa.

Les resultaba más fácil hacer amigos con gente que a Patrick le cayera bien que con gente que a Rose le gustara, porque Rose era muy adaptable, falsa, de hecho, y en cambio Patrick no se adaptaba en absoluto. En este caso, sin embargo, Jocelyn y Clifford eran amigos de Rose. O Jocelyn, por lo menos. Jocelyn y Rose se habían dado cuenta de que más valía no quedar en pareja. A Patrick le caía mal Clifford sin conocerlo, porque era violinista; y seguro que a Clifford le caería mal Patrick, porque trabajaba en una sucursal de los grandes almacenes de su familia. En esos tiempos existían aún barreras sólidas y solventes; entre artistas y empresarios; entre hombres y mujeres.

Rose no conocía a ninguno de los amigos de Jocelyn, pero tenía entendido que todos eran músicos y periodistas y profesores de universidad, e incluso había una escritora a quien habían emitido por la radio una obra. Imaginaba que serían inteligentes, ingeniosos y despectivos a la menor oportunidad. Le daba la impresión de que mientras Patrick y ella perdían el tiempo en los salones de las casas, haciendo o recibiendo visitas, en otros sitios había gente brillante y divertida de verdad, con todo derecho a despreciarlos, que vivían en el desorden y de fiesta en fiesta. Ahora se presentaba la ocasión de estar con esa gente, pero su estómago lo rechazaba, le sudaban las manos.

Jocelyn y Rose se habían conocido en la sala de maternidad del Hospital General de Vancouver Norte. Lo primero que Rose vio, cuando la llevaron de vuelta allí después de tener a Anna, fue a Jocelyn sentada en la cama leyendo los *Diarios* de André Gide. Rose reconoció el libro por sus colores, por haberse fijado en él en los expositores del estanco. Gide estaba en la lista de escritores que se proponía leer a fondo. En esa época leía solo a grandes escritores.

A Rose de entrada le sorprendió y le reconfortó ver que Jocelyn parecía una estudiante, que apenas había permitido que la afectase estar en la sala de maternidad. Jocelyn tenía unas trenzas largas y negras, una cara pálida y rotunda, gafas gruesas, ni rastro de coquetería, y un aire de serena concentración.

La mujer que ocupaba la cama al lado de la de Jocelyn estaba describiendo la disposición de los armarios en su cocina. Cuando olvidaba mencionar dónde guardaba algo —el arroz, por ejemplo, o el azúcar moreno—, volvía a empezar de cero, asegurándose de que mantenía atento a su público: «Acuérdate de que en el estante más alto a mano derecha junto a la cocina es donde guardo los sobres de sopa, pero no la sopa de lata, la sopa de lata la guardo debajo de la encimera con la comida en conserva, bueno, pues justo al lado de eso…».

Las otras mujeres intentaban meter baza, explicar cómo organizaban sus cosas, pero sin éxito, o no por mucho tiempo. Jocelyn seguía leyendo mientras se enroscaba la punta de una trenza entre los dedos, como si estuviera en una biblioteca, en la facultad, como si estuviera documentándose para redactar un trabajo, y ese otro mundo de mujeres jamás se le hubiera echado encima. Rose deseó poder salir igual de bien parada.

Todavía se sentía aturdida por el parto. Cuando cerraba los ojos veía un eclipse, una gran bola negra con un cerco de fuego. Era la cabeza del bebé, cercada por el dolor, justo antes de expulsarla. Atravesando esa imagen, en ondas angustiosas, aparecían las estanterías de la cocina de la mujer que hablaba, combadas bajo su resplandeciente peso de latas y paquetes. Sin embargo, Rose podía abrir los ojos y ver a Jocelyn, en blanco y negro, sus trenzas cayendo sobre el camisón del hospital. Jocelyn era la única persona en la que advirtió una calma y una solemnidad a la altura de las circunstancias.

Jocelyn salió al poco de la cama, mostrando unas piernas largas y blancas sin depilar y una barriga todavía dilatada por el embarazo. Se puso un albornoz de rayas. En lugar de un cordón, se lo ciñó a la cintura con una corbata de hombre. Empezó a andar descalza por el suelo de linóleo del hospital. Una enfermera fue corriendo a pedirle que se pusiera zapatillas.

—No tengo zapatillas.

—¿Y zapatos tiene? —dijo la enfermera, con bastante acritud.

—Oh, sí. Zapatos tengo.

Jocelyn volvió al pequeño armario metálico que había junto a su cama y sacó un par de mocasines grandotes y sucios, baqueteados. Salió andando con el mismo descuido e insolencia que antes.

Rose estaba deseando conocerla.

Al día siguiente Rose tenía a punto su propio libro. Era *El último puritano*, de George Santayana, aunque por desgracia lo había sacado de la biblioteca y el título de la cubierta estaba medio borrado, así que era imposible que Jocelyn pudiera admirar el material de lectura de Rose como ella había admirado el suyo. Rose no sabía cómo romper el hielo.

La mujer que había hablado de sus armarios ahora se estaba explayando en cómo usar la aspiradora. Era muy importante sacar partido a todos los accesorios, porque cada uno servía para una cosa, y a fin de cuentas los habías pagado. Mucha gente no los aprovechaba. Describió cómo aspiraba las cortinas del salón de su casa. Otra mujer dijo que había intentado hacer lo mismo, pero que la tela se engurruñaba. La que llevaba la voz cantante dijo que eso era porque no lo había hecho como era debido.

Rose cruzó una mirada con Jocelyn al levantar la vista por encima de la esquina de su libro.

—Supongo que abrillantas los mandos de la cocina —dijo en voz baja.

—Por supuesto que sí —dijo Jocelyn.

—¿Todos los días?

—Antes los limpiaba dos veces al día, pero ahora con el bebé no sé si me dará tiempo.

—¿Usas ese abrillantador especial para mandos de cocina?

—Por supuesto. Y uso las bayetas especiales para los mandos de cocina que vienen en ese paquete especial.

—Bien hecho. Hay gente que no las usa.

—Hay gente que usa cualquier cosa.

—Trapos viejos.

—Pañuelos viejos.

—Y usados.

A partir de ahí se hicieron amigas muy deprisa. Fue una de esas amistades impetuosas que nacen de convivir en instituciones; en el colegio, de campamentos, en la cárcel. Paseaban por los pasillos, desobedeciendo a las enfermeras. Molestaban y escandalizaban a las otras mujeres. Se reían histéricas como colegialas, leyendo juntas en voz alta. No leían a Gide o a Santayana, sino revistas femeninas como *True Love* o *Personal Romances* que habían encontrado en la sala de espera.

—Aquí dice que puedes comprarte gemelos postizos —leyó Rose—. Lo que no entiendo es cómo haces para camuflarlos. Supongo que te los sujetas a las piernas. O a lo mejor solo hay que ponerlos dentro de las medias, pero ¿no crees que se notarán?

—¿A las piernas? —dijo Jocelyn—. ¿Te los sujetas a las piernas? ¡Ah, ahora entiendo, gemelos postizos! ¡Creía que me hablabas de gemelos! ¡De niños postizos!

Cualquier cosa por el estilo las disparaba.

—¡Niños postizos!

—¡Tetas postizas, culos postizos, gemelos postizos!

—¡Cuál será la próxima ocurrencia!

La experta en aspiradoras dijo que siempre estaban entrometiéndose y fastidiando las conversaciones de las demás, y que no veía qué había tan divertido en decir palabrotas. Les advirtió que si no paraban de comportarse así, se les agriaría la leche.

—Ya decía yo que la mía está agria —dijo Jocelyn—. Con ese color tan repugnante.

—¿De qué color es? —dijo Rose.

—Bueno. Como azulada.

—¡Madre mía, a lo mejor es tinta!

La experta en aspiradoras dijo que iba a contarle a la enfermera que estaban diciendo obscenidades. Les dijo que ella tampoco se chupaba el dedo. Les preguntó si estaban preparadas para ser madres. ¿Cómo iba Jocelyn a lavar pañales cuando cualquiera podía ver que nunca se lavaba la bata?

Jocelyn dijo que pensaba usar musgo, porque era india.

—No me extrañaría —dijo la mujer.

Después de eso Jocelyn y Rose introducían muchos comentarios con «no me chupo el dedo».

—¡Oye, yo tampoco me chupo el dedo, pero mira este budín!

—¡Aunque no me chupo el dedo, creo que este crío ha nacido con todos los dientes!

La enfermera las reñía, ¿no eran ya mayorcitas?

Paseando por los pasillos, Jocelyn le contó a Rose que tenía veinticinco años, que al bebé le pondrían Adam y en casa tenía otro hijo de dos años, Jerome, que su marido se llamaba Clifford y se ganaba la vida tocando el violín. Tocaba en la Sinfónica de Vancouver. Pasaban con lo justo. Jocelyn había nacido en Massachusetts y había ido a la Universidad de Wellesley. Su padre era psiquiatra y su madre pediatra. Rose le contó a Jocelyn que ella era de un pueblo pequeño de Ontario, y Patrick de la isla de Vancouver, y que los padres de él no aprobaban su matrimonio.

—En el pueblo donde me crie todo el mundo decía «arrea» —dijo Rose, exagerando—. ¡Arrea, muchacha! Vamos, ¡arreando!

—Ah. Como en Brooklyn. Y como James Joyce. ¿Para quién trabaja Patrick?

—En la empresa de la familia. Tienen una cadena de grandes almacenes.

—Entonces ¿ahora no sois ricos? ¿No eres demasiado rica para estar en la sala de maternidad?

—Acabamos de gastarnos todo el dinero en la casa que Patrick quería.

—¿Tú no la querías?

—No tanto como él.

Era algo que Rose nunca le había dicho a nadie.

Se lanzaron de cabeza en más revelaciones al azar.

Jocelyn odiaba a su madre. Su madre la había obligado a dormir en un cuarto con cortinas blancas de organdí y la había animado a coleccionar patitos. Con trece años Jocelyn tenía quizá la colección de patos de goma, patos de cerámica, patos de madera, patos pintados y patos bordados más grande del mundo. También había escrito lo que describía como una historia tremendamente precoz titulada «Las maravillosas aventuras de Oliver el Gran Pato», que de hecho su madre llevó a imprimir y repartió entre amigos y parientes por Navidad.

—Es una de esas personas que lo cubren todo con una dulzura empalagosa. Rezuma dulzura en cualquier gesto. Nunca habla con una voz normal, nunca. Es remilgada. Es tan remilgada que dan ganas de vomitar. Naturalmente como pediatra la adoran. Tiene nombrecitos cursis y empalagosos para todas las partes del cuerpo.

Rose, que habría estado encantada con unas cortinas de organdí, percibía las líneas tan finas, las sutiles maneras de ofender que existían en el mundo de Jocelyn. Parecía un mundo mucho menos tosco y provisional que el suyo. Dudaba de si podía hablarle a Jocelyn de Hanratty, pero empezó a tantear. Dibujó a Flo y la tienda con trazos gruesos. Exaltó la pobreza. No habría hecho falta. La realidad de su infancia ya era exótica para Jocelyn y, más que nada, envidiable.

—Todo parece más auténtico —dijo Jocelyn—. Sé que es una idea romántica.

Hablaron de las ambiciones que tenían de jóvenes. (De verdad creían haber dejado atrás la juventud.) Rose dijo que le habría gustado ser actriz, aunque era demasiado cobarde para pisar un escenario. Jocelyn había querido ser escritora, pero la disuadieron los vergonzosos recuerdos del Gran Pato.

—Entonces conocí a Clifford —dijo—. Cuando vi que era un genio, supe que mis devaneos literarios no llegarían a nada y que aportaría más cuidándolo, o lo que sea que hago por él. Tiene talento de verdad. A veces puede ser mezquino. Se salva porque tiene talento.

—A mí me parece que esa sí es una idea romántica —dijo Rose con firmeza y celos—. Que la gente con talento está por encima de todo.

—¿En serio? Siempre ha sido así con los grandes artistas.

—No en el caso de las mujeres.

—Pero las mujeres no suelen ser grandes artistas, no de la misma manera.

Esas eran las ideas de la mayoría de las mujeres jóvenes con una buena educación, reflexivas, incluso de las menos convencionales o con ideas políticas radicales, en esa época. Una de las razones de que Rose no las compartiese era que no había recibido una buena educación. Jocelyn, mucho más adelante, le dijo que si hablar con Rose le resultaba tan interesante, desde el principio, era en parte porque Rose tenía ideas pero estaba sin pulir. A Rose le sorprendió el comentario, y le recordó que había estudiado en la facultad, en Ontario Occidental. Entonces, al ver que Jocelyn se arrepentía e intentaba echarse atrás, con una repentina falta de franqueza muy impropia de ella, comprendió que precisamente se había referido a eso.

Después de la diferencia de opiniones sobre los artistas, sobre los hombres y las mujeres artistas, Rose se fijó bien en Clifford cuando fue de visita por la tarde. Le pareció lánguido, autocomplaciente y con pinta de neurótico. A medida que fue descubriendo más detalles del tacto, el esfuerzo, la mera energía física que Jocelyn invertía en su matrimonio (era ella quien arreglaba los grifos que goteaban y desatascaba las tuberías), Rose acabó de convencerse de que Jocelyn se estaba echando a perder, de que se equivocaba. Intuía que Jocelyn tampoco le veía mucho sentido a que Rose estuviera casada con Patrick.

Al principio la fiesta fue más relajada de lo que Rose esperaba. Había temido ir demasiado arreglada; le hubiera gustado ponerse su pantalón pirata, pero Patrick no lo habría consentido. Aun así, pocas chicas iban con pantalones. Las demás llevaban medias, pendientes, atuendos muy parecidos al suyo. Como en cualquier reunión de mujeres jóvenes en esa época, de un vistazo localizabas a tres o cuatro embarazadas. Y la mayoría de los hombres iban de traje y corbata, como Patrick. Rose se sintió aliviada. No solo quería que Patrick encajara en la fiesta; quería que aceptara a la gente que había allí, que se convenciese de que no todos eran bichos raros. Cuando Patrick aún estudiaba la había llevado a conciertos y al teatro, y no parecía tan suspicaz con los que participaban en ese tipo de actividades; en realidad solía sumarse a ellas porque su familia las detestaba, y en esa época —la época en que eligió a Rose— pasaba por una breve rebelión contra su familia. Una vez Rose y él habían ido a Toronto y se sentaron en la sala del templo chino del museo a contemplar los frescos. Patrick le contó que los habían llevado en pequeños fragmentos desde la provincia de Shanxi; pareció bastante orgulloso de saberlo, y al mismo tiempo adorable, inusitadamente humilde, al reconocer que todo lo había sacado de una visita guiada. Desde que trabajaba había empezado a radicalizar sus opiniones y a condenar por sistema. El arte moderno era un timo. Las obras vanguardistas eran soeces. Patrick tenía una manera especial, demoledora, desdeñosa de decir «vanguardistas», haciendo que la palabra sonara desagradablemente pretenciosa. Y lo eran, pensaba Rose. En cierto modo entendía lo que quería decir. Ella podía ver demasiados matices en cualquier cosa; Patrick no tenía ese problema.

Salvo por algunas grandes peleas periódicas, era muy dócil con Patrick, intentaba ponerse de su lado. No resultaba nada fácil. Incluso antes de que se casaran solía sermonearla a raíz de una pregunta u observación cualquiera. A veces en esos tiempos Rose le hacía una pregunta con la esperanza de que la deslumbrase con su sabiduría, pero generalmente se arrepentía de haber preguntado, la respuesta era larga y cargada de reproche, y tampoco es que encerrara tanta sabiduría. Quería admirarlo, de verdad, y respetarlo; parecía que era un salto que siempre estaba a punto de dar.

Más adelante llegó a la conclusión de que respetaba a Patrick, aunque no como él quería ser respetado, y de que lo amaba, aunque no como él quería ser amado. Entonces aún no lo sabía. Creía conocerlo, creía saber que en realidad Patrick no quería ser el hombre en el que parecía empeñado en convertirse. Que la arrogancia podía llamarse respeto; que la prepotencia, amor. No sirvió de nada para hacerlo feliz.

Algunos hombres llevaban vaqueros y jerséis de cuello alto o sudaderas. Entre ellos estaba Clifford, que iba todo de negro. Era la época de los beatniks en San Francisco. Jocelyn había llamado a Rose por teléfono y le había leído *Aullido*. Clifford parecía muy bronceado, en contraste con la vestimenta negra; tenía el pelo largo para la época y casi tan claro como el algodón sin teñir; sus ojos también eran muy claros, de un gris azulado brillante. Rose lo vio menudo y con un aire felino, un poco afeminado; esperó que a Patrick no le repeliera en exceso.

Para beber había cerveza, y un ponche de vino. Jocelyn, que era una espléndida cocinera, estaba removiendo una cazuela de arroz *jambalaya*. Rose hizo una excursión al cuarto de baño para despegarse de Patrick, que no se apartaba de su lado (creyó que hacía de perro guardián; olvidaba que podía estar cohibido). Cuando salió ya no lo vio por allí. Rose se tomó tres tazas de ponche, una detrás de otra, y le presentaron a la mujer que había escrito la obra. Le sorprendió que fuese una de las personas que parecían más sosas e inseguras de la fiesta.

—Me gustó tu obra —le dijo Rose. A decir verdad, a ella le había fascinado, y a Patrick le había parecido repugnante. Iba sobre una mujer que se comía a sus propios hijos. Rose sabía que eso era simbólico, aunque no acababa de entender su simbolismo.

—¡Ay, pero la producción fue espantosa! —dijo la mujer. Entre la vergüenza, el entusiasmo y las ganas de hablar de la obra, espurreó a Rose de ponche—. Fueron tan literales... Precisamente me temía que quedara así de truculenta, y quería que fuese delicada, muy diferente de como la hicieron.

Empezó a contarle a Rose todo lo que se había torcido, el reparto tan poco acertado, la supresión de las frases más importantes, las frases «cruciales». Rose se sintió halagada escuchando esos detalles, e intentó limpiarse discretamente las salpicaduras.

—Pero ¿viste adónde apuntaba yo? —dijo la mujer.

—¡Oh, sí!

Clifford sirvió a Rose otra taza de ponche y le sonrió.

—Rose, te veo deliciosa.

«Deliciosa» era una palabra que sonaba rara en boca de Clifford. Quizá había bebido de más. O quizá, si aborrecía tanto las fiestas como aseguraba Jocelyn, estaba interpretando un papel; era el tipo de hombre que le decía a una chica que la veía deliciosa. Tal vez se le daban bien los disfraces, igual que a Rose creía que se le empezaban a dar. Siguió hablando con la escritora y con un hombre que daba clases de literatura inglesa del siglo XVII. Ella también podía pasar por ser pobre y lista, radical e irreverente como la que más.

Había un hombre y una chica abrazándose apasionadamente en el estrecho pasillo. Cuando alguien quería pasar se apartaban, pero seguían mirándose y ni siquiera cerraban la boca. Rose se estremeció al ver esas bocas húmedas y abiertas. Nunca la habían abrazado así en su vida, nunca había abierto la boca así. Patrick pensaba que los besos con lengua eran asquerosos.

Un hombrecillo calvo, un tal Cyril, se había apostado junto a la puerta del cuarto de baño y besaba a cualquier chica que saliera, diciendo «Bienvenida, cariño, encantado de que hayas venido», o «Tan contento de que te largues».

—Cyril es de terror —dijo la escritora—. Cree que tiene que actuar como un poeta, y no se le ocurre otra cosa que merodear por el lavabo y molestar a la gente. Cree que así escandaliza a alguien.

—¿Es poeta? —preguntó Rose.

El profesor de literatura inglesa dijo:

—Me contó que había quemado todos sus poemas.

—Qué incendiario —dijo Rose. Se sintió satisfecha de la ocurrencia, y de que se rieran.

El profesor empezó a pensar en esos juegos de palabras.

—A mí nunca se me ocurren esas cosas —dijo la escritora, apenada—. Respeto demasiado el lenguaje.

De pronto llegaron voces airadas del salón. Rose reconoció la voz de Patrick, imponiéndose y acallando las de todos los demás. Abrió la boca para decir algo, cualquier cosa con la que encubrirlo, porque sabía que se avecinaba algún desastre, pero justo entonces un hombre alto, de pelo rizado y semblante eufórico llegó por el pasillo, apartando sin ceremonias a la apasionada pareja, y levantando las manos para pedir atención.

—Escuchad esto —dijo a toda la cocina—. Hay un tipo en el salón que es de no creer. Escuchad.

Por lo visto en el salón habían estado hablando sobre los indios, y ahora Patrick llevaba las riendas de la conversación.

—Quitadlos de ahí —decía Patrick—. Quitádselos a sus padres en cuanto nacen y ponedlos en un ambiente civilizado y educadlos, y cualquier día serán tan buenos como los blancos. —Sin duda creía estar expresando opiniones liberales. Si con eso se escandalizaban, más valía que no lo oyeran hablar de la ejecución de los Rosenberg o el juicio a Alger Hiss, o de la necesidad de los ensayos nucleares.

Una chica intervino prudentemente.

—Bueno, verás, ellos tienen su propia cultura.

—Su cultura está acabada —dijo Patrick—. *Kaput.* —Esa era una palabra a la que echaba mano a menudo en esa época. Solía usar ciertas palabras, clichés, muletillas de la prensa («replanteamiento radical» era una de ellas) con una fruición y una autoridad tan apabullantes como si las hubiera inventado, o al menos como si por el mero hecho de usarlas les concediera peso y lustre—. Quieren civilizarse —dijo—. Los más espabilados quieren.

—Bueno, a lo mejor ellos no se consideran exactamente incivilizados —dijo la chica con un pudor gélido que Patrick no supo captar.

—Hay gente que necesita un empujón.

El tono presuntuoso, el tufo adoctrinador hicieron que el hombre de la cocina levantara las manos y meneara la cabeza con deleite e incredulidad.

—Este tiene que ser un político de Socred.

Efectivamente, Patrick votaba a Crédito Social.

—Ya, bueno, nos guste o no —estaba diciendo— habrá que traerlos al siglo XX aunque sea a rastras.

—¿A rastras? —repitió alguien.

—A rastras al siglo XX —dijo Patrick, que nunca tenía empacho en recalcar una frase.

—Qué expresión tan interesante. Y qué humana, también.

¿Es que ahora tampoco entendería que estaba acorralado, que había mordido el anzuelo y se burlaban de él? Aunque Patrick, acorralado, solo se ponía más fragoroso… Rose no podía seguir escuchando. Fue hacia el pasillo de atrás, que estaba atestado de todas las botas, abrigos, botellas, palanganas, juguetes que Jocelyn y Clifford habían quitado de en medio para la fiesta. Por suerte no había nadie. Salió por la puerta trasera y se quedó acalorada y temblando en la noche húmeda y fresca. Sus emociones eran un barullo inextricable. Se sentía humillada, se avergonzaba de Patrick; pero sabía que eran sus formas lo que más la humillaba, y eso la hacía sospechar de algo corrupto y frívolo dentro de ella. Estaba enojada con los que lo atacaban, cuando eran más inteligentes o al menos mucho más rápidos que Patrick. Intentó pensar mal de ellos. ¿Qué les importaban los indios, en realidad? Si se presentara la oportunidad de tratar dignamente a un indio, tal vez Patrick les daría una lección de decencia. Era una posibilidad remota, pero tenía que creerla. Patrick era una buena persona, aun cuando sus opiniones no fueran buenas. Rose creía que Patrick, en el fondo, era sencillo, puro y digno de confianza. Sin embargo, ¿cómo podía ella llegar a esa esencia para constatarla, y mucho menos para revelársela a los demás?

Oyó que la puerta de atrás se cerraba y temió que Jocelyn hubiera salido a buscarla. Jocelyn no era de las que creían que Patrick tuviera buen fondo. Lo consideraba arrogante, duro de mollera y, en esencia, tonto.

No era Jocelyn. Era Clifford. Rose no quería tener que contarle nada. Ligeramente borracha como estaba, acongojada, con la cara mojada por la lluvia, lo miró sin un gesto de bienvenida. Pero él la rodeó con los brazos y la acunó.

—Oh, Rose. Rose, nena. No te preocupes. Rose.

Así que ese era Clifford.

Se pasaron cinco minutos besándose, murmurando, temblando, apretándose, tocándose. Volvieron a la fiesta por la puerta de delante. Cyril estaba allí.

—Vaya, vaya, ¿dónde habéis estado vosotros dos?

—Paseando bajo la lluvia —dijo Clifford con fría serenidad. La misma voz despreocupada y posiblemente hostil con la que le había dicho a Rose que la veía deliciosa.

Dentro habían dejado de darle carnaza a Patrick. La conversación era más distendida, más ebria, más irresponsable. Jocelyn estaba sirviendo el arroz *jambalaya*. Rose fue al cuarto de baño a secarse el pelo y a retocarse el pintalabios, con la boca en carne viva. Estaba transformada, invulnerable. La primera persona con quien se encontró al salir fue Patrick. La embargó un vivo deseo de hacerlo feliz. Ya no le importaba lo que había dicho, o lo que dijera.

—No creo que nos hayan presentado, señor —dijo Rose con la vocecita coqueta que usaba con él a veces, cuando se sentían a gusto juntos—. Pero puede besarme la mano.

—¡Faltaría más! —dijo Patrick efusivamente, y la estrechó en sus brazos y le estampó un beso en la mejilla. Siempre estampaba besos ruidosos. Y no sabía cómo, pero sus codos siempre se le clavaban en alguna parte y le hacían daño.

—¿Te estás divirtiendo? —le preguntó ella.

—No está mal, no está mal.

Durante el resto de la velada, por supuesto, Rose jugó a observar a Clifford mientras fingía no prestarle atención, y le pareció que él hacía lo mismo, y sus miradas se cruzaron, varias veces, sin expresar nada, mandando un mensaje perfectamente claro que la hizo balancearse y ponerse de puntillas. De pronto lo veía con otros ojos. Ese cuerpo que le había parecido pequeño y sin chispa se le antojaba ahora ligero y escurridizo y lleno de energía; era como un lince o un gato montés. Aquel bronceado era de esquiar. Subía al monte Seymour y esquiaba. Un pasatiempo caro, pero que Jocelyn creía que no podía negarle, por los problemas de imagen que él tenía. Su imagen masculina, como violinista, en esta sociedad. O eso decía Jocelyn. Jocelyn le había hablado a Rose de los orígenes de Clifford: el padre artrítico, el colmado en un pueblo al norte del estado de Nueva York, el barrio pobre y duro. Le había contado los problemas que tuvo de niño; el talento incomprendido que los padres veían con malos ojos, las mofas de los compañeros en la escuela. Su infancia lo amargó, decía Jocelyn. Sin embargo, Rose ya no creía que Jocelyn tuviera la última palabra sobre Clifford.

La fiesta fue un viernes por la noche. A la mañana siguiente sonó el teléfono cuando Patrick y Anna estaban a la mesa comiendo huevos revueltos.

—¿Cómo estás? —dijo Clifford.

—Muy bien.

—Quería telefonearte. Pensaba que a lo mejor creíste que estaba borracho o algo. Que sepas que no.

—Ah, no.

—He estado toda la noche pensando en ti. Pensaba en ti antes, también.

—Sí. —La cocina estaba resplandeciente. Toda la escena ante sus ojos, de Patrick y Anna sentados a la mesa, la cafetera con goterones en uno de los lados, el tarro de la mermelada, se le antojó cargada de alegría y posibilidad y peligro. A Rose se le quedó la boca tan seca que apenas podía hablar—. Hace un día precioso —dijo—. Patrick, Anna y yo quizá subamos a la montaña.

—¿Está Patrick en casa?

—Sí.

—Ay, Dios. Qué estúpido soy. Olvidé que nadie más trabaja los sábados. Estoy aquí en un ensayo.

—Sí.

—¿Puedes fingir que te ha llamado otra persona? Finge que soy Jocelyn.

—Claro.

—Te quiero, Rose —dijo Clifford, y colgó.

—¿Quién era? —preguntó Patrick.

—Jocelyn.

—¿Tiene que llamar cuando estoy en casa?

—Se había olvidado. Clifford está en un ensayo, así que ella se olvidó de que el resto del mundo no trabaja. —Rose se recreó al decir el nombre de Clifford. El engaño, la ocultación, parecían acudir a ella con prodigiosa facilidad; eso por sí solo podía ser un placer—. No me había parado a pensar que tienen que trabajar los sábados —dijo, para seguir con el tema—. Deben de trabajar muchísimas horas.

—No trabajan más horas que la gente normal, solo las combinan de otra manera. Tampoco es que parezca un hombre capaz de trabajar mucho.

—Por lo visto es bastante bueno. Como violinista.

—Parece un memo.

—¿Tú crees?

—¿Tú no?

—Supongo que nunca me he parado a pensar en él, la verdad.

Jocelyn llamó el lunes y dijo que no sabía por qué montaba fiestas, todavía tenía la casa patas arriba.

—¿Clifford no te ayudó a limpiar?

—Estás de broma. Apenas lo he visto en todo el fin de semana. El sábado ensayaba y ayer tocaba. Dice que las fiestas son idea mía, así que luego me toca apechugar con las consecuencias. Tiene razón. Me entran esos arrebatos de sociabilidad, una fiesta es la única cura. Patrick estuvo interesante.

—Mucho.

—Es un tipo tremendo de verdad, ¿no?

—Hay montones como él. Solo que no tienes la ocasión de conocerlos.

—Pobre de mí.

Fue como cualquier otra conversación con Jocelyn. Sus conversaciones, su amistad, podían seguir igual. Rose no se sentía atada por ninguna lealtad hacia Jocelyn porque había escindido a Clifford. Estaba el Clifford que Jocelyn conocía, el mismo que siempre le había presentado a Rose; y por otro lado estaba también el Clifford que Rose conocía ahora. Pensaba que Jocelyn podía estar equivocada con él. Por ejemplo, cuando decía que la infancia lo había amargado. Eso que Jocelyn llamaba amargura a Rose le parecía algo más complejo y más corriente; era solo el cansancio, la ductilidad, la tortuosidad, la malicia, común a una clase de gente. La clase a la que Clifford pertenecía, y Rose. Jocelyn había estado protegida en ciertos sentidos, se mantenía incólume e inocente. En ciertos sentidos se parecía a Patrick.

A partir de entonces Rose vio que Clifford y ella eran un tipo de persona, mientras que Jocelyn y Patrick, aunque pareciesen tan diferentes, y se gustaran tan poco, pertenecían a otro tipo. Eran íntegros y predecibles. Se tomaban la vida absolutamente en serio. Comparados con ellos, tanto Clifford como Rose eran criaturas esquivas.

Si Jocelyn se enamoraba de un hombre casado, ¿qué haría? Antes de rozarle la mano, probablemente convocaría una reunión.

Clifford estaría invitado, y el hombre en cuestión, y la mujer del hombre, y seguramente el psiquiatra de Jocelyn también. (A pesar del rechazo hacia su familia, Jocelyn creía que ir a un psiquiatra era algo que todo el mundo debía hacer en etapas de cambio y reajuste de la vida, y ella misma iba a terapia una vez por semana.) Jocelyn sopesaría las consecuencias; encararía las cosas de frente. Nunca intentaría obtener a hurtadillas su propio placer. Nunca había aprendido a moverse a hurtadillas. Por eso era poco probable que alguna vez se enamorara de otro hombre. No era codiciosa. Y ahora Patrick tampoco lo era, o al menos no por amor.

Si amar a Patrick era reconocer que en el fondo tenía algo bueno, y cándido, estar enamorada de Clifford era completamente distinto. Rose no necesitaba creer que Clifford era bueno, y desde luego sabía que no era cándido. Ninguna revelación de su duplicidad o de su dureza de corazón hacia nadie que no fuese ella misma le habría importado. ¿De qué se había enamorado entonces, qué quería de él? Quería tramas, un secreto resplandeciente, tiernas celebraciones de lujuria, una verdadera conflagración del adulterio. Todo eso después de cinco minutos bajo la lluvia.

Seis meses después de aquella fiesta, más o menos, Rose pasó toda la noche en vela. Patrick dormía a su lado en la casa de piedra y cedro donde vivían, en un barrio residencial conocido como Cumbres de Capilano, en la ladera del monte Grouse. A la noche siguiente el plan era que Clifford dormiría a su lado, en Powell River, donde estaba de gira tocando con la orquesta. Rose no podía creer que fuese a pasar de verdad. Es decir, ponía toda su fe en el encuentro, pero no podía encajarlo en el orden de las cosas que conocía.

Durante todos esos meses Clifford y Rose no se habían ido a la cama juntos. Tampoco habían hecho el amor en otro sitio. La situación era esta: Jocelyn y Clifford no tenían coche. Patrick y Rose sí tenían un coche, pero Rose no conducía. Aunque el trabajo de Clifford tenía la ventaja de los horarios irregulares, ¿cómo iría a ver a Rose? ¿Iba a coger el autobús al otro lado del puente de Lions Gate y luego subir andando por su calle a plena luz del día, pasando por delante de las ventanas panorámicas de sus vecinos? ¿Iba Rose a contratar a una niñera fingiendo una visita al dentista, llegar en autobús hasta el centro para encontrarse con Clifford en un restaurante e ir con él a una habitación de hotel? Ni siquiera sabían qué hotel podían escoger; les daba miedo que al no llevar equipaje los pusieran de patitas en la calle, o los denunciaran a la brigada antivicio, los hicieran esperar en comisaría mientras llamaban a Jocelyn y Patrick para que fuesen a buscarlos. Además, no tenían dinero para eso.

Aun así, Rose había ido a Vancouver con el pretexto de la visita al dentista y se habían sentado al fondo de una cafetería, uno al lado del otro en un reservado, besándose y acariciándose, en un lugar público y que para colmo frecuentaban los alumnos y otros músicos compañeros de Clifford; un movimiento arriesgado. En el autobús de vuelta Rose se abrió un tanto el vestido para mirar el sudor que afloraba entre sus pechos, y le faltó poco para desmayarse al ver su propio esplendor, así como al pensar en el riesgo que había corrido. En otra ocasión, una tarde muy calurosa de agosto, esperó en un callejón detrás del teatro donde Clifford estaba ensayando, acechó en las sombras y luego se manosearon febrilmente, con frustración. Vieron una puerta abierta y se colaron dentro. Había cajas apiladas por todas partes. Buscaban un rincón donde acurrucarse cuando un hombre los increpó.

—¿Puedo ayudarlos?

Habían entrado en la trastienda de una zapatería. La voz del hombre fue gélida, aterradora. La brigada antivicio. La comisaría. Rose llevaba el vestido desabrochado hasta la cintura.

Una vez quedaron en un parque donde Rose a menudo llevaba a Anna y la columpiaba. Se dieron la mano en un banco, tapados con la falda ancha de algodón de Rose. Entrelazaron los dedos y se los estrujaron hasta hacerse daño. Entonces Anna los sorprendió, llegando por detrás del banco y gritando: «¡Uh! ¡Os he pillado!». Clifford se quedó lívido. De camino a casa, Rose le dijo a Anna:

—Qué gracia cuando has aparecido de un salto detrás del banco, ¿eh? Creía que estabas aún en el columpio.

—Ya lo sé —dijo Anna.

—¿Qué querías decir con que nos habías pillado?

—Os he pillado —dijo Anna, riéndose de un modo que a Rose le pareció descarado y pícaro.

—¿Te apetece un helado de chocolate? ¡A mí sí! —dijo Rose como si tal cosa, pensando en chantaje y pactos secretos, en Anna desenterrando esa escena para su psiquiatra al cabo de veinte años. El episodio la dejó temblorosa y asqueada, y se preguntó si Clifford había sentido rechazo hacia ella. Lo sintió, pero fue pasajero.

En cuanto empezó a amanecer se levantó de la cama y fue a ver cómo despuntaba el día, para confirmar que hacía buen tiempo para volar. El cielo estaba despejado; ni rastro de la niebla que a menudo dejaba los aviones en tierra en esa época del año. Nadie más que Clifford sabía que iba a Powell River. Llevaban seis semanas planeándolo, desde que supieron que saldría de gira. Patrick creía que se iba a Victoria, donde Rose tenía una antigua amiga de la universidad, con la que en las últimas semanas había fingido retomar el contacto. Había dicho que volvería al día siguiente, por la noche. Como era sábado, Patrick estaba en casa para ocuparse de Anna.

Fue al comedor a contar el dinero que había ahorrado de los cheques de la prestación familiar. Estaba al fondo de la bombonera de plata. Trece dólares. Pensaba sumarlo a lo que Patrick le diese para ir a Victoria. Patrick siempre le daba dinero cuando lo pedía, pero quería saber cuánto y para qué. Una vez que salieron a pasear quiso entrar a una droguería; le pidió dinero y él dijo, sin más severidad que de costumbre: «¿Para qué?», y Rose se echó a llorar, porque iba a comprarse lubricante vaginal. También podría haberse echado a reír, y ahora lo habría hecho. Desde que se había enamorado de Clifford, nunca discutía con Patrick.

Volvió a calcular el dinero que necesitaría. El billete de avión, el dinero para el autobús al aeropuerto, desde Vancouver, y para el autobús o el taxi que la llevara a Powell River, más algo para comida y café. Clifford pagaría el hotel. Se recreó anticipando el placer, el abandono, aunque sabía que Jerome necesitaba unas gafas nuevas, que Adam necesitaba unas botas de agua. Pensó en aquella cama neutral, lisa, generosa, que ya existía, que los estaba esperando. Cuando era jovencita (ahora tenía veintitrés años) a menudo recreaba fantasías exuberantes en camas de alquiler anodinas y puertas cerradas, y ahora volvía a hacerlo, aunque en medio hubo un tiempo, antes y después de casarse, en que pensar en cualquier cosa relacionada con el sexo la irritaba, un poco a la manera en que a Patrick lo irritaba el arte moderno.

Caminó por la casa con cuidado, planeando su día como una serie de acciones. Darse un baño, ponerse aceite y polvos, meter el diafragma y lubricante en el bolso. No olvidar el dinero. Rímel, crema facial, barra de labios. Se detuvo antes de bajar los dos escalones que llevaban al salón. Las paredes eran verde musgo, la chimenea era blanca, las cortinas y las fundas tenían un estampado sedoso de hojas grises, verdes y amarillas sobre un fondo blanco. En la repisa del hogar había dos jarrones de Wedgwood, blancos con una cenefa de hojas verdes. Patrick tenía mucho cariño a aquellos jarrones. A veces cuando volvía a casa del trabajo iba directo al salón y los giraba un poco sobre la repisa, pensando que la simetría de la composición se había alterado.

—¿Alguien ha estado tonteando con estos jarrones?

—Claro. En cuanto te vas a trabajar, vengo corriendo a cambiarlos de sitio.

—Me refería a Anna. No dejas que los toque, ¿verdad?

A Patrick no le gustaba que se refiriera a los jarrones con sarcasmo. Creía que Rose no apreciaba la casa. No lo sabía, pero tal vez podía adivinar lo que ella le había dicho a Jocelyn, la primera vez que fue allí, y se detuvieron justo donde Rose estaba ahora, contemplando el salón.

—El sueño de la elegancia según el heredero de los grandes almacenes.

Ante esa traición hasta Jocelyn pareció abochornada. Además, no era del todo así. Patrick soñaba con que fuera mucho más elegante. Y tampoco era verdad la insinuación de que todo lo había elegido Patrick mientras Rose se quedaba siempre al margen. Aunque Patrick había elegido, a ella en otros tiempos le gustaban muchas de esas cosas. Se encaramaba a limpiar las lágrimas de vidrio de la araña del comedor, usando un paño empapado en agua y bicarbonato. Le gustaba esa lámpara; las lágrimas tenían un brillo azulado o violáceo. El problema era que la gente a la que ella admiraba jamás tendría una araña de luces en el comedor. Tal vez ni siquiera tuvieran comedor. Si lo tenían, habrían puesto velas finas blancas en los brazos de un candelabro negro de metal, hecho en Escandinavia. O velas gruesas en botellas de vino, cargadas de goterones de cera de colores. La gente a la que admiraba era inevitablemente más pobre que ella. Parecía una broma pesada que, después de haber sido pobre toda su vida en un lugar donde la pobreza nunca era motivo de orgullo, ahora Rose tuviese que sentirse culpable y avergonzada por lo contrario... Con alguien como Jocelyn, por ejemplo, que podía decir «prosperidad de clase media» con tanta saña y desprecio.

Y aunque no hubiese estado expuesta a otra gente, aunque no hubiese aprendido de Jocelyn, ¿seguiría gustándole la casa? No. De todos modos la habría desencantado. Cuando alguien los visitaba por primera vez, Patrick siempre les hacía un recorrido, señalando la lámpara de araña, el tocador con luces empotradas, por la puerta principal, los vestidores y las puertas correderas de lamas que daban al patio. Estaba tan orgulloso de su casa, tan ansioso por destacar sus pequeñas distinciones como si fuese él y no Rose quien se había criado pobre. A Rose la incomodaron desde el principio esas visitas guiadas, y lo acompañaba en silencio, o hacía comentarios mordaces que a Patrick no le gustaban. Al cabo de un rato se quedaba en la cocina, pero seguía oyendo la voz de Patrick y sabía de antemano todo lo que iba a decir. Sabía que correría las cortinas del comedor y señalaría la pequeña fuente iluminada del jardín, con una pequeña estatua de Neptuno con una hoja de parra, y diría: «Bueno, ¡ahí está nuestra respuesta a la fiebre por las piscinas que asola el barrio!».

Después de bañarse alcanzó un frasco, pensando que era el aceite para bebé que solía ponerse en el cuerpo. Notó un ardor cuando el líquido le resbaló por los pechos y la barriga, y al mirar la etiqueta vio que no era aceite para bebé, sino quitaesmalte. Se restregó con la esponja, abrió el agua fría, se secó desesperadamente con la toalla, pensando en piel abrasada, en el hospital; injertos, cicatrices, castigo.

Anna arañaba la puerta del cuarto de baño, medio dormida pero con urgencia. Rose había echado el pestillo para arreglarse tranquila, aunque no solía cerrar cuando se bañaba. La dejó entrar.

—Tienes toda la frente roja —le dijo Anna mientras se aupaba para sentarse en el inodoro.

Rose encontró el aceite para bebé e intentó calmar el escozor poniéndose un poco. Se pasó y le quedaron manchas aceitosas en el sujetador nuevo.

Había esperado que durante la gira Clifford le escribiera, pero no lo hizo. La llamó desde Prince George, y fue al grano.

—¿Cuándo llegarás a Powell River?

—A las cuatro.

—Vale, coge el autobús o lo que sea que te lleve al pueblo. ¿Has estado allí alguna vez?

—No.

—Yo tampoco. Solo sé el nombre de nuestro hotel. No puedes esperar allí.

—¿Y en la terminal de autobuses? En todos los pueblos hay una.

—De acuerdo, la terminal de autobuses. Te recogeré sobre las cinco, supongo, y entonces podemos buscar otro hotel para ti. Recemos para que haya más de uno. De acuerdo, pues.

Al resto de la orquesta le diría que iba a pasar la noche con unos amigos en Powell River.

—Podría ir a oírte tocar —dijo Rose—. ¿No?

—Bueno. Claro.

—Seré discreta. Me sentaré al fondo. Me disfrazaré de anciana. Me encanta oírte tocar.

—Vale.

—¿No te importa?

—No.

—¿Clifford?

—¿Sí?

—¿Sigues queriendo que vaya?

—Vamos, Rose.

—Ya, ya. Es solo que te oigo un poco…

—Estoy en el vestíbulo del hotel. Me están esperando. Se supone que estoy hablando con Jocelyn.

—Vale. Lo sé. Iré.

—Powell River. La terminal de autobuses. A las cinco.

No se parecía a sus charlas habituales por teléfono. Normalmente eran quejumbrosas y tontas; o se encendían tanto uno al otro que ni siquiera podían hablar.

—Oigo jadeos ahí.

—Ya.

—Tendremos que hablar de otra cosa.

—¿Qué otra cosa puede ser?

—¿Hay niebla también donde tú estás?

—Sí. ¿Y ahí?

—Sí. ¿Oyes la sirena antiniebla?

—Sí.

—¿No es un ruido espantoso?

—A mí no me molesta, la verdad. Incluso diría que me gusta.

—A Jocelyn no. ¿Sabes cómo lo describe? Dice que es el sonido de un aburrimiento cósmico.

Al principio habían evitado incluso mencionar a Jocelyn y Patrick. Luego empezaron a hablar de ellos con una sequedad práctica, como si se tratara de adultos, de padres, a los que había que burlar. Ahora podían nombrarlos casi con ternura, con admiración, como si fueran sus hijos.

No había terminal de autobuses en Powell River. Rose se subió al microbús del aeropuerto con otros cuatro pasajeros, todos hombres, y le dijo al chófer que quería ir a la terminal de autobuses.

—¿Sabe dónde está?

—No —dijo ella. Empezó a sentir que todos la observaban.

—¿Quiere coger un autobús?

—No.

—¿Solo quiere ir a la terminal de autobuses?

—Pensaba encontrarme con alguien allí.

—Ni siquiera sabía que aquí hubiera terminal de autobuses —dijo uno de los pasajeros.

—No la hay, que yo sepa —dijo el chófer—. Hay un autobús, va a Vancouver por la mañana y vuelve por la noche, y para en la residencia de los jubilados. La residencia de los leñadores jubilados. Ahí es donde para. Lo único que puedo hacer es llevarla allí. ¿Le va bien?

—Perfecto —dijo Rose.

Luego sintió que tenía que dar más explicaciones.

—He quedado con alguien y acordamos ese sitio porque no se nos ocurrió nada más. No conocemos Powell River y simplemente pensamos: «¡En todos los pueblos hay una terminal de autobuses!».

Se quedó pensando en que no debería haber dicho «alguien», debería haber dicho «mi marido». Iban a preguntarle qué hacían ella y ese alguien por allí, si no conocían el pueblo.

—Mi amiga toca en la orquesta que va a dar un concierto aquí esta noche. Toca el violín.

Todos desviaron la mirada, como si eso fuese lo que merecía una mentira. Rose estaba intentando recordar si había una violinista. ¿Y si le preguntaban su nombre?

El chófer la dejó delante de una construcción de madera de dos pisos con la pintura desconchada.

—Supongo que podría guarecerse en la terraza interior, allí al final. En cualquier caso, allí es donde para el autobús a recogerlos.

En la terraza interior había una mesa de billar. No había nadie jugando. Algunos viejos estaban jugando a las damas; otros miraban. Rose dudó si dar alguna explicación, pero decidió no hacerlo; por suerte no parecían interesados. Estaba agotada después de tantas explicaciones en el microbús del aeropuerto.

Eran las cuatro y diez, según el reloj del porche. Pensó que podía matar el tiempo hasta las cinco dando un paseo por el pueblo.

En cuanto salió notó un olor desagradable, y al principio la preocupó que emanara de ella. Sacó la colonia en barra que había comprado en el aeropuerto de Vancouver, gastando un dinero que no podía permitirse gastar, y se lo frotó en las muñecas y el cuello. El olor persistió, y al final se dio cuenta de que provenía de las fábricas de pasta de papel. El pueblo era difícil de recorrer, porque las calles eran muy empinadas y en muchas partes no había aceras. No había ningún sitio donde pasar el rato. Pensó que la gente la miraba, reconociendo a una forastera. Unos hombres desde un coche la piropearon. Vio su propio reflejo en los escaparates de las tiendas y entendió que pareciera que quería que la miraran y le gritaran. Llevaba unos pantalones piratas negros de terciopelo, un suéter negro ceñido de cuello alto negro y una chaqueta beige echada sobre el hombro, a pesar de que soplaba un viento frío. Siempre había usado faldas amplias y colores suaves, jerséis infantiles de angora, cuellos festoneados, y en cambio ahora le daba por ponerse ropa atrevida e insinuante. La ropa interior nueva que llevaba en ese momento era de encaje negro y raso rosa. En la sala de espera del aeropuerto de Vancouver se había maquillado los ojos con mucho rímel, perfilador negro y sombra plateada; su lápiz de labios era casi blanco. Todo estaba de moda en esos años, y se veía menos estrafalario de lo que parecería más adelante, pero era bastante escandaloso. La seguridad con que paseaba semejante disfraz fluctuaba considerablemente. No se hubiera atrevido a desfilar así delante de Patrick o de Jocelyn. Cuando iba a ver a Jocelyn siempre se ponía los pantalones más anchos y un suéter. Sin embargo, al abrirle la puerta, ella le decía: «Hola, bombón», con un tono de desdén simpático. Jocelyn se había vuelto de lo más descuidada. Se vestía exclusivamente con ropa vieja de Clifford. Pantalones viejos de los que no podía subir del todo la cremallera porque después de nacer Adam no había vuelto a tener un vientre liso, y camisas blancas raídas que Clifford había usado para las actuaciones. Por lo visto Jocelyn pensaba que todo eso de cuidar la silueta y maquillarse e intentar parecer seductora en cualquier sentido era una ridiculez que ni siquiera merecía desprecio; era como aspirar las cortinas. Decía que Clifford pensaba lo mismo. A Clifford, según Jocelyn, le atraía precisamente la ausencia de artificio y adornos en una mujer; le gustaban las piernas sin depilar y las axilas peludas y los olores naturales. Rose se preguntaba si Clifford de veras habría dicho eso, y por qué. Por lástima, o por camaradería, ¿o en broma?

Rose encontró una biblioteca pública y entró a echar un vistazo a los títulos de los libros, pero no conseguía prestar atención. Sentía un hormigueo casi paralizante aunque no desagradable recorriéndole la cabeza y el cuerpo. A las cinco menos veinte estaba de nuevo en la terraza interior, esperando.

A las seis y diez seguía esperando. Había contado el dinero del bolso. Un dólar y sesenta y tres centavos. No podía ir a un hotel. No creía que la dejaran quedarse en aquella terraza toda la noche. No podía hacer nada salvo rezar para que Clifford llegara. No creía que fuera a aparecer. El programa había cambiado; lo habían llamado para que volviera a casa porque uno de los niños estaba enfermo; se había roto la muñeca y no podía tocar el violín; Powell River no era un lugar real sino un espejismo maloliente donde los viajeros culpables quedaban atrapados para recibir su castigo. No estaba sorprendida, la verdad. Había dado el salto que no había que dar, y así era como había aterrizado.

Antes de que los viejos entraran a cenar les preguntó si sabían de un concierto que se daba esa noche en el auditorio del instituto. «No», contestaron a regañadientes.

—Nunca he oído que aquí se den conciertos.

Explicó que su marido tocaba en la orquesta, estaban de gira desde Vancouver, ella había ido en avión para encontrarse con él; se suponía que habían quedado aquí.

¿Aquí?

—Quizá se ha perdido —dijo uno de los viejos, con un tono que a ella se le antojó malicioso, con doble sentido—. Quizá su marido se ha perdido, ¿eh? ¡Los maridos siempre se pierden!

Fuera casi había oscurecido. Estaban en octubre, y más al norte que Vancouver. Trató de pensar qué podía hacer. Lo único que se le ocurría era fingir que se desmayaba, y luego decir que había perdido la memoria. ¿Se lo creería Patrick? Tendría que decir que no tenía ni idea de qué estaba haciendo en Powell River. Tendría que decir que no recordaba nada de lo que había dicho en el microbús, que no sabía nada de la orquesta. Tendría que convencer a policías y médicos, salir en los periódicos. Ay, ¿dónde estaba Clifford, por qué la había abandonado, habría habido un accidente en la carretera? Pensó que debía destruir el papel que guardaba en el bolso, donde llevaba anotadas sus instrucciones. Pensó que sería mejor deshacerse también del diafragma.

Estaba rebuscando en el bolso cuando una furgoneta aparcó fuera. Pensó que debía de ser una furgoneta de la policía; pensó que los viejos habrían telefoneado dando parte de un sujeto sospechoso.

Clifford bajó del vehículo y subió corriendo los escalones del porche. Rose tardó un momento en reconocerlo.

Tomaron cerveza y hamburguesas en uno de los hoteles, un hotel que no era donde la orquesta se alojaba. A Rose le temblaban tanto las manos que derramó la cerveza. Había surgido un ensayo con el que no contaba, dijo Clifford. Y luego se había pasado media hora buscando la terminal de autobuses.

—Supongo que no fue una idea tan brillante, la terminal de autobuses.

Rose tenía la mano apoyada en la mesa. Clifford le limpió la cerveza con una servilleta y luego le puso la mano encima de la suya. Pensó en ese gesto a menudo, después.

—Vale más que te registres aquí.

—¿No vamos a registrarnos juntos?

—Mejor que lo hagas solo tú.

—Desde que he llegado —dijo Rose— todo ha sido muy peculiar. Muy siniestro. Sentía como si todo el mundo lo supiera. —Empezó a hablarle, tratando de ser amena, del chófer del microbús, de los demás pasajeros, de los viejos en la residencia de los leñadores—. Qué alivio que hayas aparecido, qué alivio tan grande. Por eso estoy temblando.

Le habló de su plan de fingir amnesia y de la idea de que era mejor tirar el diafragma. «Clifford se rio, pero sin alegría», pensó Rose. Cuando mencionó el diafragma creyó ver que apretaba los labios, en una mueca de reproche o desagrado.

—Ahora ya pasó y estoy encantada —se apresuró a añadir. Era la conversación más larga que habían tenido hasta entonces, cara a cara.

—Han sido tus sentimientos de culpa, nada más —dijo él—. Que son naturales.

Le acarició la mano. Ella intentó acariciarle el pulso con un dedo, como otras veces. Él se soltó.

—¿Te parece bien que vaya al concierto de todos modos? —estaba diciendo Rose media hora después.

—¿Aún quieres ir?

—¿Qué voy a hacer si no?

Rose contestó con un gesto de indiferencia. Miraba hacia abajo, con los labios fruncidos en un mohín. Era como si interpretase un papel, imitando tal vez a Barbara Stanwyck en circunstancias similares. No pretendía imitarla, por supuesto. Intentaba encontrar la manera de ser tan tentadora, tan distante y tentadora, como para conseguir que cambiara de opinión.

—El caso es que tengo que devolver la furgoneta. Tengo que recoger a los demás.

—Puedo ir andando. Dime dónde es.

—Subiendo la cuesta, me temo.

—Eso no me hará daño.

—Rose. Es mucho mejor así, Rose. De verdad.

—Si tú lo dices. —No consiguió repetir el gesto de indiferencia. Aún confiaba en dar un giro a los acontecimientos y empezar de nuevo. Empezar de nuevo; arreglar lo que hubiese dicho o hecho mal; lograr que nada de eso fuese cierto. Ya había cometido el error de preguntar qué había dicho o hecho mal, y él había dicho que nada. Nada. Ella no tenía nada que ver, dijo. Después de un mes fuera de casa había recapacitado. Jocelyn. Los niños. El daño.

—No es más que una travesura —dijo.

Llevaba el pelo más corto de lo que ella se lo había visto hasta entonces. Había perdido el bronceado. De hecho, «de hecho», parecía como si hubiera mudado de piel, y esa otra piel fuera la que había ansiado la suya. Volvía a ser el marido joven, pálido y bastante irritable, pero diligente, que ella había observado cuando Clifford visitaba a Jocelyn en la sala de maternidad.

—¿El qué?

—Lo que estamos haciendo. No es algo grande y necesario. Es una travesura, sin más.

—Me llamaste desde Prince George. —Barbara Stanwyck se había desvanecido, Rose se oyó haciendo pucheros.

—Sé que te llamé. —Él hablaba como un marido atosigado.

—¿Te sentías así entonces?

—Sí y no. Lo habíamos planeado todo. ¿No habría sido peor que te lo dijera por teléfono?

—¿Qué quieres decir con eso de que es una travesura?

—Ya sabes lo que quiero decir. Si siguiésemos adelante con esto, ¿qué bien crees que le haría a nadie? ¿Rose? En serio.

—A nosotros —dijo Rose—. A nosotros nos haría bien.

—No es cierto. Acabaría en un desastre absoluto.

—Solo una vez.

—No.

—Dijiste que solo una vez. Dijiste que así tendríamos un recuerdo en lugar de un sueño.

—Dios. Dije un montón de sandeces.

Había dicho que su lengua era como una pequeña serpiente de sangre caliente, una serpiente preciosa, y sus pezones como bayas. Seguro que no quería que se lo recordara.

Obertura de *Ruslán y Ludmila*: Glinka
Serenata para cuerdas: Tchaikovski
Sexta sinfonía de Beethoven, *Pastoral*: Primer movimiento
El Moldava: Smetana
Obertura de *Guillermo Tell*: Rossini

Durante mucho tiempo, Rose no pudo oír esa música sin sentir un ataque específico de vergüenza, como si un muro se derrumbara sobre ella y la asfixiaran los escombros.

Justo antes de que Clifford se marchara de gira, Jocelyn había telefoneado a Rose para decirle que la niñera le había fallado. Era el día que iba al psiquiatra. Rose se ofreció a ir y cuidar de Adam y Jerome. Lo había hecho otras veces. Cubrió el largo trayecto en tres autobuses distintos, llevándose a Anna.

La casa de Jocelyn se calentaba con una estufa de aceite en la cocina, y una enorme chimenea de piedra en el pequeño salón. La estufa de aceite estaba manchada de chorretones; de la chimenea rodaban pieles de naranja y posos de café, madera carbonizada y cenizas. No había sótano ni secadora para la ropa. Hacía un tiempo lluvioso, y los colgadores de la pared y los percheros estaban tapados con sábanas grisáceas húmedas y pañales, toallas apelmazadas. Tampoco había lavadora. Jocelyn había lavado esas sábanas en la bañera.

—Sin lavadora ni secadora, pero va a una psiquiatra —dijo Patrick, a quien Rose a veces le contaba pérfidamente lo que sabía que le gustaba oír.

—Debe de estar loca —dijo Rose. Eso lo hizo reír.

Pero a Patrick no le gustaba que fuese a cuidar a los niños.

—Estás a su entera disposición, desde luego —decía—. Es un milagro que no vayas a fregarle el suelo.

A decir verdad, Rose lo hacía.

Cuando Jocelyn estaba allí, el desorden de la casa tenía cierto aire deliberado e imponente. Cuando se iba, se hacía insoportable. Rose agarraba un cuchillo y se ponía a quitar los pegotes resecos de papilla de las sillas de la cocina, rascaba la cafetera, fregaba el suelo. También se reservaba un rato para investigar. Entraba en el dormitorio —tenía que ir con cuidado con Jerome, un crío precoz y molesto— y revisaba los calcetines y la ropa interior de Clifford, revuelta entre los viejos sujetadores de lactancia y los ligueros rotos de Jocelyn. Miraba qué había en el tocadiscos, preguntándose si sería una música que le hacía pensar en ella.

Telemann. No era probable. De todos modos puso el disco, para oír lo que él había estado oyendo. Tomaba café en la taza sucia del desayuno que creía que había usado. Tapaba la cazuela de arroz al horno de la que él se había servido la noche antes. Buscaba indicios de su presencia (él no usaba maquinilla eléctrica, usaba el jabón de afeitar tradicional en un cuenco de madera), pero creía que la vida de Clifford en aquella casa, la casa de Jocelyn, era toda falsa, y estaba en espera, como su propia vida en la casa de Patrick.

Cuando Jocelyn volvía a casa, Rose sentía que debía disculparse por haber limpiado, y Jocelyn, deseando hablar de la pelea con la psiquiatra que le recordaba a su madre, admitía que desde luego era una manía patética, esa obsesión de Rose con la limpieza, y que más le valía ir a terapia también si quería superarla. Bromeaba; pero volviendo a casa en el autobús, con Anna de mal humor y sin ningún preparativo para la cena de Patrick, Rose se preguntaba por qué siempre le tocaba recibir, por qué sus propias vecinas decían que no se esmeraba en las tareas domésticas, y Jocelyn le recriminaba que no fuera más tolerante con el caos y los residuos naturales de la vida. Resignada, pensaba en el amor. A ella la amaban, no de una manera responsable, marital, sino con un amor loco, adúltero, como a Jocelyn y a sus vecinas nadie las amaba. Era la excusa para resignarse a toda clase de cosas: a Patrick, por ejemplo, cuando se daba la vuelta en la cama y hacía un chasquido indulgente con la lengua que significaba que la absolvía de todos sus defectos por el momento e iban a hacer el amor.

Las palabras sensatas y decentes de Clifford dejaron a Rose fría. Vio que la había traicionado. Nunca le había pedido sensatez y decencia. Lo observó, en el auditorio del instituto de Powell River. Observó cómo tocaba el violín, con la expresión sombría y atenta que una vez le había dirigido a ella. No veía cómo podría seguir adelante sin él.

En plena noche lo llamó por teléfono, de hotel a hotel.

—Habla conmigo, por favor.

—No pasa nada —dijo Clifford, tras un segundo de silencio—. No pasa nada, Joss.

Debía de compartir la habitación y el teléfono había despertado al compañero. Fingía hablar con Jocelyn. O tal vez estaba tan dormido que realmente creía que era Jocelyn.

—Clifford, soy yo.

—No pasa nada —dijo Clifford—. Estate tranquila. Ve a dormir.

Y colgó.

Jocelyn y Clifford viven en Toronto. Ya no son pobres. Clifford ha conquistado el éxito. Su nombre se ve en las carátulas de los discos, se oye por la radio. Su cara, y con mayor frecuencia sus manos, han aparecido en televisión mientras toca incansablemente su violín. Jocelyn se ha puesto a dieta y tiene una silueta esbelta, lleva un corte de pelo muy estiloso; es un peinado con la raya al medio para despejarle la cara, y un mechón de blanco puro en las sienes.

Viven en una casa grande de ladrillo al borde de un desfiladero. Hay comederos de pájaros en el jardín. Han instalado una sauna. Clifford pasa mucho tiempo allí. Cree que así evitará acabar artrítico, como su padre. La artritis es su mayor temor.

Rose solía visitarlos de vez en cuando. Estaba viviendo en el campo, sola. Daba clases en un centro formativo y le gustaba tener un sitio donde pasar la noche cuando iba a Toronto. Parecían alegrarse de que se quedara. Decían que era su amiga más antigua.

Una de las veces que Rose los visitó Jocelyn contó una historia sobre Adam. Adam tenía un piso independiente abajo, en el sótano. Jerome vivía en el centro, con su novia. Adam traía a sus amigas a casa.

—Yo estaba leyendo en el estudio —dijo Jocelyn— mientras Clifford estaba fuera. De pronto oigo a una chica, en el apartamento de Adam, gritando: «¡No, no!». Cualquier ruido ahí abajo viene directo al estudio. Se lo advertimos, pensamos que le daría pudor…

—No creo que le dé ningún pudor —dijo Clifford.

—Pero nos dijo que deberíamos poner el tocadiscos, y ya está. Así que yo seguía oyendo a la pobre desconocida gimoteando y protestando, y no sabía qué hacer. Pensé: estas situaciones son realmente nuevas, no hay precedentes, ¿se supone que has de impedir que tu hijo viole a una chica, si es lo que está haciendo, justo delante de tus narices, o al menos debajo de tus pies? Al final bajé y empecé a sacar los esquís de toda la familia del armario que da al fondo de su cuarto, y me quedé allí trajinando los esquís de un lado a otro, pensando que diría que iba a encerarlos. Era julio. Adam nunca me comentó nada. Ojalá se mude.

Rose les contó que Patrick ahora tenía mucho dinero, y encima se había casado con una mujer sensata y todavía más rica que él, que había dejado un salón espléndido con espejos y terciopelo claro y una escultura de alambres que parecían jaulas reventadas. A Patrick ya no le molestaba el arte moderno.

—Claro que no es la misma —le dijo Rose a Jocelyn—, no es la misma casa. Me pregunto qué habrá hecho su nueva mujer con los jarrones de Wedgwood.

—Quizá ha decorado el cuarto de la lavadora en plan elegante. Guarda la lejía en uno, y el detergente en el otro.

—Quedan perfectamente simétricos en la estantería.

Pero Rose aún sentía la antigua punzada de la culpa.

—De todos modos, Patrick me cae bien.

—¿Por qué? —preguntó Jocelyn.

—Es mejor persona que la mayoría.

—Pamplinas —dijo Jocelyn—. Y estoy segura de que tú no le caes bien a él.

—Eso es cierto —dijo Rose.

Empezó a contarles un viaje que había hecho en autocar. Fue una de las veces en que no podía usar el coche porque no le llegaba para arreglar todas las cosas estropeadas.

—Al otro lado del pasillo un hombre me estaba explicando que era camionero. Decía que en este país nunca hemos visto camiones como los que tienen en Estados Unidos. —Puso su acento de campo—: «En Yueséi tienen unas carreteras especiales que ellos llaman autopistas, y por ahí solo permiten ir a los camiones. Repostan y todo en esas carreteras que recorren el país de punta a punta, así que la mayoría de la gente nunca los ve. Son tan enormes que solo la cabina es como medio autocar, y dentro llevan a un conductor y un conductor de repuesto, además de otro conductor y uno de repuesto durmiendo. Aseo, cocina, camas y todo. Van a ciento cuarenta, ciento cincuenta kilómetros por hora, porque nunca hay límite de velocidad, en esas autopistas».

—Te estás volviendo muy rara —dijo Clifford—, viviendo ahí arriba.

—Dejaos de camiones —dijo Jocelyn—. Dejaos de mitología antigua. Clifford quiere abandonarme otra vez.

Se pusieron a beber y a hablar de qué debían hacer Clifford y Jocelyn. No era una conversación nueva. ¿Qué es lo que Clifford quiere en realidad? ¿De verdad no quiere estar casado con Jocelyn, o quiere algo inalcanzable? ¿No estará pasando por la crisis de la mediana edad?

—No seas tan banal —le dijo Clifford a Rose. Ella era la que había mencionado la crisis de la mediana edad—. He pasado por lo mismo desde los veinticinco años. Quise largarme en cuanto me metí.

—Es una novedad que Clifford hable así —dijo Jocelyn. Fue a la cocina a buscar un poco de queso y uvas—. ¡Que de veras lo reconozca y lo diga! —gritó desde la cocina.

Rose evitó mirar a Clifford, no porque tuvieran ningún secreto, sino porque parecía una cortesía con Jocelyn que no se miraran mientras ella no estaba presente.

—Lo que está pasando ahora —dijo Jocelyn, volviendo con una fuente de queso y uvas en una mano y una botella de ginebra en la otra— es que Clifford se ha abierto. Antes refunfuñaba y se lo quedaba dentro y al final salía alguna otra porquería que no tenía nada que ver con el problema de fondo. Ahora simplemente lo saca. La gran verdad deslumbrante. Es una iluminación total.

A Rose le costó un poco captar el tono. Se sintió como si vivir en el campo la hubiera vuelto más lenta. ¿Jocelyn estaba haciendo una parodia, hablaba con sarcasmo? No. Iba en serio.

—Entonces voy yo y te desinflo la verdad —dijo Clifford, con una media sonrisa. Estaba bebiendo cerveza de la botella. Creía que la cerveza le sentaba mejor que la ginebra—. Es absolutamente cierto que he querido salir desde que me metí. Y también es verdad que quise entrar, y que quise quedarme. Quería estar casado contigo y quiero seguir casado contigo y no podía soportar estar casado contigo y no puedo soportar estar casado contigo. Es una contradicción estática.

—Parece un infierno —dijo Rose.

—Yo no he dicho eso. Solo quería recalcar que no es la crisis de la mediana edad.

—Bueno, quizá haya sido demasiado simplista —matizó Rose.

Sin embargo, dijo con firmeza, con la postura sensata, pragmática y rústica que estaba adoptando por el momento, que solo estaban oyendo hablar de Clifford. ¿Qué quería Clifford realmente, qué necesitaba? ¿Necesitaba un estudio, necesitaba unas vacaciones, necesitaba ir a Europa por su cuenta? ¿Qué le hacía pensar, dijo, que Jocelyn podía preocuparse indefinidamente por su bienestar? Jocelyn no era su madre.

—Y es culpa tuya —le dijo a Jocelyn—, por no decirle que se aguante o que se calle. Qué más da lo que quiera. Lárgate o cierra la boca. Eso es lo único que tienes que decirle. Cierra la boca o lárgate —le dijo a Clifford con brusquedad impostada—. Perdóname por ser tan poco sutil. O francamente hostil.

No corría el menor riesgo de sonar hostil, y lo sabía. Habría corrido un riesgo siendo recatada e indiferente. Que hablara así demostraba que era su amiga de verdad y que los tomaba en serio. Y lo hacía, hasta cierto punto.

—Tiene razón, maldito hijo de perra —tanteó Jocelyn—. Cierra la boca o que te follen.

Cuando Jocelyn había llamado a Rose por teléfono, años atrás, para leerle el poema «Aullido», no fue capaz, a pesar de su habitual descaro al hablar, de decir la palabra «follar». Intentó obligarse, y luego dijo: «Bah, es una estupidez, pero no puedo decirlo. Voy a tener que decir "efe". ¿Sabrás a lo que me refiero cuando diga "efe"?».

—Pero ella ha dicho que es culpa tuya —dijo Clifford—. Quieres ser la madre. Quieres ser la adulta. Quieres ser la sufridora.

—Y un cuerno —dijo Jocelyn—. O puede ser. Puede que sí. Puede que quiera.

—Seguro que en la escuela siempre te pegabas a esos chicos con problemas —dijo Clifford con su tierna sonrisa—. Esos pobres chicos, los que tenían acné o ropa espantosa o alguna tara al hablar. Apuesto a que perseguías a esos pobres chicos para hacerte su amiga.

Jocelyn agarró el cuchillo del queso y lo blandió hacia él.

—Ve con cuidado. Tú no tienes acné ni taras. Eres asquerosamente guapo. Y talentoso. Y afortunado.

—Tengo problemas casi insuperables para aceptar mi papel de hombre adulto —dijo Clifford con tono pomposo—. Eso dice la psiquiatra.

—No te creo. Los psiquiatras nunca dicen cosas como «casi insuperable». Y no usan esa jerga. Y no hacen esa clase de juicios. No te creo, Clifford.

—Bueno, en realidad no necesito ir al psiquiatra para nada. Voy a los cines porno de la avenida Yonge.

Clifford fue a tumbarse un rato en la sauna.

Rose lo miró mientras salía. Llevaba vaqueros, y una camiseta en la que se leía: SOLO DE PASO. Tenía una cintura y unas caderas estrechas como un chico de doce años. Llevaba el pelo canoso cortado a cepillo, tan rapado que se le veía el cráneo. ¿Así era como los músicos llevaban el pelo hoy en día, mientras que los políticos y los contables iban greñudos y con barba, o era solo una perversidad de Clifford? Su bronceado parecía maquillaje compacto, aunque probablemente fuese auténtico. Había algo teatral en él, tenso y centelleante y provocador. Algo obsceno en su escualidez y su sonrisa dulce, dura.

—¿Está bien? —le preguntó a Jocelyn—. Lo encuentro delgadísimo.

—Le gusta esa imagen. Vive de yogur y pan negro.

—Jamás podréis separaros —dijo Rose—, porque vuestra casa es demasiado bonita.

Se tumbó en la alfombra bordada. El salón tenía paredes blancas, tupidas cortinas blancas, muebles de pino antiguos, cuadros grandes y llamativos, alfombras bordadas. En una mesita redonda junto a su codo había un cuenco lleno de guijarros, podías cogerlos y tocarlos y darles vueltas entre los dedos. Eran piedras de las playas de Vancouver, Sandy Cove, Bahía Inglesa, Kitsilano, Ambleside y Dundarave. Jerome y Adam las habían recogido hacía mucho tiempo.

Jocelyn y Clifford se marcharon de la Columbia Británica poco después de que Clifford regresara de su gira por las provincias. Fueron a Montreal, luego a Halifax, luego a Toronto. Parecía que apenas se acordaran de Vancouver. Una vez hablaron de la calle donde habían vivido y Rose les tuvo que recordar cómo se llamaba. Cuando Rose vivía en las Cumbres de Capilano pasaba mucho tiempo recordando los lugares de Ontario donde había vivido, fiel en cierto modo a aquel paisaje anterior. Ahora que estaba viviendo en Ontario ponía el mismo empeño en recordar cosas de Vancouver, cavilando hasta perfilar detalles que en sí mismos eran bastante ordinarios. Intentó, por ejemplo, recordar el lugar exacto donde paraba la Diligencia del Pacífico cuando ibas desde Vancouver Norte a Vancouver Oeste. Se imaginaba subiendo en aquel viejo coche de línea verde alrededor de la una de la tarde, pongamos, un día de primavera. Yendo a cuidar a los niños de Jocelyn. Con Anna, que llevaba su impermeable y su gorro de lluvia amarillos. Una lluvia fría. El largo trecho de marismas cuando entrabas en Vancouver Oeste. Donde ahora están los polígonos comerciales y los bloques de pisos. Veía las calles, las casas, el antiguo Safeway, el hotel St. Mawes, la frondosidad y la espesura del bosque, el cruce del estanco donde te bajabas del autobús. El cartel de cigarrillos Black Cat. La humedad de los cedros mientras caminabas por el bosque hasta la casa de Jocelyn. El tiempo muerto de la tarde. La hora de la siesta. Mujeres jóvenes tomando café y mirando la lluvia por la ventana. Parejas de jubilados paseando al perro. Pisadas en el mantillo tupido. Azafranes de primavera, junquillos tempranos, los primeros bulbos en flor. Esa profunda diferencia del aire cerca del mar, la inexorable vegetación empapada, la quietud. Anna tirándole de la mano, la casita de madera marrón de Jocelyn a lo lejos. Paladear el peso de la aprensión, las complicaciones descendiendo a medida que se acercaba a aquella casa.

Otras cosas no le apetecía tanto recordarlas.

Había llorado en el avión, ocultándose tras las gafas de sol, todo el viaje desde Powell River. Lloró, sentada en la sala de espera del aeropuerto de Vancouver. No podía parar de llorar y volver a casa con Patrick. Un policía de paisano se sentó a su lado, se abrió la chaqueta para mostrarle la placa, le preguntó si podía hacer algo por ella. Alguien debió de avisarlo. Aterrorizada por llamar tanto la atención, corrió al cuarto de baño. No pensó en reconfortarse con una copa, no pensó en buscar el bar. Nunca iba a los bares, entonces. No se tomó un tranquilizante, no tenía, ni sabía que existieran. Quizá no había esas cosas.

Tanto sufrimiento, ¿qué era? Solo un derroche, no reflejaba ningún mérito. Un dolor completamente humillante. Orgullo pisoteado y fantasías ridiculizadas. Como si ella misma hubiera agarrado un martillo y se hubiese machacado a propósito el dedo gordo del pie. Eso es lo que piensa a veces. Otras veces cree que fue necesario, fue el principio de naufragios y cambios, el principio de estar donde está ahora en lugar de seguir en la casa de Patrick. La vida armando un escándalo enorme, como de costumbre, por poca cosa.

Patrick se quedó sin palabras cuando se lo contó. No tenía un sermón preparado. No habló en mucho rato pero la siguió por la casa mientras ella se justificaba, quejándose. Parecía como si quisiera que ella continuara hablando, aunque no podía dar crédito a lo que decía, porque si paraba sería mucho peor.

No le contó a Patrick toda la verdad. Le dijo que había «tenido un lío» con Clifford, y al contarlo se concedió un vago consuelo de segunda mano, traspasado en ese momento, aunque no destruido del todo, por la mirada y el silencio de Patrick. Parecía fuera de lugar, una injusticia, que mostrara un rostro tan desnudo, un mal trago tan doloroso e inapropiado.

Entonces sonó el teléfono, y ella creyó que sería Clifford, que había cambiado de parecer. No era Clifford, resultó ser un hombre que había conocido en la fiesta de Jocelyn. Dijo que estaba dirigiendo una obra radiofónica, y que necesitaba a una chica de campo. Se acordaba de su acento.

No era Clifford.

Preferiría no pensar en nada de eso. Prefiere ver a través de la celosía de los cedros empapados y las zarzas de frambuesa silvestre y el verdor mortal proliferante de la selva húmeda algunos atisbos de la vida cotidiana perdida. El impermeable amarillo de Anna. El humo hediondo de la chimenea de Jocelyn.

—¿Quieres ver las porquerías que he comprado? —dijo Jocelyn, y llevó a Rose arriba. Le enseñó una falda bordada y una blusa de raso granate. Un pijama de seda del color del narciso. Un vestido largo sin forma tejido a mano en Irlanda.

»Me estoy gastando una fortuna. O lo que en otros tiempos me habría parecido una fortuna. Tardé tanto… Tardamos tanto los dos, en decidirnos a gastar dinero… No nos atrevíamos. Despreciábamos a la gente que tenía televisión en color. ¿Y sabes qué? ¡La televisión en color es genial! Ahora nos sentamos y decimos, ¿qué nos gustaría tener? ¿Quizá uno de esos hornos con parrilla para la casita del campo? ¿A mí un secador para el pelo, quizá? Todas esas cosas que la gente conoce desde hace años, pero de las que nosotros creíamos estar por encima. "¿Sabes lo que somos? —nos decimos ahora—. ¡Somos consumidores! ¡Y no pasa nada!".

»Y no solo de cuadros y discos y libros. Siempre supimos que eso estaba bien. ¡Tele en color! ¡Secadores! ¡Sandwicheras!

—¡Jaulas con control remoto para los pájaros! —exclamó Rose alegremente.

—Esa es la idea.

—Toallas calientes.

—¡Calentadores de toallas, boba! Son estupendos.

—Cuchillos de trinchar eléctricos, cepillos de dientes eléctricos, palillos de dientes eléctricos.

—Algunas de esas cosas no son tan malas como parece. De verdad que no.

En otra ocasión, cuando Rose fue a verlos Jocelyn y Clifford daban una fiesta. Cuando todo el mundo se marchó a casa, Jocelyn, Clifford y Rose se sentaron en el salón, los tres bastante borrachos, y muy cómodos. La fiesta había ido bien. Rose sintió que la invadía un deseo remoto y nostálgico; una memoria del deseo. Jocelyn dijo que no quería ir a la cama.

—¿Qué podríamos hacer? —dijo Rose—. No deberíamos beber más.

—Podríamos hacer el amor —dijo Clifford.

Jocelyn y Rose dijeron «¿En serio?» justo a la vez. Entonces enlazaron los meñiques, como hacían las niñas al decir algo al mismo tiempo, siguiendo un ritual infantil.

Acto seguido, Clifford les quitó la ropa. No sintieron escalofríos, hacía calor delante del fuego. Clifford seguía dividiendo su atención amablemente de una a la otra. Se desnudó también. Rose, más allá de la curiosidad, se sentía incrédula, con reservas, un tanto excitada y, en algún nivel que su pereza le impedía alcanzar, consternada y triste. Aunque Clifford les rindió homenaje preliminar a las dos, fue a ella a la que finalmente le hizo el amor, bastante rápido, en la tosca alfombra bordada. Jocelyn parecía rondar sobre ellos murmurando con aprobación.

A la mañana siguiente Rose se tuvo que marchar antes de que Jocelyn y Clifford se despertaran. Tuvo que ir hasta el centro en metro. Se dio cuenta de que miraba a los hombres con esa avidez especulativa, esa necesidad fría y punzante, de la que había sido libre durante un tiempo. Estaba enfadada con Clifford y Jocelyn. Sentía que la habían dejado en ridículo, que la habían engañado, mostrándole una carencia flagrante que de otro modo no habría advertido. Decidió que no volvería a verlos nunca más y que les escribiría una carta para echarles en cara su egoísmo, su turbiedad y su degeneración moral. Cuando se despachó a gusto y terminó esa carta, en su cabeza, estaba otra vez en el campo y se había calmado. Decidió no escribirla. Al cabo de un tiempo decidió seguir siendo amiga de Clifford y Jocelyn, porque necesitaba esa clase de amigos de vez en cuando, a esas alturas de la vida.

Providencia

Rose soñó con Anna. Fue después de que se marchara de casa y dejara a la niña con su padre. Soñó que se encontraba a Anna subiendo por Gonzales Hill. Sabía que volvía de la escuela. Se acercó para hablar con ella, pero Anna pasó de largo sin decir nada. No era de extrañar. Iba cubierta de arcilla que parecía mezclada con hojas y ramas, así que el efecto era de guirnaldas de flores muertas. Ornamento; deterioro. Y la arcilla o el barro no estaba seco, seguía chorreando por su cuerpo, así que daba una impresión de inacabada y triste, de ídolo chapucero y torpe.

«¿Quieres venir conmigo, quieres quedarte con papá?», le había dicho Rose, pero Anna se había negado a contestar, y en cambio dijo: «No quiero que te vayas tú». Rose había conseguido trabajo en una emisora de radio en un pueblo de las montañas de Kootenay.

Anna estaba tumbada en la cama con dosel en la que antes dormían Patrick y Rose, y donde ahora dormía Patrick solo. Rose dormía en el estudio.

Anna se acostaba en esa cama, y luego Patrick la llevaba en brazos a su cuarto. Ni Patrick ni Rose sabían cuándo eso pasó de ser esporádico a volverse esencial. En la casa todo estaba fuera de quicio. Rose iba cargando sus cosas en el maletero, durante el día, para no cruzarse con Patrick y Anna. Rose y Patrick pasaban las tardes cada uno en una punta de la casa. Una vez que ella entró en el comedor lo encontró volviendo a pegar con cinta las fotos en el álbum. Se enfadó con él por eso. Se vio en una foto, columpiando a Anna en el parque; se vio sonriendo en biquini; auténticas mentiras.

—No es que fuera mejor entonces —dijo—. En realidad, no.

Se refería a que en el fondo siempre había estado tramando lo que estaba haciendo ahora. Incluso el día de su boda había sabido que llegaría este momento, y que si no, más le valdría estar muerta. La traidora era ella.

—Eso ya lo sé —dijo Patrick enojado.

Aunque claro que era mejor, porque ella aún no había comenzado a intentar que llegara la ruptura, durante largas temporadas había olvidado que tendría que llegar. Incluso decir que había planeado romper, que había empezado a romper, era falso, porque no había hecho nada con intención, y menos aún con inteligencia; había ocurrido de la manera más dolorosa y ruinosa posible, con toda clase de titubeos y reconciliaciones y reproches, y en ese instante se sentía como si caminara por un puente colgante y solo pudiera clavar la vista en los tablones, sin mirar abajo o alrededor en ningún momento.

—¿Qué prefieres hacer? —le preguntó a Anna suavemente.

En lugar de contestar, Anna llamó a Patrick. Cuando llegó, la niña se irguió y los hizo sentar a los dos en la cama, cada uno a un lado de ella. Los abrazó y se echó a llorar, temblando. Una cría tremendamente dramática, a veces, una hoja afilada.

—No tenéis que separaros —dijo—. Ahora ya no os peleáis.

Patrick miró a Rose sin acusación. Su mirada habitual durante años, incluso cuando hacían el amor, había sido acusadora, pero sufría tanto por Anna que cualquier rastro de acusación se había borrado. Rose se tuvo que levantar y salir, dejando que él consolara a Anna, porque temía dejarse llevar por un arrebato engañoso de ternura.

Era verdad, ya no se peleaban. Ella tenía cicatrices en las muñecas y el cuerpo, que se había hecho (no en los sitios más peligrosos) con una cuchilla de afeitar. Una vez, en la cocina de esa misma casa, Patrick había intentado estrangularla. Otra ella salió corriendo y se arrodilló en camisón a arrancar la hierba a puñados. Sin embargo, para Anna esa trama sangrienta que sus padres habían creado, a fuerza de errores y desencuentros, era aún el verdadero tejido de la vida, de padre y madre, de comienzo y refugio. «Qué fraude —pensó Rose—, qué fraude para todos. Procedemos de uniones que no tienen dentro nada parecido a lo que creemos merecer.»

Escribió a Tom, para contarle lo que iba a hacer. Tom era profesor en la Universidad de Calgary. Rose estaba enamoriscada de él (así se lo decía a las amistades que sabían de qué iba el tema, «enamoriscada»). Lo había conocido un año antes —era hermano de una mujer con la que ella a veces actuaba en obras radiofónicas— y desde entonces habían quedado una vez en Victoria. Se escribían largas cartas. Era un hombre distinguido, historiador, escribía cartas ingeniosas y con un delicado toque de pasión. A Rose le daba un poco de miedo que cuando le dijese que iba a dejar a Patrick, Tom le escribiera con menos frecuencia, o con más cautela, para que no esperase demasiado de él. Que no se hiciera ilusiones. Pero no fue así, no era tan vulgar o tan cobarde; confiaba en ella.

A sus amistades les dijo que dejar a Patrick no tenía nada que ver con Tom, y que probablemente no vería a Tom más que antes. Y lo creía, pero había elegido el trabajo en el pueblo de la montaña en lugar de otro en la isla de Vancouver porque le gustaba la idea de estar más cerca de Calgary.

A la mañana siguiente Anna estaba contenta, dijo que no pasaba nada. Dijo que quería quedarse. Quería seguir en su escuela, con sus amigas. Se volvió a mitad del sendero para saludar y les chilló a sus padres:

—¡Que tengáis un feliz divorcio!

Rose había pensado que una vez se marchara de la casa de Patrick viviría en un cuarto desnudo, un sitio sucio y decadente. No le importaría, no se molestaría en montar un decorado para su vida, todo eso le desagradaba. El apartamento que encontró —el último piso de una casa de ladrillo en medio de la ladera— era sucio y decadente, pero enseguida se puso manos a la obra para adecentarlo. El papel rojo y dorado de las paredes (esos sitios, descubriría, a menudo estaban engalanados con la idea que alguien tenía de un empapelado elegante) se había puesto de cualquier manera, y estaba rasgado y levantado en el zócalo. Compró cola y lo pegó. Compró plantas colgantes y consiguió que no se murieran. Colgó algunos pasquines divertidos en el cuarto de baño. Pagó precios insultantes por una colcha india, cestos y cerámica y tazas pintadas a mano, en la única tienda del pueblo donde podían encontrarse esas cosas. Pintó la cocina de azul y blanco, intentando elegir los tonos de la porcelana clásica. El casero prometió pagarle la pintura, pero no lo hizo. Rose compró velas azules, incienso, un gran ramo de hojas y espigas doradas. A lo que llegó, cuando todo eso estuvo terminado, fue a tener un lugar donde se adivinaba que vivía una mujer, sola, que probablemente ya no era joven, y que estaba relacionada, o esperaba relacionarse, con la universidad o el arte. Igual que se adivinaba que la casa donde había vivido antes, la casa de Patrick, pertenecía a un hombre exitoso en los negocios o en el ámbito profesional con dinero heredado y principios.

El pueblo de las montañas parecía alejado de todo. Pero a Rose le gustaba, en parte por eso. Cuando vuelves a vivir en un pueblo después de haber vivido en ciudades, te parece que ahí todo es comprensible y sencillo, casi como si alguna gente se hubiese reunido y dicho: «Vamos a jugar a las casitas». Piensas que nadie puede morir ahí.

Tom escribió diciendo que necesitaba verla. En octubre (aunque ella no esperaba que fuese tan pronto) se presentó una oportunidad, una conferencia en Vancouver. Tom pensaba marcharse de la conferencia un día antes, y fingir que se tomaba un día extra allí, con lo que dispondría de dos días libres. En el último momento llamó desde Vancouver y dijo que no podía ir. Tenía una infección en una muela, le dolía horrores, iban a hacerle una extracción de urgencia el mismo día que pensaban pasar juntos. Así que a fin de cuentas se tendría que tomar ese día extra, dijo; ¿no sería un castigo divino? Reconoció que era un enfoque calvinista, y que estaba atontado por el dolor y las pastillas.

La amiga de Rose, Dorothy, le preguntó si creía que era verdad. A Rose no se le había ocurrido dudarlo.

—No creo que hiciera algo así —contestó.

Y Dorothy, tan contenta, casi como si nada, le dijo:

—Ay, son capaces de todo.

Dorothy era la única otra mujer en la emisora; hacía un programa para amas de casa dos veces por semana, e iba por los pueblos dando charlas a agrupaciones de mujeres; estaba muy solicitada como maestra de ceremonias en galas de premios juveniles y esa clase de cosas. Rose y ella habían entablado una amistad basada sobre todo en que las dos estaban más o menos solteras y eran de naturaleza atrevida. Dorothy tenía un amante en Seattle, y no se fiaba de él.

—Son capaces de todo —repitió.

Estaban tomando café en el Hole-in-One, un pequeño local al lado de la radio. Dorothy empezó a contarle a Rose una historia de una aventura que había tenido con el dueño de la emisora, que ahora era viejo y pasaba la mayor parte del año en California. Por lo visto le había regalado un collar en Navidad, que según él era de jade. Dijo que lo había comprado en Vancouver. Dorothy lo llevó a que le arreglaran el broche y muy ufana preguntó por el valor del collar. Le dijeron que no era de jade, ni mucho menos, el joyero le explicó cómo se distinguía, sosteniéndolo a contraluz. Unos días después la mujer del dueño fue a la oficina luciendo un collar idéntico; a ella también le habían soltado el rollo del jade. Mientras Dorothy le contaba la anécdota, Rose miraba la peluca rubia ceniza de Dorothy, que era satinada y exuberante y ni por un segundo daba el pego, y su cara, que aún se veía más cascada y embadurnada en combinación con la peluca y la sombra de ojos turquesa. En una ciudad habría parecido vulgar; aquí la gente la tenía por una mujer extravagante, pero sofisticada, emblema de un mundo legendario de distinción.

—Esa fue la última vez que confié en un hombre —concluyó Dorothy—. Al tiempo que salía conmigo estaba liado con una chica que trabajaba aquí, una chica casada, una camarera, y con la niñera de sus nietos. ¿Qué te parece?

En Navidad Rose volvió a la casa de Patrick. Aún no había visto a Tom, pero él le había mandado un chal bordado con flecos, azul marino, que compró durante unas vacaciones en un congreso en México, a principios de diciembre, a las que se había llevado a su mujer; al fin y al cabo se lo había prometido, le aclaró Rose a Dorothy. En tres meses Anna se había espigado. Le encantaba meter tripa sacando las costillas, para parecer una niña de la hambruna. Estaba enérgica, acrobática, hacía payasadas y acertijos sin parar. Un día, mientras iban andando juntas a la tienda (porque Rose volvía a encargarse de la compra, de cocinar, y a veces se desesperaba de miedo pensando que su trabajo y el apartamento y Tom no existieran más que en su imaginación), Anna le dijo:

—Siempre me olvido cuando estoy en la escuela.

—¿Te olvidas de qué?

—Siempre me olvido de que no estás en casa, y de pronto me acuerdo. Solo está la señora Kreber. —La señora Kreber era el ama de llaves que Patrick había contratado.

Rose decidió llevársela. Patrick no dijo que no, dijo que quizá fuera lo mejor, aunque no pudo quedarse en la casa mientras Rose recogía las cosas de Anna.

Más adelante Anna diría que no se enteró de que iba a vivir con Rose, pensó que iba solo de visita. Rose creía que Anna tenía que decir y pensar algo así para no ser culpable de ninguna decisión.

El tren hasta las montañas iba despacio porque había caído mucha nieve. El agua se había congelado. El tren se demoraba mucho rato en estaciones pequeñas, envueltas en nubes de vapor mientras las tuberías se derretían. Ellas se pusieron la ropa que llevaban consigo y corrieron por el andén.

—Tendré que comprarte un abrigo de invierno —dijo Rose—. Tendré que comprarte unas botas más calientes.

En los inviernos oscuros de la costa bastaban las botas de agua y los impermeables con capucha. Anna debió de entender que iba a quedarse, pero no dijo nada.

Por la noche, mientras Anna dormía, Rose contemplaba el tremendo grosor y el brillo de la nieve. El tren avanzaba despacio, por temor a las avalanchas. Rose no tenía miedo, le gustaba la idea de estar encerradas en ese cubículo oscuro, bajo las mantas ásperas del tren, transportadas por un paisaje tan implacable. Viajar en tren siempre le parecía seguro y lógico, por más contratiempos que hubiese. Sentía que los aviones, en cambio, en cualquier momento podían paralizarse horrorizados por lo que estaban haciendo y hundirse en picado sin un susurro de protesta.

Mandó a Anna al colegio, con su nueva ropa de invierno. Fue todo bien, Anna no se achicó ni sufrió en su papel de recién llegada. Al cabo de una semana volvía a casa con niñas, ella iba a casa de otras niñas. Rose salía a buscarla, con la oscuridad de los comienzos del invierno, por las calles flanqueadas de muros altos de nieve. En otoño había bajado un oso de la montaña, entró en el pueblo. La noticia se avisó por la radio. «Un visitante inusual, un oso negro, se pasea por Fulton Street. Se recomienda que los niños no salgan solos.» Rose sabía que no era fácil toparse con un oso en invierno, pero se preocupaba de todos modos. También tenía miedo de los coches, en esas calles tan estrechas y con tan poca visibilidad en los cruces. A veces Anna volvía a casa por otro camino, y Rose iba hasta donde vivía la otra niña y al llegar no la encontraba. Entonces corría, corría sin parar por las calles empinadas y por las largas escaleras hasta casa, con el corazón desbocado por el esfuerzo y por el miedo, que intentaba disimular cuando encontraba allí a Anna.

El corazón también se le desbocaba por cargar con la colada, con la compra. La lavandería, el supermercado, la licorería, estaban al pie de la montaña. No tenía un respiro en todo el día. Siempre había tareas urgentes que no podían esperar. Recoger los zapatos con las suelas nuevas, lavarse y teñirse el pelo, arreglar la bata del colegio de Anna para el día siguiente. Además de su trabajo, que era bastante duro, hacía las mismas cosas que siempre había hecho, y en circunstancias más difíciles. Curiosamente esas tareas eran un consuelo.

Dos cosas compró para Anna: los peces de colores y el televisor. En el apartamento no estaba permitido tener gatos o perros, solo pájaros o peces. Un día, en enero, la segunda semana de Anna allí, Rose bajó a buscarla después de clase, para llevarla a Woolworth a comprar los peces. Al ver a su hija pensó que tenía la cara sucia, hasta que se dio cuenta de que eran churretes de haber llorado.

—Hoy he oído a alguien llamando a Jeremy —le contó Anna— y pensé que Jeremy estaba aquí. —Jeremy era un niño con el que había jugado a menudo en casa.

Rose mencionó los peces.

—Me duele la tripa.

—¿Tienes hambre, a lo mejor? No me importaría tomar un café. ¿Qué te apetecería a ti?

Hacía un día espantoso. Fueron caminando por el parque, un atajo hasta el centro. La nieve se había derretido y luego había helado, así que había hielo por todas partes, con agua o nieve fangosa encima. Brillaba el sol, pero era ese sol de invierno que solo hace que te duelan los ojos, y también que te pese la ropa, y resalta cualquier desorden o dificultad, como la dificultad ahora de intentar andar sobre el hielo. Alrededor había muchos adolescentes recién salidos de la escuela, y su jaleo, la algarabía y los patinazos, ver a un chico y una chica sentados en un banco encima del hielo besándose ostentosamente, abatieron aún más a Rose.

Anna tomó un chocolate caliente. Los adolescentes las habían acompañado hasta el restaurante. Era un sitio pasado de moda, con los reservados de respaldos altos de los años cuarenta, y una dueña-cocinera pelirroja a quien todos llamaban Dree; era la realidad mugrienta que la gente reconocía con nostalgia en las películas, y, lo mejor, allí nadie tenía ni idea de que fuese algo para ponerse nostálgico. Probablemente Dree estaba ahorrando para reformar el local. Pero ese día Rose pensó en los restaurantes a los que le recordaba, adonde iba al salir de clase, y llegó a la conclusión de que en esos sitios había sido desdichada.

—Tú no quieres a papá —dijo Anna—. Sé que no lo quieres.

—Bueno, tu padre me cae bien —dijo Rose—. Es solo que no podemos vivir juntos, nada más.

Como la mayoría de las cosas que te aconsejan que digas, sonó falso.

—No te cae bien. Estás mintiendo —dijo Anna. Empezaba a desafiarla, por lo visto tenía ganas de quedar por encima—. ¿A que sí?

Rose, de hecho, estuvo a punto de decir que no, que no le caía bien. «Si esto es lo que estás buscando, aquí lo tienes», le dieron ganas de decir. Anna lo buscaba, pero ¿podría encajarlo? ¿Cómo calibrar lo que pueden encajar los niños? Y a decir verdad las palabras «querer», «no querer», «caer bien», «no caer bien», incluso «odiar», para Rose no significaban nada en relación con Patrick.

—Aún me duele la tripa —dijo Anna con cierta satisfacción, y apartó el chocolate caliente. Pero captó las señales de peligro, no quería que aquello fuese más allá—. ¿Cuándo iremos a por los peces? —dijo, como si Rose le hubiera estado dando largas.

Compraron un pez naranja, un pez azul con manchas, un pez negro que tenía la piel como de terciopelo y unos horribles ojos saltones, y se los llevaron a casa en una bolsa de plástico. Compraron una pecera, guijarros de colores, una planta de plástico verde. A las dos las reconfortó entrar en Woolworth, los peces rutilantes y los trinos de los pájaros y la lencería satinada rosa y verde y los espejos de marcos dorados y los recipientes de plástico para la cocina y una gran langosta de gomaespuma roja.

En el televisor Anna quiso ver *Juzgado de familia*, un programa sobre adolescentes que necesitaban abortar, o señoras detenidas por robar en las tiendas, y padres que aparecían después de muchos años para reclamar a hijos perdidos que preferían a sus padrastros. Otro programa que le gustaba era *La tribu de los Brady*. La tribu de los Brady era una familia de seis hermanos preciosos, ajetreados, incomprendidos o incomprensibles en situaciones muy cómicas, con una madre hermosa rubia platino, un apuesto padre moreno y una risueña ama de llaves. Emitían los Brady a las seis, y Anna le gustaba cenar mientras los veía. Rose se lo consentía porque a menudo quería trabajar mientras Anna cenaba. Empezó a servir las cosas en cuencos para que Anna comiera con más comodidad. Dejó de preparar cenar de carne y patatas con verdura, porque sobraba demasiado y tenía que tirarlo. En cambio hacía chili, o huevos revueltos, sándwiches de beicon y tomate, salchichas frankfurt envueltas en masa de bollo. A veces Anna prefería tomar cereales, y Rose le dejaba. Sin embargo, cuando veía a Anna delante del televisor comiendo Captain Crunch justo a la hora en que en todas partes las familias se reunían alrededor de la mesa de la cocina o el comedor, preparándose para cenar y discutir y divertirse y atormentarse unos a otros, creía que era un desastre. Compró un pollo, hizo un caldo espeso con verduras y cebada. Anna quiso sus cereales Captain Crunch. Dijo que la sopa tenía un sabor raro. «¡Es una sopa estupenda! —exclamó Rose—. Apenas la has probado, Anna. Por favor, pruébala.»

Es un milagro que no dijera: «Hazlo por mí». Cuando Anna dijo tranquilamente: «No», en definitiva le quitó un peso de encima.

A las ocho empezaba a perseguir a Anna para que se bañara, para que se fuera a la cama. Solo después de cumplir con todo eso —cuando le había llevado el último vaso de leche con cacao, había secado el cuarto de baño, recogido los papeles, colores, recortes de fieltro, tijeras, calcetines sucios, damas chinas, también la manta en la que Anna se envolvía para ver la televisión, porque el apartamento era frío, cuando preparaba el almuerzo de Anna para el día siguiente y le apagaba la luz a pesar de sus protestas—, Rose podía sentarse con una copa, o una taza de café con un chorrito de ron, y entregarse a la satisfacción, a la gratitud. Apagaba las luces para ver desde la ventana ese pueblo de montaña que un año antes apenas había oído nombrar, y pensaba que era un milagro haber llegado tan lejos y estar trabajando allí, tener a Anna a su lado, ser capaz de mantenerla y mantenerse. Sentía entonces el peso de Anna en el apartamento con la misma naturalidad con que la había sentido dentro de su cuerpo, y sin necesidad de mirarla podía ver con un placer asombroso, tremendo, el pelo claro y la piel clara y las cejas relucientes, el perfil donde, si mirabas de cerca, veías el vello casi invisible captando la luz. Por primera vez en su vida entendió lo que era el calor de hogar, supo el sentido de refugio, y se esforzó para sacarlo adelante.

—¿Qué te hizo querer dejar el matrimonio? —dijo Dorothy. Había estado casada también, hacía mucho.

De entrada Rose no supo qué contestar. ¿Las cicatrices de la muñeca? ¿Que estuvieran a punto de estrangularla en la cocina, arrancar la hierba a puñados? Nada de eso venía a cuento.

—A mí simplemente me aburría —dijo Dorothy—. Estaba aburrida como una ostra, si quieres que te diga la verdad.

Estaba medio borracha. Rose se echó a reír

—¿De qué diablos te estás riendo? —dijo Dorothy.

—Qué alivio oír a alguien decir eso. En vez de hablar de la falta de comunicación.

—Bueno, tampoco había comunicación. No, la cuestión es que perdí la cabeza por otro. Me había liado con un tipo que trabajaba para un periódico. Un reportero. Resulta que se fue a Inglaterra, el periodista, y me escribió una carta desde el otro lado del Atlántico diciendo que me quería de verdad. Me escribió esa carta porque estaba al otro lado del charco y yo estaba aquí, pero no vi más allá. ¿Sabes lo que hice?, dejé a mi marido, aunque eso no fue ninguna pérdida, y pedí un préstamo, un préstamo de mil quinientos dólares al banco. Y volé a Inglaterra detrás de él. Llamé a su periódico, me dijeron que se había ido a Turquía. Me quedé sentada en el hotel esperando a que volviera. Ay, qué mal lo pasé. No me moví del hotel. Si iba a que me dieran un masaje o a que me arreglaran el pelo, les decía dónde localizarme. Los atosigaba cincuenta veces al día. ¿No hay carta para mí? ¿No me habían llamado? Dios, Dios, Dios.

—¿Y volvió?

—Llamé de nuevo, me dijeron que se había ido a Kenia. Me había entrado el tembleque. Vi que tenía que recobrar la cordura y lo hice, justo a tiempo. Volví a casa en avión. Empecé a pagar la maldita deuda del banco.

Dorothy bebía vodka, seco, de un vaso de agua.

—Ah, dos o tres años más tarde me lo encontré, no sé dónde. En un aeropuerto. No, en unos grandes almacenes. «Siento que no coincidiéramos cuando viniste a Inglaterra», me dijo. Le dije: «Oh, no pasa nada, me las arreglé para pasarlo bien de todos modos». Todavía lo estaba pagando. Debería de haberle dicho que era un mierda.

En el trabajo Rose leía anuncios y los boletines meteorológicos, contestaba cartas, atendía el teléfono, mecanografiaba las noticias, hacía las voces en las sátiras del domingo que escribía un párroco local, y programaba entrevistas. Quería hacer un reportaje sobre los primeros habitantes del pueblo; fue a hablar con un anciano ciego que vivía encima de un almacén de piensos. El hombre le contó que en los viejos tiempos se ataban manzanas y cerezas a las ramas de pino y cedro, les hacían fotos y las mandaban a Inglaterra. Eso atrajo a los inmigrantes ingleses, convencidos de que llegaban a una tierra donde los frutales ya estaban en flor. Cuando volvió a la emisora con esa historia todo el mundo se echó a reír; la habían oído tantas veces...

No olvidaba a Tom. Él escribía; ella escribía. Sin esa conexión con un hombre podría haberse visto como una persona insegura y patética; esa conexión afianzó su nueva vida. Durante un tiempo pareció que la suerte los acompañara. Se celebraba una conferencia en Calgary, sobre la radio en la vida rural o algo por el estilo, y la emisora iba a mandar a Rose. Todo sin la menor connivencia por su parte. Ella y Tom estaban exultantes y tonteaban por teléfono. Rose le pidió a una de las maestras jóvenes del piso de enfrente si podría instalarse en casa y cuidar de Anna. La chica accedió encantada; el novio de la otra maestra se había mudado con ellas, y en ese momento vivían apretujados. Rose volvió a la tienda donde había comprado la colcha y la cerámica; se compró un salto de cama estilo túnica con un estampado de pájaros, en tonos rubí. Le recordaba al ruiseñor del emperador. Se hizo un moldeado nuevo en el pelo. Haría noventa kilómetros en autobús, y luego cogería un avión. Cambiaría una hora de pánico por el tiempo extra en Calgary. La gente de la emisora disfrutaba asustándola, contándole que eran aviones pequeños, despegaban casi en vertical desde el aeropuerto de montaña y luego se sacudían y temblaban mientras sobrevolaban las Rocosas. Ella pensaba que no sería justo morir así, estrellarse contra las montañas mientras iba a ver a Tom. Lo pensaba, aunque estaba revolucionada por ir. Parecía una misión demasiado frívola para morir. Parecía una traición, correr semejante riesgo; no traición a Anna, y desde luego no a Patrick, sino tal vez a sí misma. Pero precisamente porque el viaje se emprendía con frivolidad, porque no era del todo real, creía que no moriría.

Estaba tan animada que se pasaba el tiempo jugando a las damas chinas con Anna. Jugaba a Sorry, o cualquier cosa que Anna quisiera. La noche antes de marcharse (había acordado que pasaría un taxi a buscarla, a las cinco y media de la mañana) estaban jugando a las damas chinas.

—¡Oh, no me aclaro con estas azules! —dijo Anna de pronto, y se dejó caer sobre el tablero, a punto de llorar, cosa que nunca hacía en un juego.

Rose le tocó la frente y la acompañó, entre gimoteos, a la cama. Estaba a treinta y nueve de fiebre. Era demasiado tarde para llamar a Tom al despacho, y por supuesto Rose no podía llamarlo a casa. Telefoneó al taxi, eso sí, y al aeropuerto, para cancelar el viaje. Incluso si Anna parecía estar mejor por la mañana, no podría ir. Salió a avisar a la chica que iba a quedarse con Anna, luego llamó al hombre que organizaba la conferencia, en Calgary.

—Ay, Dios, sí —dijo—. ¡Niños!

Por la mañana, mientras Anna estaba envuelta en su manta viendo los dibujos animados, llamó a Tom a su despacho.

—¡Estás aquí, estás aquí! —dijo él—. ¿Dónde estás?

Entonces tuvo que contárselo.

Anna tosía, la fiebre le subía y le bajaba. Rose intentó poner la calefacción más alta, toqueteó el termostato, purgó los radiadores, llamó a la oficina del casero y dejó un mensaje. No le devolvió la llamada. Lo llamó a su casa a las siete de la mañana del día siguiente, le dijo que su hija tenía bronquitis (tal vez en ese momento lo creía, aunque no era cierto), le dijo que le daba una hora para arreglar el problema o telefonearía al periódico, lo denunciaría en la radio, le pondría una demanda, encontraría los canales oportunos. Acudió enseguida, de morros (un pobre hombre intentando llegar a fin de mes asediado por mujeres histéricas), hizo algo con el termostato del pasillo, y los radiadores empezaron a calentarse. Las maestras le dijeron a Rose que había puesto un tope para controlar la temperatura y nunca antes había cedido a las quejas. Se sintió orgullosa, se sintió como una madre coraje de los arrabales que había chillado y jurado sin cejar en su empeño, por el bien de su hija. Se olvidó de que las madres de los arrabales rara vez muestran coraje, porque están demasiado cansadas y abatidas. Eran sus certezas burguesas, sus expectativas de justicia, las que le habían dado esa energía, esa prepotencia para avasallar; el hombre se había asustado.

Al cabo de dos días tuvo que volver al trabajo. Anna estaba mejor, pero Rose seguía preocupada. No pudo ni beberse un café, por el nudo de angustia que tenía en la garganta. Anna pasó bien el día, se tomó el medicamento para la tos, se incorporó en la cama para dibujar. Cuando su madre volvió a casa, había inventado una historia y se la contó. Era un cuento de princesas.

Había una princesa blanca que se vestía con trajes de novia y collares de perlas. Cisnes y corderos y osos polares eran sus mascotas, y tenía lirios y narcisos en el jardín. Comía puré de patatas, helado de vainilla, coco rallado y el merengue de las tartas. Una princesa rosa cultivaba rosales y comía fresas, paseaba a flamencos (Anna los describió, no supo dar con el nombre) atados con una correa. La princesa azul se alimentaba de uvas y tinta. La princesa marrón, aunque vestía más sosa, se agasajaba mejor que nadie; tomaba carne en salsa y pastel de chocolate bañado de chocolate, y también helado de chocolate con chocolate derretido. ¿Qué había en su jardín?

—Cosas que no se dicen —dijo Anna—. Desperdigadas por todo el suelo.

Esta vez Tom y Rose no aludían tan abiertamente a su desilusión. Habían empezado a retraerse un poco, quizá a sospechar que se traían mala suerte. Se escribían con ternura, con prudencia, con gracia, y casi como si el último fracaso no hubiese ocurrido.

En marzo él la llamó para decirle que su mujer y sus hijos viajaban a Inglaterra. Se iba a reunir con ellos, pero más tarde, diez días después. «¡Así que habrá diez días!», exclamó Rose, obviando la larga ausencia posterior (Tom se quedaría en Inglaterra hasta el final del verano). Resultó que no eran diez días, exactamente, porque por fuerza debía ir a Madison, Wisconsin, de camino a Inglaterra. «Pero primero tienes que pasar por aquí —dijo Rose, tragándose la decepción—. ¿Cuánto puedes quedarte, puedes quedarte una semana?» Imaginó a los dos tomando largos desayunos soleados. Se vio con la túnica del ruiseñor del emperador. Tendría café de filtro (debía comprar una cafetera) y aquella mermelada amarga tan rica en el tarro de piedra. No pensó siquiera en sus obligaciones en la emisora por las mañanas.

Tom dijo que no lo sabía, que su madre iría a ayudar a Pamela y los niños con los preparativos del viaje, y que no podía hacer la maleta sin más y dejarla. «La verdad es que sería mucho mejor —dijo— si ella pudiera ir a Calgary.»

Entonces se puso muy contento y dijo que irían a Banff. Se tomarían tres o cuatro días de vacaciones, ¿podía organizárselo? ¿Qué tal un fin de semana largo? Ella le preguntó si Banff no le parecía un poco complicado, podía encontrarse con algún conocido. «No, no», dijo él, no habría problema. Ella no estaba tan contenta porque no tenía un gran recuerdo de la noche que pasaron juntos en el hotel, en Victoria. Tom había bajado al vestíbulo a por un periódico y la telefoneó a la habitación para comprobar si ella tenía la prudencia de no contestar. Ella la tuvo, pero la estratagema la deprimió. Aun así dijo: «Muy bien, estupendo», y consultaron el calendario a ambos lados del aparato para elegir las fechas. Podían apuntar un fin de semana, ella tenía uno libre pronto. Y en principio podría tomarse el viernes también, y por lo menos parte del lunes. Dorothy podía encargarse de suplirla en lo imprescindible. Dorothy le debía algunas horas de trabajo.

Rose la había cubierto cuando se quedó varada por la niebla en Seattle; se había pasado una hora en antena leyendo trucos domésticos y recetas que nunca creyó que funcionaran.

Disponía de casi dos semanas para organizarlo todo. Habló otra vez con la maestra del piso de enfrente y la maestra dijo que contara con ella. Se compró un suéter. Confiaba en que no se le pediría que aprendiera a esquiar, en tan poco tiempo. Seguro que podrían dar paseos. Pensó que se dedicarían básicamente a comer, beber, hablar y hacer el amor. Cuando esta última actividad le venía a la cabeza, se inquietaba un poco. Sus conversaciones por teléfono eran decorosas, casi tímidas, pero sus cartas, ahora que sabían que iban a encontrarse, estaban llenas de promesas ardientes. A Rose le encantaba leer y escribir esas cosas, pero no recordaba a Tom tan claramente como habría querido. Recordaba su aspecto, que no era muy alto, y enjuto, con un pelo gris ondulado y una cara alargada, inteligente, pero no recordaba ningún detalle enloquecedor de él, ningún tono u olor. El único recuerdo que se le había grabado era que el encuentro en Victoria no había sido lo que se dice un éxito; recordaba algo entre un desplante y una disculpa, el filo resbaladizo del fracaso. Eso la alentaba especialmente a volver a intentarlo, a que saliera bien.

Iba a marcharse el viernes por la mañana, temprano, en el mismo autobús y el mismo avión que pensaba tomar la otra vez.

El martes por la mañana empezó a nevar. Rose no hizo demasiado caso. Era una nieve húmeda, bonita, que caía a plomo en grandes copos. Se preguntó si estaría nevando en Banff. Esperaba que sí, le gustaba la idea de ver nevar desde la cama. Siguió nevando más o menos sin parar durante dos días, y a última hora de la tarde del jueves, cuando fue a recoger su billete a la agencia de viajes, le dijeron que habían cerrado el aeropuerto. Rose no mostró ni sintió siquiera ninguna inquietud; más bien fue un alivio no tener que volar. Y qué pasa con los trenes, preguntó, aunque por supuesto el tren no iba a Calgary, bajaba hasta Spokane. Eso ya lo sabía. «Entonces, en autobús», dijo. Telefonearon para asegurarse de que las carreteras estaban abiertas y los autobuses circulaban. Mientras hablaban se le aceleró un poco el corazón, pero no hubo problema, no había ningún problema, el autobús circulaba con normalidad.

—Tendrá tiempo de aburrirse —le dijo—. Sale de aquí a las doce y media de la noche y llega a Calgary alrededor de las dos de la tarde del día siguiente.

—Me va bien.

—Debe de tener muchas ganas de ir a Calgary —añadió el joven desaliñado. Era una agencia de viajes de lo más destartalada e informal, un mostrador en el vestíbulo de un hotel junto a la puerta del bar.

—A Banff, en realidad —contestó ella con aplomo—. Y sí, tengo muchas ganas.

—¿Aprovechará para esquiar un poco?

—Puede ser.

Estaba convencida de que el chico lo adivinaba todo. Entonces no sabía qué corrientes eran esas escapadas ilícitas; creía que un aura de pecado bailaba a su alrededor como las llamas apenas visibles en un fogón.

Se fue a casa pensando que en realidad era mejor viajar cómodamente en autobús, ir acercándose poco a poco a Tom, en lugar de estar dando vueltas en la cama sin poder dormir. Tan solo tendría que pedirle a la maestra que fuera a dormir a su casa esa misma noche.

La maestra estaba esperándola, jugando con Anna a las damas chinas.

—Ay, no sé cómo decírtelo —dijo—. Lo siento muchísimo, pero ha habido un contratiempo.

Dijo que su hermana había perdido el bebé que esperaba y necesitaba su ayuda. La hermana vivía en Vancouver.

—Mi novio me llevará en coche mañana, si podemos pasar.

A Rose le vino de nuevas que existiera un novio, e inmediatamente ató cabos. La chica aprovechaba una oportunidad al vuelo; también ella había olfateado el amor y la esperanza. Un hombre casado, quizá, o un chico de su edad. Rose la miró a la cara, una cara en otros tiempos llena de acné y ahora ruborizada por la vergüenza y el entusiasmo, y supo que no lograría convencerla. La maestra siguió bordando la historia, hablando de los dos hijos de su hermana; niños, los dos, y con tantas ganas de tener una hermanita…

Rose empezó a hacer llamadas para buscar a alguien. Telefoneó a estudiantes, a las mujeres de compañeros de trabajo, que quizá podrían darle nombres; telefoneó a Dorothy, que detestaba a los niños. No hubo manera. Tiró de varios hilos, aun sabiendo que probablemente fuera inútil, que solo le habían pasado un dato para quitársela de encima. Se avergonzó de ser tan obstinada.

—Podría quedarme sola aquí —le dijo Anna al final.

—No seas tonta.

—Ya me he quedado antes. Cuando caí enferma y tú tenías que ir a trabajar.

—¿Y qué tal…? —dijo Rose, y sintió auténtico placer al dar de pronto con una solución tan simple y temeraria—. ¿Y qué tal si vienes conmigo a Banff?

Hicieron el equipaje a toda prisa. Afortunadamente Rose había ido a la lavandería la noche anterior. No se permitió pensar en qué iba a hacer Anna en Banff, en quién pagaría la habitación extra, ni siquiera en si Anna accedería a dormir en una habitación aparte. Metió libros para colorear y libros de cuentos y estuches de manualidades revueltos, cualquier cosa que pudiera servir de entretenimiento. Anna estaba tan emocionada por el giro de la situación que ni siquiera parecía abatida ante la idea del viaje en autobús. Rose se acordó de llamar con antelación para que el taxi las recogiera a medianoche.

Faltó poco para que el coche se quedara atascado de camino a la terminal de autobuses. Rose pensó que había sido buena idea llamar al taxi con media hora de margen, para un trayecto que por norma era de cinco minutos. La terminal era una antigua estación de servicio, un lugar inhóspito. Dejó a Anna en un banco con el equipaje y fue a comprar los billetes. Cuando volvió, Anna estaba recostada en la maleta, habiendo cedido al sueño apenas su madre se dio la vuelta.

—Puedes dormir en el autobús.

Anna se enderezó, negó estar cansada. Rose esperaba que en el autobús hubiera calefacción. Quizá debería haber llevado una manta para arropar a su hija. Lo había pensado, pero iban muy cargadas, con la bolsa de la compra llena de libros y pasatiempos para Anna: ya era demasiado imaginarse llegando a Calgary con el pelo aplastado, malhumorada y estreñida, con ceras de colores derramándose de la bolsa, y para colmo arrastrando una manta. Así que no la cogió.

Apenas había unos pocos pasajeros más esperando. Una pareja joven con vaqueros, con aspecto aterido y famélico. Una anciana pobre, respetable, que llevaba un gorro de invierno; una abuela india con un bebé. Un hombre tumbado en uno de los bancos, con pinta de estar enfermo o borracho. Rose confiaba en que solo estuviera en la terminal para guarecerse del frío, no aguardando el autobús, porque parecía que fuese a vomitar. O que si subía al autobús, vomitara ahora y no luego. Pensó que más valía llevar a Anna al cuarto de baño allí. Por desagradable que fuese, sin duda sería mejor que el aseo del autobús. Anna deambulaba mirando las máquinas de cigarrillos, de golosinas, de bebidas y bocadillos. Rose se preguntó si convenía comprar algún bocadillo, un chocolate caliente aguado. Una vez se adentraran en las montañas, tal vez se arrepentiría de no llevar nada.

De repente se dio cuenta de que había olvidado llamar a Tom, para decirle que fuese a buscarla al autobús y no al avión. Llamaría cuando parasen a desayunar.

«Atención, aviso a los pasajeros con destino a Cranbrook, Balneario de Radium, Golden, Calgary. Su autobús ha sido cancelado. El autobús con salida prevista a las doce treinta ha sido cancelado.»

Rose se acercó a la ventanilla a preguntar:

—¿Qué es esto, qué ocurre? Dígame, ¿han cortado la carretera?

—Está cerrada pasado Cranbrook —contestó el hombre, bostezando—. Abierta de aquí a Cranbrook, pero cerrada a partir de ahí. Y la que va al oeste por Grand Forks también está cerrada, así que el autobús ni siquiera va a llegar esta noche.

Sin perder la calma, Rose preguntó cuáles eran los otros autobuses que podía tomar.

—¿A qué se refiere con otros autobuses?

—Bueno, ¿no hay un autobús a Spokane? Desde allí podría llegar a Calgary.

De mala gana el hombre sacó los horarios. Entonces los dos recordaron que si la carretera a Grand Forks estaba cortada, no había nada que hacer, no pasaría ningún autobús. Rose pensó en ir en tren a Spokane, y de ahí a Calgary en autobús. No podría, sería imposible con Anna. Aun así preguntó por los trenes, ¿sabía algo de los trenes?

—He oído que van con doce horas de retraso.

Se quedó de pie en la ventanilla, como si mereciera una solución, como si fuese a aparecer.

—No puedo hacer nada más por usted, señora.

Dio media vuelta y vio a Anna en las cabinas telefónicas, hurgando en el hueco del cambio. De vez en cuando encontraba así diez centavos.

Anna fue hacia ella, sin correr pero a paso rápido, con un andar antinatural sereno y agitado a la vez.

—Ven conmigo —dijo—. Ven.

Tiró de Rose, atontada como estaba, hasta una de las cabinas. Levantó la lengüeta de las monedas. Estaba llena de monedas. Llena. Empezó a sacarlas y echárselas en la mano. Monedas de cinco, diez, veinticinco. Más y más. Se cargó los bolsillos. Daba la impresión de que el hueco volvía a llenarse cada vez que se cerraba, como en un sueño o un cuento de fantasía. Hasta que al final se vació, Anna recogió la última moneda. Miró a Rose con una cara pálida, cansada, encendida.

—No digas nada —ordenó.

Rose le contó que al final no iban a coger el autobús. Llamó al mismo taxi para que las llevara a casa. Anna aceptó el cambio de planes con indiferencia. Rose se fijó en que se acomodaba con mucho cuidado en el taxi, para que las monedas no le tintinearan en los bolsillos.

En el piso Rose se preparó una copa. Sin quitarse las botas ni el abrigo, Anna empezó a esparcir el dinero en la mesa de la cocina y a separarlo en montones para contarlo.

—No me lo puedo creer —dijo—. ¡No me lo puedo creer! —Ponía una extraña voz adulta, una voz de asombro sincero velada por un asombro social, como si la única manera en que podía controlar y lidiar con el suceso fuese dramatizándolo así.

—Debía de ser una llamada de larga distancia —dijo Rose—. La cabina no se tragó las monedas. Supongo que el dinero es de la compañía telefónica.

—Pero no podemos devolverlo, ¿verdad? —dijo Anna, culpable y triunfal, y Rose dijo que no.

—Qué locura —dijo Rose.

Se refería a la idea de que el dinero fuese de la compañía telefónica. Aunque estaba cansada y hecha un lío, se iba apoderando de ella una alegría pasajera y absurda. Veía cascadas de monedas cayéndoles encima, aludes; despreocupación y capricho por todas partes.

Intentaron contar el dinero, pero se equivocaban a cada instante. Así que se pusieron a jugar con las monedas como si les chorrearan entre los dedos. Fue un momento de vértigo, esa euforia a altas horas de la noche en la cocina del piso de alquiler en la ladera de la montaña. Recompensa donde menos la habrías esperado; rachas de suerte y de pérdida. Una de las pocas veces, una de las pocas horas, en que Rose podía decir que de verdad no estuvo a merced del pasado o del futuro, o del amor, o de nadie. Deseó que Anna sintiese lo mismo.

Tom le escribió una larga carta, una carta cariñosa, graciosa, invocando al destino. Una renuncia afligida, aliviada, antes de partir a Inglaterra. Rose no tenía ninguna dirección suya allí, o tal vez le habría escrito pidiéndole que se dieran otra oportunidad. Ella era así.

Esa última nevada del invierno se fundió rápidamente, provocando algunas inundaciones en los valles. Patrick escribió diciendo que subiría en coche en junio, cuando terminara la escuela, y se llevaría a Anna para que pasara el verano con él. Quería iniciar los trámites de divorcio, dijo, porque había conocido a una chica con la que quería casarse. Se llamaba Elizabeth. Dijo que era una mujer estupenda y equilibrada.

¿Y a Rose no le parecía, dijo Patrick, que quizá lo mejor para Anna era que se quedase al año siguiente en casa, el hogar que siempre había conocido, volver a su antigua escuela con sus viejos amigos (Jeremy no paraba de preguntar por ella), en lugar de ir de aquí para allá con Rose en su nueva vida independiente? ¿No podía ser —y aquí Rose creyó oír la voz de la novia equilibrada— que estuviese utilizando a Anna para alcanzar cierta estabilidad, en lugar de encarar las consecuencias del camino que había elegido? Por supuesto, dijo, Anna tenía derecho a elegir.

Rose quiso contestar que estaba creando un hogar para Anna, pero la verdad era que no podía hacerlo. Ya no quería quedarse allí. El encanto, la transparencia de aquel pueblo se habían desvanecido para ella. El sueldo era bajo. Nunca podría permitirse nada más que aquel piso barato. Tal vez nunca consiguiera un trabajo mejor, ni otro amante. Estaba pensando en irse al este, ir a Toronto, intentar buscar otro empleo en una emisora de radio o un canal de televisión, quizá incluso algunos bolos como actriz. Quería llevarse a Anna, buscar un refugio temporal. Era tal y como Patrick decía. Quería llegar a casa y encontrarse con Anna, llenar su vida con Anna. No creía que Anna fuese a elegir esa vida. Las infancias pobres, pintorescas, nómadas no son muy del gusto de los niños, aunque más adelante, por toda clase de razones, digan que las valoran.

El pez de manchas murió primero, luego el naranja. Ni Anna ni Rose sugirieron una nueva visita a Woolworth, para que el negro no estuviese solo. Tampoco parecía querer compañía. Hinchado, con los ojos saltones, torvo y ocioso, disponía a sus anchas de toda la pecera.

Anna le hizo prometer a Rose que no lo tiraría por el váter cuando ella se fuera. Rose se lo prometió, y antes de partir a Toronto se acercó a la casa de Dorothy, con la pecera a cuestas, para hacerle ese regalo inoportuno. Dorothy lo aceptó amablemente, dijo que le pondría al pez el nombre del amante de Seattle, y felicitó a Rose por marcharse.

Anna se fue a vivir con Patrick y Elizabeth. Empezó a dar clases de teatro y de ballet. Elizabeth creía que los niños debían cultivar sus habilidades, y mantenerse ocupados. Le dieron la cama con dosel. Elizabeth hizo un baldaquino y una colcha nueva, y le cosió a Anna un camisón y un gorro de dormir a juego.

Consiguieron un gatito para Anna, y mandaron a Rose una fotografía donde aparecía sentada en la cama con el gatito, modosa y satisfecha en medio de toda aquella tela floreada.

La suerte de Simon

Rose se siente sola cuando llega a un sitio nuevo; echa de menos las invitaciones. Sale y recorre las calles mirando por las ventanas iluminadas las fiestas que hay en todas partes el sábado por la noche, las cenas en familia del domingo. No le sirve de nada decirse que no duraría mucho ahí dentro, charlando y emborrachándose, o apurando la salsa de la carne a cucharadas, antes de querer echarse otra vez a la calle. Cree que aceptaría cualquier muestra de hospitalidad. Podría ir a fiestas en salones con las paredes llenas de carteles, iluminados por lámparas con pantallas de Coca-Cola, todo decadente y torcido; o en cálidos consultorios profesionales con anaqueles de libros, calcografías, y tal vez una o dos calaveras de adorno; incluso en las salas de esparcimiento de algunas casas que atisba por las ventanas de los sótanos: hileras de jarras de cerveza, cuernos de caza, vasos de cuerno, escopetas. Podría ir y sentarse en sofás de lúrex bajo colgaduras de terciopelo negro donde se despliegan montañas, galeones, osos polares tejidos en lana cardada. Le encantaría estar sirviéndose un espléndido budín diplomático de un cuenco de cristal tallado en un comedor opulento, de espaldas a un panzudo aparador resplandeciente y un óleo borroso de caballos paciendo, vacas paciendo, ovejas paciendo, en unos pastos púrpuras pintados con poca traza. O se las arreglaría también con un simple budín de pan en la mesa de la cocina de una casita estucada junto a la parada del autobús, peras y melocotones de yeso decorando las paredes, la hiedra derramándose de pequeños tiestos de latón. Rose es actriz; puede encajar en cualquier sitio.

Aunque de vez en cuando sí la invitan. Hace un par de años estuvo en una fiesta en un piso de un bloque alto en Kingston. Las ventanas daban al lago Ontario y a la isla de Wolfe. Rose no vivía en Kingston. Vivía en el interior; había estado dando clases de arte dramático en una escuela superior de provincias. A alguna gente eso le sorprendía. No sabían qué poco dinero podía ganar una actriz; creían que ser conocida automáticamente significaba ser rica.

Había ido en coche hasta Kingston solo para esa fiesta, cosa que le daba un poco de apuro. No conocía a la anfitriona. Al anfitrión lo había conocido el año anterior, cuando era profesor en la misma escuela y vivía con otra chica.

La anfitriona, que se llamaba Shelley, acompañó a Rose al dormitorio a dejar el abrigo. Shelley era una chica delgada, de aspecto solemne, rubia auténtica, con las cejas prácticamente blancas, el pelo largo y abundante y liso como si estuviera cortado de un bloque de madera. Parecía que se tomara en serio su estilo de niña desamparada. Su voz grave y lastimera hizo que a Rose su propia voz le sonara, al saludarla un momento antes, demasiado vivaz incluso para sí misma.

En un cesto al pie de la cama una gata parda daba de mamar a cuatro crías diminutas, ciegas.

—Se llama Tasha —dijo la anfitriona—. Podemos mirar las crías pero no tocarlas, porque si no, dejará de alimentarlas.

Se agachó junto al cesto, arrullando y hablando a la madre gata con una intensa devoción que a Rose se le antojó afectada. Llevaba sobre los hombros un chal negro, ribeteado de abalorios. Algunos abalorios estaban torcidos, otros faltaban. Era un chal de época genuino, no una imitación. El vestido lacio, un poco amarillento y con ojalillos bordados, también era de época, aunque puede que en un principio fuese una combinación. Esa clase de ropa había que buscarla.

Al otro lado de la cama torneada había un espejo grande, que colgaba sospechosamente alto, e inclinado. Rose intentó mirarse de reojo cuando la chica se agachó junto al cesto. Es muy duro mirarse en un espejo cuando hay otra mujer en la misma habitación, sobre todo si es más joven. Rose llevaba un vestido floreado de algodón, un vestido largo con corpiño y mangas abombadas, que le quedaba demasiado alto de cintura y ceñido del busto para resultar cómodo. Le daba un aire juvenil o teatral que desentonaba; quizá le faltaba ser más esbelta para que ese modelo la favoreciera. Tenía el pelo caoba, teñido en casa. Líneas de expresión le surcaban las ojeras en ambos sentidos, atrapando pequeños diamantes de piel violácea.

A esas alturas Rose sabía que cuando la gente le parecía afecta-da —como aquella chica, y sus habitaciones decoradas con falsa modestia, su estilo de vivir irritante (ese espejo, la colcha de reta-les, los dibujos japoneses eróticos encima de la cama, la música africana procedente del salón)—, a menudo era porque no había recibido y temía que no iba a recibir la atención que buscaba, no se había sumergido en la fiesta, se sentía condenada a rondar en los márgenes de las cosas, juzgando.

Se sintió mejor en el salón, donde había algunos conocidos, y algunas caras tan mayores como la suya. Bebió rápido al principio, y no tardó en usar los gatitos recién nacidos como un trampolín para su propia historia. Empezó a contar que a su gato le había pasado algo espantoso ese mismo día.

—Y lo peor —dijo— es que nunca me gustó mucho mi gato. No fue idea mía tener gato. Fue suya. Me siguió a casa un día e insistió en que lo acogiera. Fue como si un grandullón inútil y despectivo se empeñase en convencerme de que era mi obligación mantenerlo. Bueno, desde el principio se prendó de la secadora de la ropa. Le gustaba meterse cuando aún estaba caliente, en cuanto yo la vaciaba. Normalmente solo pongo una lavadora, pero hoy he puesto dos, y cuando he metido la mano para sacar la segunda, me ha parecido notar algo. Pensé: «¿Qué prenda tengo que lleve pelo?».

La gente ahogó un gemido o se rio, horrorizada pero comprensiva. Rose los miró seductoramente. Se sentía mucho mejor. El salón, con sus vistas al lago, su minucioso decorado (una máquina de discos, espejos de barbería, pasquines de principios de siglo —«Fume, por el bien de su garganta»—, lámparas con pantallas antiguas de seda, cuencos y jarras artesanales, máscaras y esculturas primitivas), ya no parecía tan hostil. Tomó otro trago de su ginebra y supo que ahora, durante un tiempo limitado, se sentiría ligera y bienvenida como un colibrí, convencida de que en el salón muchas personas eran ingeniosas y muchas personas eran amables, y algunas eran ambas cosas.

—«Oh, no», pensé. Pero sí. Sí. Muerte en la secadora.

—Una advertencia a todos los que buscan el placer —dijo un hombrecillo de cara angulosa a su lado, un hombre al que conocía de vista desde hacía años. Daba clases en el departamento de Lengua y Literatura de la universidad, donde ahora el anfitrión era profesor y la anfitriona estudiaba una carrera.

—Es terrible —dijo la anfitriona, con su expresión de desamparo frío, fijo. Los que se habían reído se quedaron un poco cohibidos, como temiendo parecer despiadados—. Lo de tu gato. Es terrible. ¿Cómo has podido venir esta noche?

A decir verdad el incidente no había sido ese mismo día, sino la semana anterior. Rose se preguntó si la chica pretendía dejarla en evidencia. Sinceramente, con arrepentimiento, dijo que no estaba muy encariñada con el gato y por eso se sentía aún peor. Eso era lo que estaba intentando explicar, dijo.

—He sentido que quizá era culpa mía. A lo mejor si le hubiera tenido más cariño, no habría pasado.

—Por supuesto que no —dijo el hombre, a su lado—. Era calor lo que iba buscando en la secadora. Era amor. ¡Ay, Rose!

—Ahora ya no podrás seguir jodiendo al gato —dijo un chico alto en quien Rose no se había fijado hasta entonces. Parecía que había surgido de la nada, justo delante de ella—. Joder al perro, joder al gato, no sé lo que haces, Rose.

Ella intentaba recordar su nombre. Lo había reconocido, era un alumno, o un antiguo alumno.

—David —dijo—. Hola, David.

Estaba tan satisfecha de haber dado con el nombre que tardó en registrar lo que le había dicho.

—Joder al perro, joder al gato —repitió el chico, tambaleándose frente a ella.

—¿Perdona? —dijo Rose, y puso una expresión socarrona, indulgente, encantadora.

A la gente de alrededor le estaba costando tanto como a ella encajar lo que había dicho el chico. La atmósfera de sociabilidad, de simpatía, de buena fe no se corta en seco; persistió a pesar de los indicios de que allí había mucho que no podría absorberse. Casi todo el mundo continuaba sonriendo, como si el chico estuviera explicando una anécdota o interpretando una escena, que cobraría sentido al cabo de un momento. La anfitriona bajó la mirada y se escabulló.

—Perdóname tú a mí —dijo el chico con un tono muy feo—. Que te den, Rose. —Era blanco y de aspecto frágil, estaba borracho perdido. Probablemente se había criado en un hogar acogedor, donde se hablaba de atender la llamada de la naturaleza y se decía «salud» cuando alguien estornudaba.

Un hombre bajo, fornido, con el pelo negro rizado, agarró al chico del brazo, justo debajo del hombro.

—Muévete, vamos —le dijo, casi maternal.

Hablaba con un acento europeo confuso, sobre todo francés, pensó Rose, aunque no se le daba bien identificar los acentos. Tendía a pensar, aun sabiendo que no era cierto, que esos acentos surgen de una masculinidad más rica y compleja que la masculinidad que podía encontrarse en Norteamérica y en lugares como Hanratty, donde ella se había criado. Un acento así prometía masculinidad teñida de sufrimiento, ternura y astucia.

El anfitrión apareció vestido con un conjunto deportivo de terciopelo y agarró al chico del otro brazo, más o menos simbólicamente, a la vez que besaba a Rose en la mejilla, porque no la había visto al entrar.

—Tengo que hablar contigo —le murmuró, queriendo decir que esperaba no tener que hacerlo, porque pisaban terreno pantanoso; la chica con la que había vivido el año anterior, para empezar, y luego la noche que pasó con Rose hacia el final del curso, en la que hubo mucho alcohol y fanfarronería y lamentos sobre la infidelidad, así como un poco de sexo curiosamente insultante pero placentero. Ahora lucía un aspecto impecable, y aunque había perdido peso parecía más desenfadado, con su pelo largo y suelto y el conjunto de terciopelo verde botella. Solo tres años más joven que Rose, pero míralo. Había dejado a una esposa, una familia, una casa, un futuro desalentador, se había provisto de ropa nueva y muebles nuevos y se liaba con una estudiante detrás de otra. Los hombres pueden.

—Madre mía —dijo Rose y se recostó contra la pared—. ¿De qué iba todo eso?

El hombre a su lado, que había sonreído todo el rato mirando el vaso, dijo:

—¡Ay, qué sensibilidad tiene la juventud de nuestros tiempos! ¡Qué elegancia en el lenguaje, qué hondura de sentimientos! Debemos inclinarnos ante ellos.

El hombre de pelo negro rizado volvió, sin decir palabra le dio a Rose una copa recién servida y se llevó el vaso que tenía en la mano.

El anfitrión también volvió.

—Rose, nena. No sé cómo se ha colado aquí. Dejé muy claro que nada de estudiantes, maldita sea. Tiene que haber algún lugar donde podamos estar a salvo.

—Ese chico iba a una de mis clases el año pasado —dijo Rose. Eso era lo único que podía recordar, la verdad. Supuso que los demás pensaban que había algo más.

—¿Quería ser actor? —preguntó el hombre que estaba a su lado—. Seguro que sí. ¿Os acordáis de que en los viejos tiempos todos querían ser abogados e ingenieros y altos ejecutivos? Me dicen que eso está volviendo. Espero que así sea. Espero fervientemente que así sea. Rose, seguro que dejaste que te contara sus problemas. Nunca debes hacer eso. Seguro que fue lo que hiciste.

—Ah, supongo.

—Vienen en busca de un sustituto de la figura paterna o materna. Es banal a más no poder. Te persiguen venerándote y molestándote y luego, ¡zas! ¡Es la hora de rechazar al sustituto de mamá y papá!

Rose bebió, apoyada en la pared, mientras los oía seguir con el tema de lo que esperan los estudiantes hoy en día, cómo te derriban la puerta para hablarte de sus abortos, sus intentos de suicidio, sus crisis creativas, sus problemas de peso. Siempre echando mano de las mismas palabras: «integridad», «valores», «rechazo»…

—¡No te estoy rechazando, pedazo de imbécil, te estoy suspendiendo! —dijo el hombrecillo mordaz, rememorando un enfrentamiento triunfal que había tenido con uno de esos estudiantes.

Se rieron de eso, y también del comentario que hizo una mujer joven.

—¡Dios, qué diferencia cuando yo iba a la universidad! —dijo—. ¡Mencionar un aborto en el despacho de un profesor era tan aberrante como cagarte en el suelo, con perdón!

Rose también se reía, aunque por dentro se sentía destrozada. En cierto modo habría sido mejor que hubiese algo más detrás de lo ocurrido, como los otros sospechaban. Si al menos se hubiera acostado con ese chico. Si le hubiera prometido algo y lo hubiera traicionado, humillado. No recordaba nada. Había brotado del suelo para acusarla. Debía de haber hecho algo y no conseguía recordarlo. No podía recordar nada relacionado con sus alumnos, a decir verdad. Era solícita y encantadora, toda calidez y aceptación; escuchaba y daba consejos; luego confundía sus nombres. No podía acordarse de nada de lo que les había dicho.

Una mujer le tocó el brazo.

—Despierta —dijo con un tono pícaro y familiar que a Rose le hizo pensar que debía conocerla. ¿Otra estudiante? Pero no, la mujer se presentó—: Estoy escribiendo un ensayo sobre mujeres suicidas —dijo—. Me refiero a artistas suicidas.

Explicó que había visto a Rose por televisión y que tenía muchas ganas de hablar con ella. Mencionó a Diane Arbus, Virginia Woolf, Sylvia Plath, Anne Sexton, Christiane Pflug. Estaba bien informada. Ella misma parecía una candidata de primera, pensó Rose: consumida, anémica, obsesionada. Rose dijo que tenía hambre, y la mujer la siguió hasta la cocina.

—Y además un sinfín de actrices —dijo la mujer—. Margaret Sullavan…

—Ahora solo soy profesora.

—Bah, pamplinas. Estoy segura de que eres actriz hasta la médula.

La anfitriona había hecho pan: hogazas glaseadas, trenzadas y decoradas. Rose pensó en los esfuerzos que exigía ese despliegue. El pan, el paté, las plantas colgantes, los gatitos, todo por una domesticidad tan precaria y pasajera. Deseó, a menudo deseaba, poder volcarse así, poder hacer ceremonias, imponerse, hacer pan.

Se fijó en un grupo de profesores más jóvenes de la facultad —los habría tomado por estudiantes, de no ser porque el anfitrión había dicho que tenían prohibida la entrada—, que estaban sentados en las encimeras o de pie delante del fregadero. Hablaban en voz baja, serios. Uno de ellos la miró. Ella sonrió. Nadie le devolvió la sonrisa. Un par más se volvieron a mirarla y continuaron hablando. Estaba segura de que hablaban de ella, de lo que había pasado en el salón. Animó a la mujer a probar el pan con paté. Supuso que así se callaría y Rose podría oír lo que decían los jóvenes.

—Nunca como nada en las fiestas.

La actitud de la mujer hacia ella empezaba a volverse oscura y vagamente acusadora. Rose se había enterado de que era la mujer de alguien del departamento. Quizá había sido una jugada política, invitarla. Y prometerle a Rose, ¿habría sido parte de la jugada?

—¿Siempre tienes tanto apetito? —dijo la mujer—. ¿Nunca te pones enferma?

—Lo tengo cuando hay cosas tan ricas —dijo Rose. Solo estaba intentando dar ejemplo, y apenas podía masticar o tragar en su afán por oír lo que decían de ella—. No, no suelo estar enferma —añadió.

Le sorprendió darse cuenta de que era verdad. Antes solía padecer resfriados y gripes y calambres y jaquecas; esas dolencias definidas ahora habían desaparecido, diluyéndose en un rumor quedo, constante de inquietud, fatiga, aprensión.

—Mierda de jerarquía envidiosa —oyó Rose, o creyó oír, que decían.

Le lanzaban miradas rápidas, de desprecio. O pensó que era así; no se atrevía a mirarlos directamente. «Jerarquía». Eso iba por Rose. ¿Seguro? ¿Iba por Rose, que había acabado dando clases porque trabajando de actriz no ganaba para mantenerse, que consiguió el puesto de profesora gracias a su experiencia en teatro y televisión pero tuvo que aceptar un recorte del sueldo porque carecía de títulos? Quiso acercarse y explicarlo todo. Quiso que les quedara claro. Los años de trabajo, el agotamiento, los viajes, los auditorios de los institutos, los nervios, el hartazgo, nunca saber de dónde saldría tu próximo sueldo. Quiso suplicarles para que la perdonaran y la quisieran y la aceptaran en su bando. Era en su bando donde quería estar, no en el bando de la gente del salón que la había defendido. Sin embargo, era una elección fruto del miedo, no de principios. Les tenía miedo. Temía su rectitud despiadada, sus caras de desdén frío, sus secretos, sus risas, sus obscenidades.

Pensó en Anna, su propia hija. Anna tenía diecisiete años. Llevaba el pelo largo y claro, y una cadenita de oro al cuello, tan fina que habías de mirar de cerca para asegurarte de que era una cadena, no solo el brillo de su piel tersa y radiante. Anna no era como aquellos jóvenes, aunque era igual de distante. Practicaba ballet y montaba a caballo todos los días, pero no se planteaba competir en concursos de equitación o ser bailarina. ¿Por qué no?

«Porque sería una tontería.»

Había algo en el estilo de Anna, la cadenita de oro, sus silencios, que a Rose le recordaba a su abuela, la madre de Patrick. Aunque claro, pensaba, puede que Anna no sea tan callada, tan quisquillosa, tan reservada, con nadie más que con su madre.

El hombre del pelo negro rizado estaba en la puerta de la cocina, repasándola con una mirada impúdica e irónica.

—¿Sabes quién es? —le preguntó Rose a la mujer de los suicidios—. El hombre que se ha llevado al borracho.

—Es Simon. No creo que el chico esté borracho, creo que va drogado.

—¿Qué hace?

—Bueno, supongo que podría decirse que es estudiante.

—No —dijo Rose—. Ese hombre... ¿Simon?

—Ah, Simon. Está en el departamento de Clásicas. No creo que haya sido siempre profesor.

—Como yo —dijo Rose, y se volvió hacia Simon con la sonrisa que había probado con los jóvenes. Cansada y perdida y atontada como estaba, empezaba a sentir punzadas familiares, promesas impetuosas.

«Si me sonríe, las cosas empezarán a arreglarse.»

Le sonrió, y la mujer de los suicidios habló con brusquedad.

—¿Qué pasa?, ¿vienes a una fiesta solo para conocer hombres?

Cuando Simon tenía catorce años, iba escondido en un vagón de mercancías con su hermana mayor y otro chico, amigo suyo, viajando de la Francia ocupada a la no ocupada. Se dirigían a Lyon, donde miembros de una organización que intentaba salvar a niños judíos se harían cargo de ellos y los reubicarían en un sitio seguro. A Simon y su hermana ya los habían mandado fuera de Polonia, al principio de la guerra, a casa de parientes franceses. Ahora habían tenido que mandarlos lejos otra vez.

El vagón de mercancías se detuvo. El tren se quedó parado de noche en algún lugar en medio del campo. Alcanzaron a oír voces en francés y alemán. Había jaleo en los vagones de delante. Oyeron las puertas abrirse chirriando, oyeron y sintieron las botas pisoteando los suelos desnudos de esos vagones. Una inspección del tren. Se tumbaron debajo de unos sacos, pero ni siquiera intentaron taparse la cara; creyeron que no había ninguna esperanza. Las voces se acercaban y oyeron las botas en la grava junto a la vía. En ese instante el tren empezó a moverse. Se movía tan despacio que por un momento no lo advirtieron, e incluso entonces pensaron que era solo un cambio de vía de los vagones. Suponían que volvería a detenerse para que se prosiguiera con la inspección, pero el tren siguió adelante. Avanzó cada vez más rápido, hasta alcanzar su velocidad habitual, que tampoco era nada del otro mundo. Estaban en marcha, se libraban de la inspección, se alejaban. Simon nunca supo lo que había ocurrido. El peligro había pasado.

Simon dijo que cuando se dio cuenta de que estaban a salvo, de pronto sintió que lo conseguirían, que ya nada podía sucederles, que la fortuna estaba de su lado. Interpretó lo ocurrido como un augurio de buena suerte.

Rose le preguntó si había vuelto a ver a su amigo y a su hermana.

—No. Nunca. Después de Lyon, nunca más.

—Entonces, fue buena suerte solo para ti.

Simon se rio. Estaban en la cama, en la cama de Rose en una casa vieja, a las afueras de una aldea en un cruce de caminos; habían vuelto en coche directos de la fiesta. Era abril, soplaba un viento frío, y la casa de Rose estaba helada. La caldera no daba más de sí. Simon pegó la mano al papel de la pared detrás de la cama, le hizo sentir cómo pasaba el aire.

—Aquí falta un poco de aislamiento.

—Lo sé. Es terrible. Y tendrías que ver la factura del gasóleo.

Simon le recomendó que se hiciera con una estufa de leña. Le habló de distintos tipos de leña. El arce, dijo, era una madera excelente para quemar. Se explayó comentando diversas clases de aislamiento. Poliuretano, vermiculita, fibra de vidrio. Salió de la cama y empezó a pasearse desnudo, observando las paredes de la casa. Rose le habló desde lejos.

—Ahora me acuerdo. Fue por una beca.

—¿Qué? No te oigo.

Ella se levantó de la cama y se envolvió con una manta.

—Ese chico vino a hablar conmigo por una beca —le dijo desde lo alto de la escalera—. Quería ser dramaturgo. Acabo de acordarme ahora mismo.

—¿Qué chico? —dijo Simon—. Ah.

—Pero lo recomendé. Estoy segura.

La verdad es que recomendaba a todo el mundo. Si no podía ver los méritos de alguien, creía que quizá tuviese méritos que ella era incapaz de ver.

—No debió de conseguirla. Así que pensó que se la jugué.

—Bueno, supongamos que lo hubieras hecho —dijo Simon, asomándose a la entrada del sótano—. Estarías en tu derecho.

—Lo sé. Soy una cobarde con esa pandilla. No soporto que piensen mal de mí. Son tan virtuosos…

—No son virtuosos, ni mucho menos —dijo Simon—. Voy a ponerme los zapatos y echaré un vistazo a la caldera. Probablemente necesites limpiar los filtros. Es solo una pose. No hay por qué temerlos, son tan estúpidos como cualquiera. Quieren su pedazo del pastel. Naturalmente.

—Pero ¿te puede salir tanta maling… —Rose tuvo que interrumpirse y empezar la palabra de nuevo— tanta malignidad, por pura ambición?

—¿Y qué te va a salir, si no? —dijo Simon, subiendo las escaleras. Agarró la manta, se envolvió con ella, le dio un beso en la nariz—. Basta, Rose. ¿Es que no tienes vergüenza? Soy un pobre tipo que ha venido a revisarte la caldera. La caldera del sótano. Perdone por toparme con usted así, señora.

Ella ya conocía a unos cuantos de sus personajes. Ese era el Trabajador Humilde. Algunos otros eran el Viejo Filósofo, que le hacía una gran reverencia, al estilo japonés, cuando salía del cuarto de baño, murmurando *memento mori*, *memento mori*; y cuando se terciaba, el Sátiro Loco, restregándose y brincando, relamiéndose contra su ombligo.

En la tienda del cruce compró café de verdad en lugar de soluble, crema de leche de verdad, beicon, brécol congelado, una cuña de queso de la región, carne de cangrejo en lata, los tomates más suculentos que tenían, champiñones, arroz de grano largo. Y también cigarrillos. La embargaba esa felicidad que parece perfectamente natural y ajena a cualquier amenaza. Si le hubiesen preguntado, habría dicho que estaba tan contenta por el buen tiempo, porque a pesar del viento hacía un día espléndido, como por Simon.

—Debes de tener visita —dijo la mujer de la tienda. Hablaba sin rastro de sorpresa, malicia o censura, solo con una especie de envidia cómplice.

—Cuando menos me lo esperaba. —Rose siguió poniendo la compra en el mostrador—. Menuda lata. Por no hablar del gasto. Mira ese beicon. Y la crema de leche.

—Creo que un poco de eso no me haría daño —dijo la mujer.

Simon preparó una cena estupenda con lo que tenía a mano, mientras Rose no hacía mucho más que quedarse a su lado mirando, y cambiar las sábanas.

—La vida del campo —dijo ella—. Es distinta, o había olvidado cómo era. Vine aquí con algunas ideas de cómo iba a vivir. Pensaba que daría largos paseos por caminos rurales desiertos. Y la primera vez que salí a pasear oí que un coche se acercaba a toda velocidad derrapando. Me aparté del camino. Entonces oí disparos. Me quedé aterrorizada. Me oculté entre los arbustos y pasó un coche rugiendo, dando bandazos por la carretera... y resulta que iban pegando tiros por la ventanilla. Volví campo a través y le dije a la mujer de la tienda que creía que debíamos llamar a la policía. «Ah, sí —me dijo—, los fines de semana los muchachos se llevan una caja de cerveza en el coche y salen a disparar a las marmotas. —Luego me dijo—: ¿Qué ibas haciendo por esa carretera, si puede saberse?» Vi que pensaba que ir a dar un paseo sola era mucho más sospechoso que matar marmotas. Hubo muchas cosas por el estilo. No creo que me quede, pero tengo el trabajo aquí y el alquiler es barato. No es que no sea simpática, la mujer de la tienda. Adivina la suerte. Con cartas y posos del té.

Simon dijo que lo habían mandado desde Lyon a trabajar a una granja en las montañas de la Provenza. La gente allí vivía y hacía las tareas del campo casi como en la Edad Media. No sabían leer ni escribir, ni hablaban francés. Cuando caían enfermos, esperaban a morir o curarse. Nunca habían visitado a un médico, aunque un veterinario iba una vez al año a examinar a las vacas. Simon se clavó una horqueta en el pie, la herida se le infectó, se puso con fiebre y le costó sudor y lágrimas convencerlos de que avisaran al veterinario, que estaba entonces en la aldea vecina. Al fin lo mandaron llamar, y el veterinario fue y le puso a Simon una inyección con una aguja grande para caballos, y mejoró. En la casa estaban todos desconcertados y se reían al ver tanto afán por salvar una vida humana.

Mientras se recuperaba les enseñó a jugar a las cartas. Enseñó a la madre y a los niños; el padre y el abuelo eran demasiado lentos y desganados, y a la abuela la tenían encerrada en una jaula en el granero, donde le llevaban de comer sobras dos veces al día.

—¿En serio? ¿Es posible?

Estaban en la fase de desplegar cosas el uno para el otro: placeres, historias, bromas, confesiones.

—¡La vida del campo! —dijo Simon—. Pero aquí no se está tan mal. Esta casa podría llegar a ser muy confortable. Deberías tener un huerto.

—Esa fue otra de mis ideas, intenté tener un huerto. Nada prosperó demasiado bien. Estaba deseando tener coles, las coles me parecen preciosas, pero se llenaron de gusanos. Se comían las hojas hasta que parecían encaje, y entonces se ponían todas amarillas y caían al suelo.

—Las coles son muy difíciles de cultivar. Deberías empezar con algo más fácil. —Simon se levantó de la mesa y fue a la ventana—. Enséñame dónde plantaste el huerto.

—Junto a la valla. Ahí es donde lo tenían antes.

—No es buen sitio, está demasiado cerca del nogal. Los nogales empobrecen la tierra.

—Eso no lo sabía.

—Bueno, pues es así. Deberías tenerlo más cerca de la casa. Mañana araré la tierra para que pongas un huerto. Necesitarás mucho abono. Veamos. El estiércol de oveja es el mejor abono. ¿Conoces a alguien por aquí que críe ovejas? Traeremos varios sacos de estiércol y dibujaremos un croquis de lo que plantar, aunque es demasiado pronto, todavía es posible que hiele. Puedes empezar por algunas cosas dentro, con simiente. Tomates.

—Creía que tenías que volver en el autobús de la mañana —dijo Rose. Habían ido con el coche de ella.

—El lunes es un día tranquilo. Telefonearé para cancelar. Les diré a las chicas del despacho que digan que estoy afónico.

—¿Afónico?

—O algo por el estilo.

—Qué bien que estés aquí —dijo Rose con sinceridad—. Si no, estaría pensando en ese chico. Intentaría no pensar, pero me seguiría viniendo a la cabeza. En momentos en que me encontrara indefensa. Me sentiría en un estado de humillación permanente.

—Es algo bastante insignificante para sentir tanta humillación.

—Ya ves. En mi caso no hace falta gran cosa.

—Aprende a no tener la piel tan fina —dijo Simon, como si además de la casa y el huerto se hiciera también cargo de ella, con toda sensatez—. Rábanos. Lechuga de hoja larga. Cebollas. Patatas. ¿Comes patatas?

Antes de que se marchara dibujaron un croquis para el huerto. Simon removió y aró la tierra, aunque hubo que contentarse con estiércol de vaca. Rose tuvo que ir a trabajar el lunes, pero no dejó de pensar en él en todo el día. Lo vio cavando en el huerto. Lo vio desnudo asomándose a la puerta del sótano. Un hombre bajo y recio, peludo, cálido, con una cara arrugada de cómico. Supo lo que diría cuando ella volviera a casa. «Espero que todo esté a su gusto, mi señora», diría hincando una rodilla en el suelo.

Eso fue lo que hizo, y ella estaba tan encantada que gritó:

—Simon, qué bobo, ¡eres el hombre de mi vida!

Se sentía tan privilegiada, había tanta luz inundando el momento, que no pensó que decir eso pudiera ser imprudente.

A media semana fue a la tienda, no para comprar nada, sino para que le echaran la suerte. La mujer escrutó el fondo de su taza y dijo:

—¡Caramba! ¡Has conocido al hombre que lo cambiará todo!

—Sí, eso creo.

—Te cambiará la vida. Vaya por Dios. No te quedarás aquí. Veo fama. Veo agua.

—No sé qué podrá significar eso. Creo que quiere aislar mi casa.

—El cambio ya ha comenzado.

—Sí. Lo sé. Sí.

No conseguía acordarse de cuándo habían quedado que volvería Simon. Pensó que iría el fin de semana. Rose lo esperaba y salió a comprar, aunque en lugar de ir a la tienda del cruce optó por un supermercado a varios kilómetros del pueblo. Esperaba que la mujer de la tienda no la viese entrando en casa cargada con las bolsas. Le apetecía tener verdura fresca y filetes y cerezas negras importadas, y camembert y peras. Había comprado vino, también, y un par de sábanas con un elegante estampado de guirnaldas de flores azules y amarillas. Creía que sus muslos pálidos lucirían bien sobre ese fondo.

El viernes por la noche puso las sábanas nuevas y sirvió las cerezas en un cuenco azul. El vino estaba al fresco, el queso se ablandaba a temperatura ambiente. Alrededor de las nueve llamaron enérgicamente a la puerta, la llamada esperada y bromista. Rose se sorprendió de no haber oído el coche.

—Me sentía sola —dijo la mujer de la tienda—. Así que pensé en pasarme y... Oh, oh. Estás esperando compañía.

—No del todo —dijo Rose. El corazón había empezado a palpitarle de alegría cuando llamaron, y aún seguía latiéndole con fuerza—. No sé cuándo va a llegar. Quizá mañana.

—Con esta condenada lluvia…

La voz de la mujer sonaba campechana y práctica, como si Rose pudiera necesitar distracción o consuelo.

—Espero que no esté conduciendo, entonces —dijo Rose.

—No, señor, más vale que no conduzca en medio del aguacero.

La mujer se pasó los dedos por el pelo corto y gris sacudiéndose la lluvia, y Rose supo que debía ofrecerle algo. ¿Una copa de vino? ¿Y si se ponía melosa y parlanchina, y quería quedarse hasta terminar la botella? Era una mujer con la que Rose había hablado muchas veces, una especie de amiga, alguien que podía decir que le caía bien, y apenas podía expresar aprecio por ella. En ese momento le habría pasado lo mismo con cualquiera que no fuese Simon. Cualquier otra persona parecía superflua y molesta.

Rose vio lo que se avecinaba. Todos los goces ordinarios, los consuelos, las diversiones de la vida, se enrollarían y se guardarían; el placer de la comida, las lilas, la música, la tormenta por la noche, se desvanecería. No serviría nada salvo yacer debajo de Simon, nada valdría salvo dar paso a los espasmos y las convulsiones.

Optó por el té. Pensó que ya que estaba podría aprovechar para que echase otra ojeada a su futuro.

—No está claro —dijo la mujer.

—¿El qué?

—No consigo ver nada con nitidez esta noche. A veces pasa. No, si te soy sincera, no puedo situarlo.

—¿Situarlo?

—En tu futuro. Me rindo.

Rose pensó que se lo decía con mala fe, por celos.

—Bueno, él no es lo único que me interesa.

—Tal vez me iría mejor si me dieras un efecto personal suyo, si dejaras algo a lo que agarrarme. Cualquier cosa en la que pusiera las manos… ¿Tienes algo así?

—Yo misma —dijo Rose. Fue una fanfarronada barata, la adivina se rio por compromiso.

—No, en serio.

—Me parece que no. Tiré las colillas de sus cigarrillos a la basura.

Después de que la mujer se marchara Rose se quedó despierta, esperando. Enseguida dio la medianoche. La lluvia arreciaba. Cuando volvió a mirar el reloj eran las dos menos veinte. ¿Cómo un tiempo tan vacío podía pasar tan rápido? Apagó las luces, porque no quería que la sorprendieran levantada. Se desvistió, pero no pudo tumbarse en las sábanas limpias. Permaneció sentada en la cocina, a oscuras. De vez en cuando preparaba té. El resplandor de la farola de la esquina entraba por la ventana. Había un alumbrado nuevo con lámparas de vapor de mercurio. Rose alcanzaba a ver esa farola, el contorno de la tienda, los escalones de la iglesia al otro lado de la calle. La iglesia ya no era la parroquia de la secta protestante discreta y respetable que la había erigido, sino que se proclamaba Templo de Nazaret, y también algo llamado Centro de Santidad, fuera eso lo que fuese. Rose hasta entonces no se había dado cuenta de qué deteriorado estaba todo. En esas casas no vivían ningún granjero retirado; de hecho no había granjas de las que retirarse, solo los míseros campos llenos de enebro. La gente trabajaba a cuarenta o cincuenta kilómetros, en fábricas, en el Hospital Psiquiátrico Provincial, o no trabajaban, llevaban una vida misteriosa en los márgenes de la criminalidad, o una vida de locura pacífica a la sombra del Centro de Santidad. Las vidas de la gente eran seguramente más desesperadas que en otros tiempos, ¿y qué podía ser más desesperado que una mujer de la edad de Rose, pasando la noche en vela en una cocina a oscuras esperando a su amante? Y esa situación la había creado ella sola, se lo había buscado todo, parecía que nunca iba a aprender. Se había agarrado a Simon como a un clavo ardiendo, y ya no podría volver atrás.

El error fue comprar el vino, pensó, y las sábanas, el queso, las cerezas. Tantos preparativos llaman al desastre. No se había dado cuenta de eso hasta que abrió la puerta y su corazón alborotado pasó de la alegría al abatimiento, como unas campanas tintineantes convertidas cómicamente (aunque no para Rose) en una sirena herrumbrosa en la niebla.

Hora tras hora en la oscuridad y la lluvia, Rose fue anticipando lo que podía suceder. Podía pasarse el fin de semana esperando, escudándose en excusas y mareándose con dudas, sin salir de casa para nada por si sonaba el teléfono. Al volver al trabajo el lunes, aturdida pero ligeramente reconfortada por el mundo real, reuniría el valor para escribir una nota y mandársela al departamento de Clásicas.

«Estaba pensando que podríamos sembrar el huerto el próximo fin de semana. He comprado una gran variedad de semillas —mentira, pero las compraría si tenía noticias suyas—. Avísame si vas a venir, pero no te preocupes si tienes otros planes.»

Entonces se preocuparía: ¿sonaba demasiado indiferente, al mencionar esos otros planes? ¿No sería demasiado avasalladora, si no agregaba eso? Toda su confianza, su espontaneidad, se habrían evaporado, pero intentaría fingirlas.

«Si está demasiado lluvioso para trabajar en el huerto, siempre podemos ir a pasear en coche. Quizá podríamos disparar a alguna marmota. Con cariño, Rose.»

Y luego vuelta a la espera, para la que el fin de semana habría sido solo un ensayo casual, una introducción improvisada al ritual serio, ordinario, patético. Metiendo la mano en el buzón y sacando el correo sin mirarlo, negándose a marcharse de la escuela hasta las cinco, poniendo un cojín encima del teléfono para no verlo; haciéndose la distraída. Pensando que el que viene nunca llega. Levantada hasta altas horas de la noche, bebiendo, sin decidirse a cortar con esa insensatez porque la espera estaría salpicada de ensoñaciones y promesas, argumentos convincentes para justificarlo. Esas fantasías bastarían, en un momento dado, para que llegara a la conclusión de que debía de haberse puesto enfermo, si no nunca la habría abandonado. Telefonearía al hospital de Kingston, preguntaría por él, le dirían que no estaba ingresado. Después llegaría el día en que fuera a la biblioteca de la facultad, buscara ejemplares atrasados del periódico de Kingston, esculcara las necrológicas para descubrir si por casualidad había muerto de repente. Entonces, rindiéndose de una vez, fría y temblorosa, lo llamaría a la universidad. La chica de su despacho diría que se había ido. A Europa, a California; solo había dado clases allí un semestre. O que estaba de acampada, o de viaje de bodas.

O quizá diría:

—Un segundo, por favor —y se lo pasaría a Rose sin más.

—¿Sí?

—¿Simon?

—Sí.

—Soy Rose.

—¿Rose?

No sería tan drástico. Sería peor.

«Tenía la intención de llamarte», diría, o «Rose, ¿cómo estás?», o incluso «¿Cómo va ese huerto?».

Mejor perderlo ahora. Aun así, al pasar junto al teléfono puso una mano encima, para ver si estaba tibio, quizá, o para alentarlo.

El lunes antes de que amaneciera metió en el maletero del coche el equipaje con lo que creyó necesario y cerró la casa, con el camembert aún chorreando en la encimera de la cocina; condujo hacia el oeste. Pensaba pasar un par de días fuera, hasta que recobrara el sentido común y pudiera hacer frente a las sábanas y a la parcela de tierra arada y el hueco detrás de la cama donde había puesto la mano para notar la corriente. (En tal caso, ¿por qué se llevó las botas y el abrigo de invierno?) Escribió una carta a la escuela —por carta podía mentir de maravilla, pero no por teléfono— en la que decía que la habían llamado desde Toronto por la enfermedad terminal de un allegado. (Quizá no mintiese de maravilla, a fin de cuentas, quizá exageraba.) Apenas había pegado ojo en todo el fin de semana, bebiendo, tal vez no tanto, pero sin parar. «No pienso tolerarlo», dijo en voz alta, muy seria y categóricamente, mientras cargaba el coche. Y encogida en el asiento delantero, escribiendo la carta que podría haber escrito con más comodidad en casa, pensó en cuántas cartas delirantes había escrito, cuántas excusas peregrinas había encontrado, al tener que marcharse de un sitio, o al temer marcharse de un sitio, por un hombre. Nadie sabía hasta qué punto era una insensata, amigos que la conocían desde hacía veinte años no sabían ni la mitad de las veces que había huido, el dinero que se había gastado y los riesgos que había corrido.

Ahí estaba, pensó un rato después: conduciendo un coche, apagando los limpiaparabrisas cuando la lluvia por fin cedió a las diez de la mañana de un lunes, parando a poner gasolina, parando para hacer una transferencia de dinero, ahora que los bancos estaban abiertos; se sentía capaz y animada, sabía de memoria lo que había que hacer, ¿quién iba a imaginar las vergüenzas, los recuerdos vergonzosos, las predicciones que martilleaban en su cabeza? La mayor vergüenza de todas era la esperanza pura y simple, que anida engañosamente al principio, enmascarada con astucia, aunque no por mucho tiempo. En solo una semana puede estar fuera trinando y gorjeando y entonando cánticos a las puertas del cielo. Y que ni siquiera ahora cedía, diciéndole que Simon podía estar entrando por el camino de su casa en ese preciso momento, que podía estar frente a su puerta juntando las manos como si rezara, en broma, disculpándose. *Memento mori.*

Aun así, aun si eso fuera verdad, ¿qué acabaría pasando un día, una mañana cualquiera? Una mañana se despertaría y al oír su respiración sabría que estaba despierto a su lado sin tocarla, y que se suponía que ella tampoco debía tocarlo. En una mujer muchas caricias son exigencias (eso es lo que habría aprendido, o vuelto a aprender, de él); la ternura de las mujeres es codiciosa, su sensualidad es deshonesta. Seguiría allí tumbada deseando haber tenido una tara visible, algo que su vergüenza pudiera cubrir y proteger. Así no tendría que avergonzarse de, cargar con, su mera corporeidad física, su corporeidad tendida y desnuda, digiriendo y pudriéndose. Su carne parecería una calamidad; fofa y porosa, gris y manchada. El cuerpo del hombre no se cuestionaría, jamás; sería el hombre quien condenara y perdonara, ¿y cómo podría saber si la volvería a perdonar? «Ven aquí», le diría, o: «Vete». Desde Patrick nunca había sido la persona libre, la que tenía el poder; quizá lo había agotado todo, y ahora le tocaba pagar.

O tal vez lo oiría en una fiesta, diciendo: «Y entonces supe que todo me iría bien, supe que era un augurio de buena suerte». Contando su historia a alguna chica vulgar y mediocre con un vestido estampado de leopardo, o —mucho peor— a una chica fina de pelo largo con un blusón bordado, que se lo llevaría de la mano, tarde o temprano, hasta la puerta de una habitación o un paisaje donde Rose no podría seguirlos.

Sí, pero ¿no era posible que no pasara nada semejante, no era posible que no hubiese nada más que cariño, y estiércol de oveja, y noches profundas de primavera con las ranas cantando? Que no apareciese el primer fin de semana, o no llamase, tal vez no significaba nada más que unos horarios distintos, y no un mal augurio, ni mucho menos. Pensando así, cada tanto Rose aminoraba, incluso buscaba un sitio donde dar la vuelta. Al final no lo hacía, aceleraba, decidía ir un poco más lejos para asegurarse de tener la cabeza despejada. Volvía a recordarse sola en la cocina, las imágenes de pérdida la acechaban de nuevo. Y así una y otra vez, como si el coche estuviera lastrado por una fuerza magnética, que remitía y aumentaba, remitía y aumentaba, sin que la atracción bastara nunca para obligarla a girar, hasta que, con una curiosidad casi impersonal, empezó a verla como una fuerza física real y a preguntarse si se iba debilitando, a medida que conducía, si en algún punto más adelante el coche y ella se liberarían de pronto, y reconocería el instante en que abandonara su campo.

Así que siguió conduciendo. Muskoka; Lakehead; la frontera de Manitoba. A veces dormía en el coche, aparcado un rato en el margen de la carretera. En Manitoba hacía demasiado frío y se registró en un motel. Comía en restaurantes a pie de carretera. Antes de entrar en un restaurante se peinaba y se maquillaba un poco y ponía esa expresión distante, soñadora y miope que adoptan las mujeres cuando creen que un hombre puede estar mirándolas. Sería demasiado decir que realmente esperaba encontrar a Simon allí, pero parecía que tampoco lo descartaba del todo.

La fuerza se debilitó, con la distancia. Era tan simple como eso, aunque la distancia, pensó luego, habría de cubrirse en coche, o en autobús, o en bicicleta; no podías obtener los mismos resultados en avión. En un pueblo de la llanura desde donde se veían las montañas de Cypress, advirtió el cambio. Había conducido toda la noche hasta que salió el sol a su espalda y se sintió serena y lúcida, como suele pasar en esas ocasiones. Entró en una cafetería y pidió café y huevos fritos. Se sentó en la barra mirando las cosas que acostumbra haber detrás de las barras de las cafeterías: las cafeteras, las porciones brillantes, probablemente rancias, de tarta de limón y de frambuesa, los gruesos platos de vidrio en los que sirven el helado o la gelatina. Fueron esos platos los que le revelaron que se había obrado un cambio en su interior. No podría haber dicho que le gustaran sus líneas, o que le parecieran elocuentes, sin distorsionar la cuestión. Solo podría haber dicho que los vio de un modo que sería imposible en una persona en cualquier fase del amor. Sintió su solidez con una gratitud reconfortante que se asentó en su cerebro y sus pies. Entonces se dio cuenta de que había entrado en esa cafetería sin ideas fantasiosas sobre Simon, de que el mundo ya no era un escenario donde ambos iban a encontrarse y volvía a ser el mundo de siempre. Durante esa media hora pródiga de lucidez antes de que el desayuno le diera tanto sueño que tuvo que irse a un motel, donde se quedó dormida sin desvestirse ni cerrar las cortinas, pensó que el amor te despoja del mundo, y tan infaliblemente cuando va bien como cuando va mal. Eso no debería haber sido una sorpresa para Rose, ni lo fue; la sorpresa fue comprender que si ella quería, si exigía tanto que todo estuviera a su alcance, sólido y rotundo como aquellos platos, tal vez no fuesen el desencanto, las pérdidas, la disolución de lo que había estado huyendo, sino del revés de esas cosas: la celebración y el impacto del amor, el deslumbramiento. Aunque eso fuese una certeza, no podía aceptarla. De las dos maneras te arrebatan algo: un resorte del equilibrio íntimo, unas migajas secas de integridad. O así pensaba ella.

Escribió a la escuela diciendo que, mientras acompañaba en Toronto a su amiga moribunda, se había topado con un viejo conocido que le había ofrecido trabajo en la costa oeste, y que se iba para allá de inmediato. Supuso que podían ponerle problemas, pero supuso también, con acierto, que no se molestarían, dado que las condiciones de su empleo, y en especial su salario, no acababan de estar en regla. Escribió a la agencia que le había alquilado la casa; escribió a la mujer de la tienda para desearle suerte y despedirse. En la sinuosa carretera de Hope a Princeton salió del coche y se quedó bajo la lluvia fría de las montañas del litoral. Se sintió relativamente a salvo, y exhausta, y cuerda, aunque sabía que había dejado atrás a alguna gente que no habría convenido en eso.

La suerte estaba de su lado. En Vancouver quedó con un conocido que buscaba actores para una nueva serie de televisión. Iba a rodarse en la costa oeste y giraba en torno a una familia, o pseudofamilia, de excéntricos y tarambanas que usaban una casa vieja en la isla de Salt Spring como hogar o cuartel general. Rose consiguió el papel de la dueña de la casa, la pseudomadre. Tal y como había dicho en la carta, un trabajo en la costa oeste, posiblemente el mejor trabajo que había tenido en la vida. Hubo que usar unas técnicas especiales, técnicas de envejecimiento, para maquillarle la cara; el maquillador bromeaba diciendo que si la serie era un éxito y se mantenía varios años, al final esas técnicas no harían falta.

Una palabra que estaba en boca de todo el mundo en la costa era «frágil». La gente decía que se sentía frágil, que pasaba por un momento frágil. Pues yo no, replicaba Rose, tengo una intensa sensación de estar hecha de cuero de caballo viejo. El viento y el sol de las llanuras le había bronceado y curtido la piel. Se palmeaba el cuello moreno y arrugado, para enfatizar lo del «cuero de caballo». Ya empezaba a adoptar algunos de los giros, los gestos, del personaje que iba a interpretar.

Un año después, más o menos, Rose estaba en la cubierta de uno de los transbordadores de B.C. Ferries con un suéter descolorido y un pañuelo en la cabeza. Tenía que rodear sigilosamente los botes salvavidas para vigilar a una chica guapa que se estaba congelando de frío con unos vaqueros cortados y una camiseta de tirantes escotada. Según el guion, el personaje de Rose temía que la chica fuese a saltar del barco porque estaba embarazada.

Filmando esa escena atrajeron a un número considerable de curiosos. Cuando cortaron y fueron hacia la parte techada de cubierta, a ponerse los abrigos y tomar café, una mujer de la multitud se acercó y tocó a Rose en el brazo.

—No me recordarás —dijo, y en efecto Rose no la recordaba.

Entonces la mujer empezó a hablar de Kingston, de la pareja que había dado la fiesta, incluso de la muerte del gato de Rose. Rose al final cayó en la cuenta de que era la mujer que estaba escribiendo el ensayo sobre el suicidio, aunque la vio muy cambiada. Llevaba un traje pantalón caro, un pañuelo blanco y beis en el pelo; ya no iba con flequillo y greñuda y desaliñada, ni con pinta de rebelde. Presentó a un marido, que le gruñó a Rose como diciendo que no esperara que hiciese aspavientos por ella. Cuando se alejó, la mujer siguió hablando.

—Pobre Simon —dijo—. ¿Sabes que murió?

Entonces quiso saber si rodarían algo más. Rose sabía por qué lo preguntaba. Quería colarse en el fondo de una escena y avisar luego a sus amigos para que la vieran por televisión. Si llamaba a la gente que había ido a aquella fiesta, tendría que decir que sabía que la serie era un bodrio total, pero que la habían convencido de aparecer en una escena, por mera diversión.

—¿Murió?

La mujer se quitó el pañuelo y el viento le alborotó el pelo sobre la cara.

—Cáncer de páncreas —dijo, y volvió el rostro al viento para poder ponerse otra vez el pañuelo más a su gusto. Rose creyó detectar insinuación y picardía en su voz cuando añadió—: No sé si lo conocías mucho.

¿Con eso pretendía que Rose se preguntara si ella lo conocía mucho? Esa picardía podía servir para pedir ayuda o medir victorias; podía inspirar lástima, quizá, pero jamás confianza. Rose estaba pensando en eso en lugar de pensar en lo que le había contado.

—Una pena —dijo, más seria ahora, mientras encogía la barbilla para anudarse el pañuelo—. Una pena. Lo tuvo mucho tiempo.

Alguien estaba llamando a Rose; tenía que volver al rodaje. La chica no se tiraba al mar. No pasaban esas cosas en la serie. Esas cosas siempre amenazaban con pasar pero no pasaban, salvo de vez en cuando a personajes periféricos y poco atractivos. Los espectadores confiaban en quedar protegidos de esos desastres predecibles, así como de los giros dramáticos que lanzan la trama a la incógnita, los vuelcos que exigen nuevos planteamientos y soluciones, y abren las ventanas a escenarios inolvidables poco apropiados.

Que Simon muriera se le antojó a Rose como uno de esos giros. Era absurdo, era injusto, que un suceso de ese calado hubiese quedado fuera del guion, y que Rose incluso a esas alturas pudiese haberse creído la única que realmente estaba indefensa.

Letra por letra

En la tienda, en los viejos tiempos, Flo solía decir que sabía cuándo una mujer empezaba a perder la chaveta. Un sombrero o un calzado peculiar a menudo eran los primeros indicios. Llevar las galochas abiertas un día de verano. Ir deambulando por ahí con unas botas de caucho o unas botas de trabajo de hombre. Ya podían decir que las llevaban por los callos, pero a Flo no se la pegaban. No era casualidad, eran formas de delatarse. A continuación vendría el viejo sombrero de fieltro, el impermeable raído hiciera el tiempo que hiciese, los pantalones sujetos a la cintura con un cordel, los pañuelos descoloridos hechos jirones, las capas de jerséis deshilachados.

Madres e hijas a menudo acababan igual. Se llevaba en la sangre. Arranques de locura que siempre afloraban, irresistibles como la risa, de algún lugar muy adentro, y al final ganaban la batalla.

Solían acudir a Flo con sus historias. Flo les daba cuerda.

—¿No me digas? —decía—. ¡Pues sí que es una vergüenza!

«Me ha desaparecido el rallador de la verdura y sé quién se lo llevó.»

«Hay un hombre que viene y me mira cuando me desvisto por la noche. Bajo la persiana, pero mira por la rendija.»

«Dos montones de patatas nuevas robadas. Un tarro de melo-cotones en almíbar. Unos hermosos huevos de pata.»

A una de aquellas mujeres al final se la llevaron a la residencia municipal. «Allí lo primero que hicieron —dijo Flo— fue bañar-la. Luego le cortaron el pelo, que estaba hecho un almiar. A saber lo que podía haber ahí, un pájaro muerto, o una camada de rato-nes disecados, cualquier cosa. De la maraña se sacaron abrojos y hojarasca y una abeja muerta, que debió de quedar atrapada en la maraña. Cuando le habían cortado ya bastante, encontraron un gorro. Se le había podrido en la cabeza y el pelo había crecido a través de la tela, como la hierba a través de una alambrada.»

Flo se había acostumbrado a dejar la mesa puesta para la siguien-te comida, y así ahorrarse faena. El hule de plástico estaba pegajo-so, con los cercos del plato y el platito del café marcados encima como el contorno de unos cuadros en una pared grasienta. El fri-gorífico estaba lleno de sobras rancias, cortezas oscuras, restos pastosos. Rose se puso manos a la obra limpiando, rascando, es-caldando. A veces Flo se acercaba caminando torpemente con sus dos bastones. Podía ignorar de lleno la presencia de Rose, podía llevarse el frasco de jarabe de arce a la boca y beber a morro como si fuera vino. Ahora le encantaban las cosas dulces, las reclamaba. Azúcar moreno a cucharadas, jarabe de arce, budines de lata, gela-tina, mazacotes empalagosos que tragaba con gula. Había dejado de fumar, probablemente por miedo a un incendio.

En otro momento había salido con otra de las suyas.

—¿Qué haces tú detrás del mostrador? Pídeme lo que quieres, y yo te lo traeré —dijo. Creía que la cocina era la tienda.

—Soy Rose —dijo Rose en voz alta, recalcando las palabras—. Estamos en la cocina. Estoy limpiando la cocina.

El orden de la cocina siempre había sido misterioso, personal, excéntrico. Sartén grande en el horno, sartén mediana debajo de la cazuela de barro en el estante del rincón, sartén pequeña colgada del gancho junto al fregadero. Escurridor debajo del fregadero. Trapos de rejilla, recortes de periódico, tijeras, moldes de magdalenas colgados de clavos varios. Montones de facturas y cartas encima de la máquina de coser, de la repisa del teléfono. Cualquiera hubiese dicho que las había dejado ahí hacía un día o dos, pero llevaban años en el mismo sitio. Rose había descubierto unas viejas cartas que le había escrito a Flo, con un estilo forzado y vivaracho. Mensajeros falsos; conexiones falsas, con un período perdido de su vida.

—Rose está fuera —dijo Flo. Ahora le daba por ponerse de morros cuando algo la contrariaba o la desconcertaba—. Rose se casó.

La segunda mañana Rose se levantó y encontró la cocina revuelta, como si alguien lo hubiese removido todo con un cucharón gigantesco. La sartén grande estaba en el hueco del frigorífico; la espumadera estaba en el cajón de los paños; el cuchillo del pan estaba en el tarro de la harina, y la bandeja del horno, encajada en las tuberías debajo del fregadero. Rose preparó las gachas del desayuno y Flo dijo:

—Tú eres esa mujer a la que mandan para que me cuide.

—Sí.

—¿No eres de por aquí?

—No.

—No tengo dinero para pagarte. Si te mandan ellos, que te paguen.

Flo empezó a poner azúcar moreno en las gachas hasta cubrirlas del todo, y luego lo alisó con la cuchara.

Después de desayunar echó el ojo a la tabla de cortar, que Rose había estado usando para cortar el pan de las tostadas.

—¿Qué hace ese chisme aquí en medio de nuestra carretera? —dijo Flo autoritariamente, cogiendo la tabla y saliendo con paso firme, tan firme como se puede caminar con dos bastones, a esconderla en algún sitio, en el banco del piano o debajo de los escalones del porche.

Años atrás, Flo había hecho construir una pequeña galería acristalada en uno de los lados de la casa. Desde allí podía ver la carretera, igual que solía verla desde el mostrador de la tienda (el antiguo escaparate ahora estaba sellado, los viejos carteles de publicidad pintados encima). La carretera ya no era la carretera principal que salía de Hanratty y pasaba por Hanratty Oeste hasta el lago; había una circunvalación. Y además ahora estaba pavimentada, con anchas cunetas, nuevas farolas de vapor de mercurio. El viejo puente había desaparecido y otro puente nuevo, ancho, mucho menos contundente, ocupaba su lugar. El paso de Hanratty a Hanratty Oeste apenas se advertía. Hanratty Oeste se había acicalado con pintura y revestimientos de aluminio; la casa de Flo era prácticamente el único pegote que quedaba.

¿Qué adornos puso Flo para regalarse la vista, en su galería, donde había pasado años sentada mientras sus articulaciones y arterias se anquilosaban?

Un calendario con una imagen de un perrito y un gatito. Se miraban uno al otro con los hocicos pegados, y el espacio entre los dos cuerpos formaba un corazón.

Una fotografía, en color, de la princesa Ana de niña.

Un jarrón esmaltado de cerámica Blue Mountain, regalo de Brian y Phoebe, con tres rosas amarillas de plástico dentro, jarrón y rosas cargados del polvo de varias temporadas.

Seis conchas de la costa del Pacífico, que Rose le mandó pero que no había recogido ella, como Flo creía, o había creído alguna vez. Las compró unas vacaciones en el estado de Washington. Eran uno de esos artículos de recuerdo que se venden en bolsas de plástico junto a la caja de un restaurante turístico.

EL SEÑOR ES MI PASTOR, un rótulo en caligrafía negra salpicada con un destello de purpurina. Obsequio de una marca de productos lácteos.

La fotografía de un periódico donde aparecían siete ataúdes en hilera. Dos grandes y cinco pequeños. Padre, madre e hijos, todos asesinados a tiros por el padre en plena noche, por razones que nadie sabía, en una granja en medio del campo. Esa casa no era fácil de encontrar, pero Flo la había visto. Unos vecinos la llevaron en coche, un domingo, en la época en que solo usaba un bastón. Tuvieron que pedir indicaciones en una gasolinera de la autopista, y de nuevo en una tienda de un cruce. Les dijeron que mucha gente había hecho las mismas preguntas, movida por la misma curiosidad. Aunque Flo tuvo que reconocer que no había gran cosa que ver. Una casa como cualquier otra. La chimenea, las ventanas, las tejas de madera, la puerta. Algo que tal vez fuera un trapo de cocina, o un pañal, que nadie se había tomado la molestia de quitar, pudriéndose en el tendedero.

Rose llevaba casi dos años sin ir a visitar a Flo. Había estado ocupada, había viajado con compañías pequeñas, financiadas con subvenciones, montando obras o escenas de obras, o haciendo lecturas dramatizadas, en auditorios de instituto o pabellones municipales, por todo el país. Era parte de su trabajo salir en la televisión local charlando acerca de esos montajes, intentando despertar interés, contando historias divertidas sobre cosas que habían pasado durante la gira. No había nada vergonzoso en eso, pero a veces Rose sentía un profundo y inexplicable pudor. Disimulaba su turbación. Cuando hablaba en público era franca y encantadora; relataba sus anécdotas con perplejidad, tímidamente, como si las recordara de pronto y no las hubiera contado ya cien veces. Al volver a la habitación del hotel a menudo le entraban escalofríos y gemía, como con calentura. Lo achacaba al agotamiento, o a la menopausia inminente. No conseguía recordar a ninguna de las personas que había conocido, la gente adorable, interesante, que la había invitado a comer y a quien, tomando copas en las diversas ciudades, le había contado cosas íntimas de su vida.

El abandono en la casa de Flo había ganado la última mano, desde la última visita de Rose. Las habitaciones estaban taponadas con trapos, papeles y tierra. Abre un postigo para que entre un poco de luz y te quedas con el postigo en la mano. Sacude una cortina y se cae hecha trizas, en medio de una polvareda asfixiante. Mete una mano en un cajón y se hunde en algo blando y oscuro y mugriento.

«Lamentamos escribir con malas noticias, pero parece que ya no puede valerse por sí misma. Aunque nosotros intentamos pasar a verla, tampoco somos jóvenes, así que quizá haya llegado el momento.»

Rose y su hermanastro, Brian, que era ingeniero y vivía en Toronto, habían recibido más o menos la misma carta. Rose acababa de volver de gira. Había supuesto que Brian y su mujer, Phoebe, a quienes apenas veía, se mantenían en contacto con Flo.

A fin de cuentas Flo era madre de Brian, y madrastra de Rose. Y resultó que sí se habían mantenido en contacto, o al menos eso creían. Brian acababa de volver hacía poco de Sudamérica, pero Phoebe llamaba a Flo todos los domingos por la noche. Flo no contaba demasiado, aunque la verdad es que nunca había hablado mucho con Phoebe; decía que estaba bien, que todo iba bien, hacía algún comentario sobre el tiempo. Rose había observado a Flo al teléfono, desde que había regresado a casa, y entendía que Phoebe no hubiera sospechado nada. Flo hablaba con normalidad, decía hola, bien, qué tormenta tan grande cayó anoche, sí, aquí hubo un apagón de varias horas. Si no vivías en los alrededores, no podías saber que no hubo ninguna tormenta.

No era que Rose se hubiese desentendido de Flo esos dos años. Se preocupaba por ella a rachas. Solo que casualmente ahora entre racha y racha había pasado un tiempo. Una vez la asaltó la preocupación en medio de una gran nevada, en enero, condujo trescientos kilómetros a través de las ventiscas, pasando coches abandonados en la cuneta, y cuando al fin aparcó delante de la casa y consiguió subir por el sendero que Flo no había sido capaz de despejar con la pala, se sintió tan aliviada de saberse allí como inquieta por Flo; un torbellino de sentimientos a la vez angustiosos y reconfortantes. Flo abrió la puerta y soltó un rugido de advertencia.

—¡No puedes aparcar ahí!

—¿Qué?

—¡Que ahí no se aparca!

Flo dijo que había una nueva ordenanza municipal; no se podía aparcar en la calle los meses de invierno.

—Tendrás que quitar la nieve para hacerle sitio.

Naturalmente, Rose estalló:

—Si dices una palabra más, ahora mismo me subiré en el coche y daré media vuelta.

—Pues no puedes aparcar…

—¡Una sola palabra!

—¿Por qué tienes que quedarte ahí a discutir con el frío metiéndose en casa?

Rose entró. Estaba en casa.

Esa era una de las historias que Rose contaba al hablar de Flo. Se recreaba en la escena; su propio cansancio y su sentido de la virtud; el rugido de Flo, blandiendo el bastón, negándose con ferocidad a ser objeto de salvación de nadie.

Después de leer la carta, Rose había llamado a Phoebe, y Phoebe la había invitado a cenar a su casa, para que pudieran hablar con calma. Rose se propuso mantener las formas. Tenía la idea de que Brian y Phoebe albergaban siempre un turbio rechazo hacia ella. Creía que menospreciaban su éxito, por limitado y precario y provinciano que fuera, y que la menospreciaban aún más cuando fracasaba. También sabía que seguramente no pensaban tanto en ella, ni sentían nada tan definido.

Se puso una falda lisa y una blusa vieja, pero al final se cambió y eligió un vestido largo, de gasa roja y dorada hecho en India, ni más ni menos que el tipo de atuendo ideal para que tacharan a Rose de histriónica.

Aun así se convenció, como siempre, de que no levantaría la voz, se ceñiría a los hechos, no se enzarzaría en viejas y absurdas rencillas con Brian. Y como siempre, el sentido común pareció evaporarse de su cabeza en cuanto entró en su casa, se vio sometida a sus pausadas rutinas, sintió el halo de satisfacción, de complacencia, una complacencia del todo justificada, que emanaba incluso de los cuencos y las tapicerías. Se puso nerviosa cuando Phoebe le preguntó por su gira, y Phoebe también estaba un poco nerviosa, porque Brian permanecía callado, no exactamente ceñudo pero indicando que la frivolidad del tema no era de su agrado. Brian había dicho más de una vez delante de Rose que los de su gremio le parecían un hatajo de inútiles. A decir verdad, mucha gente le parecía inútil. Actores, artistas, reporteros, gente rica (nunca reconocería que él estaba en el mismo saco), el profesorado de humanidades y bellas artes en pleno. Clases y categorías enteras, a la cloaca. Condenados por fatuidad y comportamiento estrafalario; por opinar al tuntún, por excesos varios. Rose no sabía si lo decía con sinceridad o si necesitaba decirlo delante de ella. Ofrecía el señuelo de su desdén sin levantar la voz; ella picaba; se peleaban, ella se iba de su casa llorando. Y a pesar de todo, creía Rose, se querían. Solo que no eran capaces de superar las viejas rivalidades; ¿quién es mejor persona, quién ha elegido la mejor profesión? ¿Qué buscaban, en el fondo? La buena opinión del otro, que quizá estaban dispuestos a concederse, plenamente, aunque no todavía. Phoebe, que era una mujer tranquila y diligente con un gran talento para aplacar los ánimos (justo al revés del talento de su familia para exasperarlos), servía la comida y servía el café y los observaba con un estupor discreto; sus riñas, su vulnerabilidad, su dolor, tal vez se le antojaran tan absurdos como los personajes de los tebeos que meten los dedos en un enchufe haciendo de las suyas.

—Siempre deseé que Flo volviera a pasar una temporada con nosotros —dijo Phoebe.

Flo había ido de visita una vez, y al cabo de tres días pidió que la llevaran de vuelta a casa. Luego, sin embargo, disfrutaba enumerando todo lo que Brian y Phoebe tenían, los detalles de la vivienda. Brian y Phoebe vivían en Don Mills, sin grandes ostentaciones, y Flo se recreaba en las típicas comodidades de un barrio residencial: las campanillas de la entrada, las puertas automáticas del garaje, la piscina. Cuando Rose se lo dijo, Flo pensó que estaba celosa.

—Seguro que no las rechazarías si te las regalaran.

—Pues sí.

Era la verdad, Rose creía que era cierto, pero ¿cómo podía explicárselo a Flo o a cualquiera que viviese de Hanratty? Si te quedas en Hanratty y no te haces rico, no pasa nada, porque es la vida que te ha tocado, pero si te vas y no te haces rico, o, como Rose, dejas de ser rico, entonces ¿qué sentido tiene?

Después de cenar, Rose fue a sentarse con Brian y Phoebe al jardín, cerca de la piscina, donde la más pequeña de las cuatro hijas de Brian y Phoebe se bañaba con un dragón inflable. Todo había sido cordial, por el momento. Habían decidido que Rose iría a Hanratty, que haría los trámites para internar a Flo en la residencia municipal de Wawanash. Brian ya había hecho algunas indagaciones, o quizá su secretaria se ocupó de hacerlas, y al parecer no solo era más barata sino que estaba mejor gestionada, con más servicios, que cualquier residencia privada.

—Puede que se encuentre con viejos amigos, allí —dijo Phoebe.

La docilidad de Rose, su buen comportamiento, en parte se basaba en una visión que llevaba recreando toda la tarde, y que nunca les revelaría a Brian y Phoebe. Se imaginaba yendo a Hanratty a ocuparse de Flo, viviendo con ella, cuidándola todo lo que fuese necesario. Pensaba en que limpiaría y pintaría la cocina de Flo, cambiaría las tejas donde hubiese goteras (esa era una de las cosas que se mencionaban en la carta), plantaría flores en las macetas, y haría sopas nutritivas. No llegó tan lejos para imaginar a Flo encajando cómodamente en esa escena, entregándose a una vida apacible de gratitud. Pero cuanto más gruñona se pusiera Flo, más dulce y paciente se volvería Rose, y entonces ¿quién podría acusarla de egoísmo y frivolidad?

Esa visión no sobrevivió a los primeros dos días de estar en casa.

—¿Te apetece un budín? —dijo Rose.

—Bah, me da igual.

La indiferencia que alguna gente finge, con un atisbo de esperanza, cuando le ofrecen una copa.

Rose preparó un bizcocho borracho. Con frutos del bosque, melocotones, crema pastelera, nata montada y jerez dulce.

Flo se comió la mitad de la fuente. Metía la cuchara con avaricia, sin molestarse en poner una porción en un cuenco más pequeño.

—Estaba riquísimo —dijo. Rose nunca le había oído reconocer un placer con tanta fruición—. Riquísimo —repitió Flo. Se quedó absorta en sus recuerdos, paladeando, y soltó un leve eructo. La etérea suculencia de la crema, la acidez de los frutos rojos, los melocotones carnosos, el lujo del bizcocho empapado en jerez, la munificencia de la nata montada.

Rose pensó que en toda su vida había hecho nada que complaciera tanto a Flo.

—Pronto prepararé otro.

Flo volvió en sí.

—Ah, bueno. Haz lo que te venga en gana.

Rose fue en coche a la residencia municipal. La acompañaron a recorrer el centro. Intentó comentar la visita con Flo cuando volvió a casa.

—¿La residencia de quién? —dijo Flo.

—No, la residencia de ancianos.

Rose mencionó a gente que había visto allí. Flo negaba conocer a nadie. Rose habló de las vistas y de las habitaciones agradables. Flo parecía enfadada; se le oscureció el semblante y se puso de morros. Rose le dio un móvil que había comprado por cincuenta centavos en el centro de artesanía de la residencia. Las figuras de los pájaros de papel azul y amarillo saltaban y bailaban, mecidas por corrientes indetectables de aire.

—Métetelo por el culo —dijo Flo.

Rose colgó el móvil en el porche y le dijo que había visto subir las bandejas de la cena.

—Si pueden van al comedor, y si no, les llevan la bandeja a la habitación. Vi lo que les ponían.

Silencio.

—Rosbif, bien hecho, puré de patatas y judías verdes, de las congeladas, no de lata. O tortilla francesa. Podías elegir una tortilla de champiñones o de pollo, o tortilla sin guarnición, si querías.

—¿Qué había de postre?

—Helado. Podías ponerle salsa.

—¿Qué clase de salsas tenían?

—Chocolate. Caramelo. De nueces.

—No puedo comer nueces.

—También había de malvavisco.

En la residencia dividían a los ancianos por niveles. En la primera planta estaban los más espabilados y pulcros. Paseaban por allí, normalmente con ayuda de un bastón. Se visitaban unos a otros en las habitaciones, jugaban a las cartas. Hablaban con voz cantarina y tenían pasatiempos. En el centro de artesanía pintaban cuadros, bordaban alfombras, hacían colchas de retales. Si no eran capaces de hacer esas cosas, podían hacer muñecas de trapo, móviles como el que Rose compró, caniches y muñecos de nieve que construían con bolas de porexpán, con ojos de lentejuelas; también hacían siluetas de cartulina con un punzón: caballeros a lomos de un corcel, buques de guerra, aviones, castillos.

Organizaban conciertos; programaban bailes; montaban torneos de damas.

—Algunos dicen que son más felices aquí de lo que han sido en toda su vida.

En el piso de arriba había más horas de televisión, más sillas de ruedas. Había quienes no podían mantener la cabeza erguida, o les colgaba la lengua, o les temblaban las extremidades sin remedio. Aun así todavía socializaban, y conservaban la lucidez, con lagunas o ausencias esporádicas.

En la tercera planta podías llevarte algún susto.

Algunos habían dejado de hablar.

Otros habían renunciado a moverse, salvo por extraños espasmos y gestos con la cabeza, sacudidas de los brazos, que parecían no tener propósito ni control.

A casi todos había dejado de preocuparles estar mojados o secos.

Los cuerpos eran alimentados y aseados, levantados y atados a las sillas, desatados y tendidos en las camas. Inhalando oxígeno, exhalando dióxido de carbono, continuaban participando en la vida del mundo.

Encogida en su cama de barandas, con pañales, oscura como una nuez, con tres penachos de pelo que brotaban de la cabeza como pelusa de diente de león, una anciana hacía ruidos estridentes y temblorosos.

—Hola, tía —dijo la enfermera—. Hoy te toca deletrear palabras. Hace un tiempo precioso fuera. —Se inclinó para hablarle al oído a la anciana—. ¿Puedes deletrear «tiempo»?

Esa enfermera enseñaba las encías al sonreír, cosa que hacía en todo momento; tenía un aire de euforia casi demente.

—Tiempo —dijo la anciana. Se tensó hacia delante, gruñendo, para sacar la palabra. Rose pensó que quizá iba a hacer de vientre—. T-I-E-M-P-O.

Eso le recordó a otra cosa.

—Tiemblo. T-I-E-M-B-L-O.

Hasta ahí, estupendo.

—Ahora dígale algo usted —le pidió la enfermera a Rose.

Por un instante todas las palabras que se le ocurrían eran obscenas y desesperadas.

Pero sin necesidad de ayuda, le vino otra.

—Bosque. B-O-S-Q-U-E.

—Celebrar —dijo Rose de repente.

—C-E-L-E-B-R-A-R.

Tenías que aguzar mucho el oído para descifrar lo que la anciana decía, porque apenas vocalizaba. Las palabras no parecían salir de su boca o su garganta, sino de las profundidades de sus pulmones y su barriga.

—¿No es increíble? —dijo la enfermera—. La pobre no ve, y esta es la única manera de comprobar que aún oye. Igual le dices «Aquí está la cena», y no hace caso a la comida, pero de pronto deletrea «cena».

Para ilustrarlo dijo «cena», y la anciana pilló la palabra al vuelo. «C-E-N...» A veces se hacía una larga espera entre una letra y otra. Parecía que solo tuviera un hilo finísimo para seguir, vagando por ese vacío o confusión que nadie a este lado puede más que intuir. Pero no lo soltaba, lo seguía hasta el final, por difícil que fuese la palabra, o ardua. Y terminaba. Entonces se quedaba esperando; esperando, en medio de un día sin imágenes ni incidentes, hasta que alguien le soltara otra palabra. Ella la cercaría, volcaría toda su energía para conquistarla. Rose se preguntó cómo eran las palabras que rondaban en su cabeza. ¿Contenían su significado habitual, o un significado cualquiera? ¿Eran como las palabras en los sueños o en la mente de los niños pequeños, cada una maravillosa y definida y viva como un animal nuevo? Esa lacia y clara, como una medusa; aquella dura y tosca y misteriosa, como una nerita. Podían ser austeras y cómicas como los sombreros de copa, o suaves y alegres y aduladoras como cintas. Un desfile de visitantes secretos, que aún no había terminado.

Algo despertó a Rose a la mañana siguiente. Estaba durmiendo en la pequeña galería acristalada, el único lugar en casa de Flo donde el olor era soportable. El cielo estaba lechoso y empezaba a clarear. Los árboles al otro lado del río, que pronto se talarían para alojar un recinto de caravanas, se agazapaban bajo el cielo del amanecer como animales siniestros y greñudos, como búfalos. Rose había tenido un sueño. Era un sueño claramente relacionado con su visita a la residencia del día anterior.

Alguien la conducía por un gran edificio donde había gente enjaulada. Todo era oscuro y borroso al principio, y Rose protestaba por aquellas condiciones miserables. Sin embargo, a medida que avanzaba, las jaulas eran más amplias y más elaboradas, semejantes a enormes jaulas de mimbre, pajareras victorianas, con armazones y adornos sofisticados. Estaban sirviendo comida a la gente de las jaulas, y Rose la examinó, vio los manjares; mousse de chocolate, bizcocho borracho, tarta Selva Negra. Entonces en una de las jaulas descubrió a Flo, sentada majestuosamente en una especie de trono, deletreando palabras en una voz clara y autoritaria (Rose, al despertarse, no logró recordar qué palabras eran), complacida por exhibir poderes que hasta ahora había mantenido en secreto.

Rose aguzó el oído tratando de escuchar la respiración de Flo, o algún movimiento, en su cuarto atestado de trastos. No oyó nada. ¿Y si había muerto? ¿Y si había muerto en el momento exacto en que hacía su aparición radiante, ufana, en su sueño? Rose se levantó de un salto y corrió descalza hasta la habitación de Flo. Vio que la cama estaba vacía. Fue a la cocina y encontró a Flo sentada al lado de la mesa, vestida para salir, con la gabardina azul marino y el turbante a juego que había llevado en la boda de Brian y Phoebe. La gabardina estaba arrugada y necesitaba pasar por el tinte, el turbante estaba torcido.

—Ya estoy lista para ir —dijo Flo.

—¿Ir adónde?

—Allá —dijo Flo, con un gesto brusco de la cabeza—. Al sitio ese, como se llame. El asilo.

—La residencia —dijo Rose—. No hace falta que vayas hoy.

—Te contrataron para llevarme, así que espabila y llévame —dijo Flo.

—No me contrataron. Soy Rose. Te prepararé una taza de té.

—Prepárala. No me la voy a tomar.

A Rose le hizo pensar en una mujer al ponerse de parto. Tal era su concentración, su determinación, su urgencia. Rose pensó que Flo sentía la muerte moviéndose dentro de ella como una criatura, preparándose para desgarrarla. Así que dejó de discutir, se vistió, le preparó deprisa un bolso, la metió en el coche y la llevó a la residencia. Sin embargo, en cuanto a una muerte rápida y liberadora para Flo, se equivocaba.

Un tiempo antes de esto, Rose había actuado en una obra, que se emitió por la televisión nacional. *Las troyanas*. Ella no tenía texto, y de hecho estaba en la obra solo por hacerle un favor a una amiga, que había conseguido un papel mejor en otro sitio. Al director se le ocurrió animar todo el llanto y el luto haciendo aparecer a las troyanas con los senos al aire. Mostraban un solo seno, el derecho en el caso de los personajes de la realeza, como Hécuba y Helena; el izquierdo, en el caso de las vírgenes o esposas plebeyas, como Rose. Rose no se sentía realizada por ese exhibicionismo, a fin de cuentas ya tenía una edad y el busto se iba cayendo, pero se acostumbró a la idea. No contaba con la sensación que causarían. No pensó en cuánta gente vería la obra. Se olvidó de esas regiones del país donde no hay canales para elegir los concursos, las persecuciones policíacas, las telecomedias estadounidenses que a uno se le antojen, sino que por fuerza hay que aguantar tertulias de asuntos públicos y visitas por galerías de arte y dramas de altos vuelos. No pensó que se quedarían tan pasmados, tampoco, ahora que en los expositores de revistas de todos los pueblos se servían sin tapujos muslos y pechugas. ¿Cómo pudo desatarse semejante escándalo por esas troyanas de ojos tristes, que se aterían de frío y luego sudaban a mares bajo los focos, mal maquilladas con talco, todas con un aspecto más bien ridículo sin sus parejas, más bien patéticas y antinaturales, como tumores?

A raíz de eso, Flo le tomó el gusto a la pluma y el papel, forzó sus dedos aún hinchados, prácticamente inútiles por la artritis, para escribir la palabra «vergüenza». En la carta decía que si el padre de Rose levantara la cabeza, querría morirse otra vez. Eso era verdad. Rose leyó en voz alta la carta, o un fragmento, a unos amigos que tenía en casa a cenar. La leyó para poner una nota cómica, y también dramática, para mostrar el abismo que había dejado atrás, aunque si se detenía a pensarlo, se daba cuenta de que ese abismo no tenía nada de especial. La mayoría de sus amigos, que a ella le parecían gente trabajadora, inquieta y optimista, podían decir que eran una decepción para la familia, que en casa los repudiaban o rezaban por ellos.

Hacia la mitad de la carta tuvo que parar de leer. No porque considerara una vileza exponer así a Flo y burlarse de ella. A menudo lo había hecho antes; la vileza no era ninguna novedad para ella. En realidad lo que la detuvo fue precisamente ese abismo; del que de pronto tomó una conciencia abrumadora, y que no hacía ninguna gracia. Los reproches de Flo tenían tanto sentido como protestar por el uso de paraguas, o advertir de no comer uvas pasas.

Sin embargo, los hacía con todo el dolor de su corazón; eran todo lo que una vida difícil podía ofrecer. Vergüenza por un seno desnudo.

En otra ocasión, Rose iba a recibir un premio. Además de otras personas. Se celebraba una recepción, en un hotel de Toronto. A Flo le habían mandado una invitación, pero Rose no pensó en ningún momento que fuese a asistir. Se sintió obligada a dar algún nombre cuando los organizadores le preguntaron si asistiría la familia, y no quiso dar los de Brian y Phoebe. Claro que tal vez, en secreto, quería que Flo fuese, quería darle una lección, intimidarla, apartarse de una vez de su sombra. Habría sido natural.

Flo llegó en el tren, sin avisar. Encontró el hotel. Ya estaba artrítica, entonces, pero aún se movía sin bastón. Siempre había vestido decentemente, ropa sobria, modesta, pero ahora parecía que se hubiera gastado dinero y pedido consejo. Llevaba un traje pantalón a cuadros malva y violeta, y un collar de abalorios que recordaban a palomitas de maíz blancas y amarillas. Se había puesto una peluca gris azulada, encasquetada sobre la frente como una boina de lana. Del escote de pico de la chaqueta, y de las mangas demasiado cortas, su cuello y sus muñecas sobresalían morenos y verrugosos, como cubiertos de corteza. Cuando vio a Rose se quedó quieta, de pie. Se diría que estaba esperando; no solo a que Rose fuese hacia ella, sino a que cristalizaran sus impresiones ante la escena que tenía delante.

Pronto lo hicieron.

—¡Mira al negro ese! —dijo Flo a voces antes de que Rose pudiese acercarse. Su tono era de asombro simple, satisfecho, como si se hubiese asomado al Gran Cañón o hubiese visto naranjas creciendo de un árbol.

Se refería a George, que iba a recibir uno de los premios, y que se volvió para ver si alguien le apuntaba una frase cómica. Y lo cierto es que Flo parecía un personaje cómico, salvo que su desconcierto, su autenticidad, eran apabullantes. ¿Se dio cuenta del revuelo que había armado? Probablemente. Después de soltar aquel despropósito cerró la boca, no volvió a hablar más que con parcos monosílabos, no comió nada ni bebió nada de lo que le ofrecieron, no quiso sentarse, se quedó allí plantada e impasible en medio de aquella reunión de gente con barba y con abalorios, unisexual y descaradamente variopinta, hasta que se hizo la hora de que la acompañaran al tren y la enviasen de vuelta a casa.

Rose encontró aquella peluca debajo de la cama cuando hizo zafarrancho de limpieza después de ingresar a Flo. La llevó a la residencia junto con alguna ropa que había lavado o mandado a la tintorería, y unas medias, polvos de talco y colonia que compró. A veces Flo parecía creer que Rose era una doctora, y decía: «No quiero que me examine ninguna mujer, ya puede largarse». Pero cuando vio a Rose con la peluca, dijo:

—¡Rose! ¿Qué tienes en las manos, es una ardilla gris muerta?

—No —dijo Rose—. Es una peluca.

—¿Qué?

—Una peluca —dijo Rose, y Flo se echó a reír. Ella se rio también. Desde luego la peluca parecía un gato o una ardilla muerta, a pesar de que la había lavado y cepillado; daba grima verla.

—Por Dios, Rose, he pensado: «¡Qué hace trayéndome una ardilla muerta! Si me la pongo, seguro que alguien me pega un tiro».

Rose se la puso en la cabeza, por seguir la broma, y Flo se rio tanto que se balanceaba atrás y adelante en la cama.

—No sé para qué me han puesto estas barandas en la cama —dijo cuando recobró el aliento—. Oye, ¿tú y Brian os estáis portando bien? No os peleéis, que tu padre se pone de los nervios. ¿Sabes cuántas piedras me sacaron de la vesícula? ¡Quince! Una tan grande como un huevo de pollita. Las guardé no sé dónde. Voy a llevármelas a casa. —Levantó las sábanas, buscando—. Estaban en un frasco.

—Ya las tengo —dijo Rose—. Las llevé a casa.

—Ah, ¿sí? ¿Se las enseñaste a tu padre?

—Sí.

—Ah, bueno, pues ahí es donde están —dijo Flo, y se estiró y cerró los ojos.

¿Quién te crees que eres?

Había algunas cosas de las que Rose y su hermano Brian podían hablar con tranquilidad, sin encallarse en cuestiones de principios o defender posturas, y una de ellas era Milton Homer. Ambos se acordaban de que cuando les tocó quedarse en casa con sarampión y colgaron un aviso de cuarentena en la puerta —de eso hacía mucho tiempo, fue antes de que su padre muriera y de que Brian empezara la escuela—, Milton Homer pasó por la calle y lo leyó. Oyeron que cruzaba el puente y, como de costumbre, iba refunfuñando en voz alta. Nunca pasaba en silencio a menos que tuviese la boca llena de caramelos; de lo contrario iba chillando a los perros y arremetiendo contra los árboles y los postes de teléfono, mascullando por viejos agravios.

—¡Y no lo hice, no lo hice y no lo hice! —gritaba, pateando la baranda del puente.

Rose y Brian apartaron la colcha de la ventana, que les habían puesto para impedir que entrara la luz y se quedaran ciegos.

—Milton Homer —dijo Brian con admiración.

Entonces Milton Homer vio el aviso en la puerta. Giró, subió los escalones y lo leyó. Sabía leer. Iba por la calle principal leyendo todos los carteles en voz alta.

Rose y Brian se acordaban de eso y coincidían en que fue por la puerta lateral, donde Flo más adelante agregó la galería; antes solo había una pequeña rampa de madera, y recordaban a Milton Homer allí plantado. Si el aviso de cuarentena estaba allí y no en la puerta de la fachada, por donde se entraba en la tienda de Flo, debía de ser porque la tienda estaba abierta; eso parecía raro, y solo se explicaba suponiendo que Flo había intimidado al funcionario de sanidad municipal. Rose no se acordaba de eso; solo se acordaba de Milton Homer en la rampa, con su cabezota ladeada y un puño en alto para llamar.

—Sarampión, ¿eh? —decía. Al final no llamó; pegó la cabeza a la puerta y gritó—: ¡A mí no me dais miedo!

Entonces dio media vuelta, aunque se quedó en el patio. Se acercó al columpio, se sentó, se agarró de las cuerdas y empezó, primero con aire taciturno y luego con un entusiasmo feroz, a columpiarse.

—¡Milton Homer está en el columpio, Milton Homer está en el columpio! —exclamó Rose. Había ido corriendo desde la ventana al hueco de la escalera.

Flo fue desde donde estaba a mirar por la ventana que daba a ese lado.

—No le hará nada al columpio —dijo Flo, para su sorpresa. Rose pensaba que saldría a ahuyentarlo con la escoba. Después se preguntó si Flo se había asustado. Difícilmente. Más bien eran los miramientos que la gente tenía con Milton Homer.

—¡No me puedo sentar ahí si se ha sentado él!

—¡Tú! ¡Vuelve a la cama!

Rose regresó al cuarto oscuro y sin ventilar donde pasaban el sarampión y empezó a contarle a Brian una historia que pensó que no iba a gustarle.

—Cuando eras un bebé, Milton Homer fue y te levantó de la cuna.

—Anda ya.

—Fue y te cogió en brazos y preguntó cómo te llamabas. Lo recuerdo.

Brian fue hasta el hueco de la escalera.

—Eh, ¿Milton Homer fue y me cogió y preguntó cómo me llamaba? ¿Cuando yo era bebé?

—Dile a Rose que hizo lo mismo con ella.

Rose ya se lo imaginaba, aunque no iba a mencionarlo. La verdad es que no sabía si recordaba a Milton Homer alzando a Brian en brazos o se lo habían contado. Siempre que nacía una criatura, en ese pasado reciente en que las mujeres aún daban a luz en casa, Milton Homer acudía tan pronto como podía a ver al bebé, luego preguntaba cómo se iba a llamar y soltaba su discurso. Era un discurso para desear que si el bebé vivía, llevara una vida cristiana, y si moría, fuese directo al cielo. La misma idea del bautismo, pero Milton no invocaba al Padre o al Hijo ni necesitaba agua para nada. Se valía de su propia autoridad. Parecía sobrevenirle un tartamudeo que no tenía en otras ocasiones, o tal vez tartamudeara adrede para dar más solemnidad a su dictamen. Abría mucho la boca y se balanceaba, uniendo cada frase con un ronco gruñido.

—Y si el bebé… si el bebé… si el bebé… vive…

Rose lo imitaría años después, en el salón de su hermano, balanceándose mientras pregonaba, soltando cada «si» como una explosión, que llevaba a la explosión final de «vive».

—Vivirá una… vida de bondad… y no… y no… y no… pecará. Llevará una vida de bondad… una vida de bondad… y no pecará. ¡No pecará!

Hacía una breve pausa.

—Y si el bebé… si el bebé… si el bebé… muere…

—Bueno, ya basta. Ya basta, Rose —decía Brian, pero se reía. Podía soportar el teatro de Rose si Hanratty era el telón de fondo.

—¿Cómo puedes acordarte? —decía Phoebe, la mujer de Brian, con la esperanza de parar a Rose antes de que se pasase de rosca y Brian se impacientara—. Debiste de ver la escena muchas veces.

—Ah, no —dijo Rose, con cierta sorpresa—. A él nunca lo vi. A quien veía era a Ralph Gillespie haciendo de Milton Homer. Era un chico de la escuela. Ralph.

El otro papel público de Milton Homer, por lo que recordaban Rose y Brian, consistía en marchar en los desfiles. En esa época había muchos desfiles en Hanratty. La Marcha de la Orden de Orange, el 12 de julio; el Desfile de Cadetes del instituto, en mayo; el Desfile del Día del Imperio de los colegiales; el Desfile de la Iglesia de la Legión; la Cabalgata de Santa Claus; el Desfile de Veteranos del Club de Leones. Una de las cosas más despectivas que podía decirse de alguien en Hanratty era que a fulano o a mengana le gustaba pasearse en los desfiles, pero casi todo hijo de vecino en el pueblo (el pueblo propiamente dicho, no Hanratty Oeste, por supuesto) encontraba una ocasión para marchar en público por alguna buena causa. Solo debías evitar que no se notara que lo estabas disfrutando; dar la impresión de que solo te prestabas para cumplir con tu deber y que comulgabas solemnemente con los principios que celebrara el desfile.

La Marcha de la Orden de Orange era el más espléndido de todos los desfiles. El rey Guillermo, en cabeza, montaba un caballo de un blanco tan puro como podía encontrarse, y detrás los Caballeros Negros, el rango más noble de la orden, que por lo común se componía de viejos granjeros flacos y pobretones, orgullosos y fanáticos, a lomos de caballos oscuros con los tradicionales sombreros de copa y las levitas que pasaban de padres a hijos. Los estandartes eran de sedas y bordados magníficos, azules y dorados, naranjas y blancos, escenas del triunfo protestante, lirios y Biblias abiertas, lemas de devoción y honor y fervor encendido. Las damas paseaban bajo sus parasoles, esposas e hijas de los caballeros de la orden todas vestidas de blanco en señal de pureza. Luego las orquestas, los pífanos y los tambores, y duchos bailarines de danzas folclóricas que actuaban en una carreta vacía que servía de escenario móvil.

Y luego, allí estaba Milton Homer. Podía aparecer en cualquier parte del desfile, y de vez en cuando cambiaba de sitio, marcando el paso detrás del rey Guillermo o de los Caballeros Negros o de los bailarines o de los tímidos niños con fajas naranjas que portaban los estandartes. Detrás de los Caballeros Negros ponía un semblante adusto, y erguía la cabeza como si también llevara su sombrero de copa; detrás de las damas contoneaba las caderas y hacía girar una sombrilla imaginaria. Era un imitador con dotes tremendas y una energía desaforada. Podía reproducir la impecable actuación de los bailarines y convertirla en una fantochada, y aun así no perder el compás.

La Marcha de la Orden de Orange era el desfile donde más se lucía, pero en todos se hacía notar. Con la cabeza bien alta, batiendo los brazos, marcando altivamente el paso, marchaba detrás del comandante de la Legión. El Día del Imperio se agenciaba un Pabellón Rojo y una Union Jack y hacía ondear las dos banderas sobre su cabeza como molinillos. En la cabalgata de Santa Claus birlaba los caramelos que se repartían entre los niños; no lo hacía en broma.

Habría sido lógico que alguien con autoridad en Hanratty decidiera poner fin a esos despropósitos. La contribución de Milton Homer a cualquier desfile era completamente negativa, y parecía diseñada, si Milton Homer hubiese podido diseñar algo, solo para ridiculizar el acto. ¿Por qué los organizadores y los participantes no ponían ningún empeño en mantenerlo al margen? Debían de haber decidido que no era tan fácil. Milton vivía con sus dos tías solteronas, porque sus padres habían muerto, y a nadie le habría gustado pedirles a las dos ancianas que no lo dejaran salir de casa. Bastante soportaban ya cargando con él. ¿Cómo iban a retenerlo cuando oyera la orquesta? Hubiesen tenido que encerrarlo con llave, atarlo. Y nadie quería sacarlo del desfile y llevárselo a rastras. Sus protestas lo habrían echado todo a perder. No cabía duda de que protestaría. Tenía una voz fuerte, grave, y era un hombre fuerte, aunque no muy alto. Más o menos de la estatura de Napoleón. Había abierto verjas y vallas a patadas cuando alguien intentaba impedirle entrar en el patio de su casa. Una vez destrozó la carretilla de un crío en la acera solo porque la encontró en su camino. Dejar que participara debió de parecer la mejor opción, en esas circunstancias.

No es que se hiciera como un mal menor. Nadie miraba con recelo a Milton en un desfile; todo el mundo estaba acostumbrado a su presencia. Incluso el comandante consentía sus mofas, y los Caballeros Negros con sus viejos y oscuros agravios hacían como si nada. La gente solo decía: «Ah, ahí está Milton», desde la acera. No se ensañaban con burlas, aunque los forasteros, parientes de la ciudad a los que invitaban a ver el desfile, tal vez lo señalaran y se rieran al verlo, pensando que estaba allí oficialmente para dar una nota cómica, como los payasos, que en realidad eran jóvenes empresarios del pueblo y hacían cabriolas fallidas.

—¿Quién es ese? —preguntaban los visitantes.

—Ah, es Milton Homer —contestaba alguien fingiendo indiferencia y con una especie de orgullo particularmente enigmático—. Esto no sería un desfile sin Milton Homer.

—O sea, que era el tonto de vuestra aldea —dijo Phoebe, intentando comprenderlo, con esa inagotable cortesía suya que caía en saco roto.

Ni Rose ni Brian habían oído nunca que nadie lo llamara tonto, eso podían asegurárselo. Tampoco habían pensado nunca en Hanratty como una aldea. Una aldea era un conjunto de casas pintorescas alrededor de una iglesia con campanario en una postal navideña. Los aldeanos eran el coro disfrazado en la opereta del instituto. Si era necesario describir a Milton Homer a un forastero, la gente decía que «no estaba bien del todo». Rose se había preguntado, incluso en aquella época, qué significaba eso. Aún se lo preguntaba. Que no estaba bien de la cabeza, sería la respuesta más fácil. Seguro que tenía un cociente intelectual bajo. Sí, pero no más bajo que tanta otra gente, en Hanratty y en muchos sitios, aunque no por eso se distinguía como Milton Homer. Podía leer sin dificultad, como demostró con el cartel de cuarentena; sabía contar las vueltas al ir a comprar, como evidenciaban muchas historias de gente que había intentado timarlo. Lo que le faltaba era un sentido de la prudencia, pensaba Rose ahora. Inhibición social, aunque entonces no existía un nombre para eso. Sea lo que sea que la gente corriente pierde cuando se emborracha, Milton Homer nunca lo tuvo, o quizá decidió perderlo por el camino, y eso es lo que a Rose le interesa. Incluso sus expresiones cotidianas, sus miradas, eran las típicas de los borrachos en los momentos más exagerados: miradas desencajadas, libidinosas, miradas babosas que parecían audazmente calculadas, y al mismo tiempo indefensas, involuntarias; ¿algo así es posible?

Milton Homer vivía con las hermanas de su madre, ya ancianas. Eran gemelas; se llamaban Hattie y Mattie Milton, y por norma la gente las trataba de «señorita Hattie» y «señorita Mattie», quizá para que sus nombres no sonaran ridículos. A Milton le habían puesto el apellido materno como nombre de pila. Eso era una práctica común, y probablemente no abrigaba la intención de unir en su persona a dos grandes poetas. Tal coincidencia nunca se mencionaba, y puede que pasara desapercibida. Rose no la advirtió hasta un día en el instituto, cuando el chico que se sentaba detrás de ella le dio unos golpecitos en el hombro y le enseñó lo que había escrito en su libro de literatura. Había tachado «de Chapman» y la última «o» de «Homero» en el título de un poema y había encajado «Milton», de manera que ahora se leía «Al topar por primera vez con Milton Homer».

Toda mención a Milton Homer era una burla, pero aquel título cambiado además hacía gracia porque insinuaba el comportamiento más escandaloso de Milton Homer. Corría el rumor de que al ponerse detrás de alguien en una cola, en la oficina de correos o en una sala de cine, se abría la chaqueta para exhibirse, y luego arremetía y empezaba a restregarse. Aunque no llegaba tan lejos, claro, porque el objeto de su pasión se habría quitado de en medio. Por lo visto había chicos que se desafiaban para colocarlo en posición y lo tapaban hasta el último momento, cuando se apartaban de un salto dejándolo en tan embarazosa situación.

A raíz de esa historia, tanto si era cierta como si no, si había pasado una vez por una provocación o seguía pasando cada dos por tres, las señoras cruzaban la calle cuando veían a Milton de lejos, a los niños se les advertía que guardaran las distancias. «No dejéis que se os arrime, y punto», fue lo que les dijo Flo. Por no romper la tradición le permitían entrar en las casas cuando nacía un bebé —aunque a medida que los partos en hospital se generalizaban, esas ocasiones menguaron—, pero por lo demás tenía las puertas cerradas. Se acercaba a llamar, pateaba la puerta hasta que se cansaba y se iba. Consentían que campara a sus anchas por los patios, porque no se llevaba nada, mientras que si se ofendía, podía causar estragos.

Por supuesto, era otra historia cuando aparecía con una de sus tías. En esas ocasiones ponía cara de cordero degollado, se portaba bien; sus impulsos y sus pasiones, cualesquiera que fuesen, arrinconados y ocultos. Iría comiendo las golosinas que le compraba su tía, de una bolsa de papel de estraza. Ofrecía si se lo pedían, aunque había que tener ganas para tocar nada donde Milton Homer hubiese puesto la zarpa o bendecido con sus babas. Las tías se ocupaban de que se cortara el pelo; hacían cuanto podían para que fuera presentable. Lavaban y planchaban y remendaban su ropa, lo mandaban a la calle con el impermeable y las botas de goma, o gorro de lana y bufanda, según conviniera. ¿Acaso sabían cómo se comportaba en cuanto lo perdían de vista? Sin duda debía de llegar a sus oídos, y si se enteraban seguro que sufrían, siendo gente orgullosa y de moral metodista. Fue su abuelo quien había levantado la hilandería de lino en Hanratty y convenció a todos sus empleados de que los sábados por la noche asistieran a las sesiones de catequesis que él mismo daba para estudiar la Biblia. También los Homer eran gente honrada. Al parecer algunos estaban a favor de encerrar a Milton, pero las ancianas Milton no querían. Nadie insinuaba que se negaran por bondad.

—No van a meterlo en el manicomio, son demasiado orgullosas.

La señorita Hattie Milton daba clases en el instituto. Llevaba enseñando allí más que todos los otros profesores juntos, y tenía más peso que el propio director. Daba clase de Lengua y Literatura, por eso fue aún más audaz y emocionante cambiar el título del poema delante de sus narices, y sobre todo tenía fama por saber imponer el orden. Lo conseguía sin esfuerzo aparente, gracias a la fuerza de su presencia inocente y poderosa, pechugona, con lentes y olor a talco, y negándose a hacer distinciones entre los adolescentes (una palabra que no usaba) y los chiquillos de cuarto de primaria. Los hacía memorizar mucho. Un día escribió un poema largo en la pizarra y les pidió que lo copiaran y se lo aprendieran para recitarlo al día siguiente. Rose estaba entonces en tercero o cuarto de secundaria, y no creyó necesario seguir esas instrucciones al pie de la letra. Tenía facilidad para la poesía; parecía razonable saltarse el primer paso. Leyó el poema y se lo aprendió, verso por verso, y luego lo repitió un par de veces de cabeza. De pronto la señorita Hattie le preguntó por qué no estaba copiando.

Rose le contestó que ya se sabía el poema, aunque la verdad es que no las tenía todas consigo.

—Ah, ¿sí? —dijo la señorita Hattie—. Ponte de pie y mira hacia el fondo del aula.

Rose lo hizo, temblando por haber alardeado.

—Ahora recita el poema para el resto de la clase.

Rose no se había pasado de confiada. Recitó sin encallarse una sola vez. ¿Qué esperaba a continuación? ¿Asombro y elogios, un respeto inusitado?

—Bueno, quizá te sepas el poema —dijo la señorita Hattie—, pero eso no es excusa para no hacer lo que se te pide. Siéntate y escríbelo en tu cuaderno. Quiero que escribas tres veces cada verso. Si no acabas, puedes quedarte después de las cuatro.

Rose tuvo que quedarse a las cuatro, por supuesto, rabiando y escribiendo mientras la señorita Hattie hacía ganchillo. Cuando Rose le llevó la copia a la mesa, la señorita Hattie le habló con suavidad, aunque tajante.

—No puedes ir por ahí creyéndote mejor que el resto solo porque puedes aprender poemas de memoria. ¿Quién te crees que eres?

No era la primera vez que a Rose le preguntaban quién se creía que era; es más, la pregunta a menudo le había parecido la típica cantinela, y no hacía caso. Con el tiempo, sin embargo, comprendió que la señorita Hattie no era una profesora sádica; habría podido decirle lo mismo delante de toda la clase. Y tampoco lo hizo por despecho, porque se hubiese equivocado al no creer a Rose. Intentaba inculcarle una lección que para ella era más importante que cualquier poema, y sinceramente creía que Rose necesitaba aprenderla. Por lo visto mucha otra gente también creía lo mismo.

Invitaron a toda la clase, al final del último curso, a un pase de diapositivas con la linterna mágica que había en la casa de las Milton. Las diapositivas eran de China, donde la señorita Mattie, la gemela que ahora se dedicaba a sus labores, había sido misionera de joven. La señorita Mattie era muy tímida, y se quedó al fondo pasando las diapositivas mientras la señorita Hattie se encargaba de comentarlas. Las imágenes de la linterna mostraban un país amarillo, como cabía esperar. Montes y cielos amarillos, gente amarilla, calesas, parasoles, todos secos y de aspecto apergaminado, frágil, improbable, con zigzags negros donde la pintura se había agrietado, en los templos, los caminos y los rostros. En ese mismo momento, la primera y única vez que Rose se sentó en la salita de las Milton, Mao estaba en el poder en China y la guerra de Corea se avecinaba, pero la señorita Hattie no hizo ninguna concesión a la historia, como tampoco hacía concesiones por el hecho de que su público tuviera dieciocho o diecinueve años.

—Los chinos son paganos —dijo la señorita Hattie—. Por eso consienten que haya mendigos.

Aparecía un mendigo arrodillado en la calle, tendiendo los brazos hacia una señora rica en una calesa que ni se dignaba mirarlo.

—Comen cosas que nosotros no querríamos ni tocar —continuó la señorita Hattie. Aparecían varios chinos hurgando en unos cuencos con los palillos—. Pero adoptan una dieta mejor cuando se convierten al cristianismo. La primera generación cristiana es cinco centímetros más alta.

Se veía una hilera de cristianos de la primera generación con la boca abierta, posiblemente cantando. Llevaban ropa blanca y negra.

Después de las diapositivas sirvieron bandejas de emparedados, galletas, tartas. Todo era casero y muy rico. Se sirvió un ponche de mosto de uva y refresco de jengibre en vasos de papel. Milton estaba sentado en un rincón, con su traje de paño grueso, camisa blanca y corbata, ya chorreada de ponche y migas.

«Algún día les estallará en toda la cara», había dicho Flo oscuramente, refiriéndose a Milton. ¿Sería por eso que la gente iba, año tras año, a ver las diapositivas de la linterna mágica y tomar el ponche del que todo el mundo se burlaba? ¿Para ver a Milton comiendo a dos carrillos y con la tripa hinchada, como de malas intenciones, a punto de estallar? Lo único que hacía era pegarse un atracón. Engullía bocaditos de dátiles, galletas del ermitaño y barritas de Nanaimo, las frutas escarchadas, las tartaletas de mantequilla y los bizcochos de chocolate y nueces, sin masticar siquiera, igual que una serpiente se traga las ranas. Milton se dilataba de una manera similar.

Los metodistas estaban perdiendo poder en Hanratty, pero lo perdían lentamente. Los tiempos de la catequesis obligatoria habían quedado atrás. Quizá los Milton no lo sabían. O quizá lo supiesen pero afrontaran con heroísmo su declive. Actuaban como si los preceptos de la devoción no hubiesen cambiado y como si su vínculo con la prosperidad siguiese intacto. La casa de ladrillo, las comodidades que atestaban todas las habitaciones, los abrigos con ceñidos cuellos de pieles apelmazadas parecían proclamas de una casa y una indumentaria metodistas, sobrias, recias y decorosas. Se diría que todo cuanto los rodeaba subrayaba que su papel en el mundo era honrar a Dios, y Dios no los había defraudado. Por honrar a Dios el suelo brillaba encerado a ambos lados de la alfombra del pasillo, las líneas en el libro de contabilidad se trazaban perfectas con una pluma de caligrafía, las begonias florecían que daba gloria, el dinero entraba en el banco.

Sin embargo, corrían nuevos tiempos, y se cometían errores. El error que cometieron las señoras Milton fue redactar una peti-

ción dirigida a la Corporación Canadiense de Radiodifusión, so-
licitando la retirada de las ondas de programas que interferían con
la misa de tarde de los domingos: Edgar Bergen y Charlie McCar-
thy, Jack Benny, Fred Allen. Convencieron al párroco para que
hablara de su petición en la iglesia —eso fue en la Iglesia Unida,
donde los metodistas habían sido superados en número por los
presbiterianos y los congregacionalistas, y no fue una escena que
Rose presenciara, sino que la conocía por Flo— y después la señorita Hattie y la señorita Mattie esperaron a la salida, una a cada
lado, intentando desviar a los feligreses para que firmaran la petición, que habían puesto en una mesita en el vestíbulo de la iglesia.
Custodiando la mesa estaba Milton Homer. Iba por obligación;
nunca consentían que se librara de ir a la iglesia en domingo. Le
habían dado una tarea para mantenerlo ocupado; se encargaría de
que las plumas tuvieran tinta y de entregárselas a los firmantes.

Esa fue la parte obvia del error. A Milton se le había ocurrido
dibujarse unos bigotes, y lo había hecho sin ayuda de un espejo.
Los bigotes se enroscaban en sus grandes mofletes tristes, apuntan-
do hacia sus ojos siniestros inyectados en sangre. Además se había
metido la pluma en la boca y tenía los labios manchados de tinta.
Daba una estampa tan cómica que aquella petición, que en realidad nadie necesitaba, también se podía tomar a broma, y el poder de las hermanas Milton, las metodistas de la hilandería, como
un mero vestigio del pasado. La gente sonreía y pasaba de largo;
no había nada que hacer. Por supuesto las señoras Milton no rega-
ñaron a Milton ni montaron un número en público, se limitaron
a sacarlo de allí a toda prisa con su petición y se lo llevaron a casa.

—A partir de ahí se les acabó pensar que podían manejar el
cotarro —dijo Flo. Costaba precisar, como siempre, qué derrota

en concreto (¿era la de la religión o la de la arrogancia?) se alegró tanto de ver.

Fue Ralph Gillespie quien le enseñó a Rose aquel poema con el título jocoso en la clase de Literatura de la señorita Hattie, en el instituto de Hanratty, el mismo chico que se especializó en las imitaciones de Milton Homer. Si a Rose no le fallaba la memoria, aún no había empezado a imitarlo en la época en que le enseñó el poema. Eso llegó luego, durante los últimos meses que Ralph estuvo en el instituto. En la mayoría de las clases se sentaba delante o detrás de Rose, por la proximidad alfabética de sus apellidos. Aparte de esa proximidad alfabética compartían algo así como un aire de familia, no por el parecido físico, sino por sus costumbres o tendencias. En lugar de incomodarlos, como habría pasado de haber sido hermanos de verdad, se creó entre ambos una complicidad provechosa. Los dos solían perder o extraviar lápices, reglas, gomas de borrar, plumines, papel pautado, papel de calco, el compás, transportador, todo el material necesario para una próspera vida académica y que a veces ni siquiera se compraban; los dos eran patosos con la tinta y los borrones y las manchas, y los dos descuidaban los deberes aunque les daba pánico no presentarlos. Así que se ayudaban como podían, compartiendo el material escolar, mendigando a sus vecinos más previsores, encontrando los deberes de alguien para copiar. Desarrollaron la camaradería de los cautivos, de los soldados que no tenían valor para la batalla y deseaban solo sobrevivir y evitar la lucha.

Aunque no era solo eso. Sus zapatos y botas acabaron por conocerse bien, rozando y empujándose en combate amistoso y privado, a veces descansando juntos un instante en un amago de escarceo; ese cariño mutuo los ayudó especialmente a sobrellevar aquellos momentos en que sacaban a un alumno a la pizarra a resolver un problema matemático.

Una vez Ralph entró después de la clase de mediodía con el pelo lleno de nieve. Se inclinó y sacudió la cabeza sobre el pupitre de Rose.

—¿La caspa te pone negra? —le preguntó.

—No. La mía es blanca.

A Rose le pareció un momento de cierta intimidad, por la franqueza física, el recuerdo de la broma de infancia. Otro día después del almuerzo, antes de que sonara la campana, al entrar en el aula encontró a Ralph rodeado de espectadores, haciendo su imitación de Milton Homer. Rose se quedó sorprendida y se puso nerviosa; sorprendida porque en clase Ralph siempre había sido tan tímido como ella, y esa era una de las cosas que los unían; y nerviosa temiendo que no lo lograra, que a nadie le hiciese reír. Pero era muy bueno: su cara grande, pálida, bonachona adoptaba la desesperación de la cara fofa de Milton; desencajaba los ojos, los carrillos le temblaban y las palabras le salían con un sonsonete ronco embobado. Rose se asombró de que le saliera tan bien, igual que todos los demás. Desde entonces Ralph empezó a hacer imitaciones; tenía varias en su repertorio, pero la de Milton Homer era marca de la casa. Rose, por camaradería, nunca consiguió vencer del todo cierto pudor al verlo. Sentía otra cosa, además; no envidia, sino algo así como una débil nostalgia. A ella le habría gustado hacer lo mismo. No por imitar a Milton Homer, no. Quería llenarse de esa energía mágica y liberadora, transformarse así; quería el coraje y la fuerza.

No mucho después de que empezara a desarrollar en público esos talentos, Ralph Gillespie dejó el instituto. Rose echaba de menos sus pies y su respiración y que le tocara el hombro con el dedo. Se lo cruzaba a veces por la calle, pero de alguna manera no parecía el mismo. Nunca se paraban a hablar, nada más se saludaban y pasaban de largo deprisa. Habían estado unidos y conspirado juntos durante años, por lo visto, manteniendo aquella falsa familiaridad, pero nunca habían hablado fuera de clase, nunca habían ido más allá de los tratos de rigor, y al parecer ahora no podían hacerlo. Rose nunca le preguntó por qué había dejado los estudios; ni siquiera sabía si había encontrado trabajo. Conocían el cuello y los hombros del otro, la cabeza y los pies, pero no eran capaces de encararse como presencias de cuerpo entero.

Al cabo de un tiempo Rose dejó de verlo por la calle. Oyó que se había alistado en la Marina. Debía de haber estado esperando hasta tener la edad reglamentaria. Se había alistado en la Marina y se había ido a Halifax. La guerra había terminado, era solo el servicio militar voluntario. Aun así resultaba raro imaginar a Ralph Gillespie de uniforme, en la cubierta de un destructor, quizá disparando cañones. Rose apenas empezaba a entender que los chicos que conocía, por incompetentes que pudiesen parecer, iban a convertirse en hombres, y se les permitiría hacer cosas que en principio exigían mucho más talento y aplomo del que ellos podían tener.

Hubo una época, después de que cerrara la tienda y antes de que la artritis la dejase demasiado impedida, en que Flo iba a las partidas de bingo y a veces jugaba a las cartas con sus vecinos en el local de la Legión de Veteranos. Cuando Rose iba a casa de visita costaba encontrar temas de conversación, así que le preguntaba a Flo por la gente que veía en el local. Preguntaba por los antiguos conocidos, Horse Nicholson, Runt Chesterton, chicos de su quinta a quienes en realidad no podía imaginarse como hombres hechos y derechos; ¿Los veía Flo alguna vez?

—Hay uno al que veo mucho y que ronda siempre por allí. Ralph Gillespie.

Rose dijo que tenía entendido que Ralph Gillespie estaba en la Marina.

—Estuvo, pero ha vuelto a casa. Sufrió un accidente.

—¿Qué clase de accidente?

—No lo sé. Fue en el ejército. Se pasó tres años enteros en un hospital de la Marina. Tuvieron que reconstruirlo entero. Ahora está bien, salvo por una leve cojera, arrastra un poco una pierna.

—Vaya, qué lástima.

—Pues sí. Eso es lo que digo yo. No le guardo ningún rencor, pero hay algunos en la Legión que se la tienen jurada.

—¿Por qué ibas a guardarle rencor?

—Por la pensión que cobra —dijo Flo, sorprendida y un poco desdeñosa con Rose por no tener en cuenta una circunstancia tan básica de la vida, y una actitud tan natural, en Hanratty—. Creen que, bueno… que está apañado de por vida. Yo digo que sufrió lo suyo. Alguna gente dice que cobra mucho, pero no lo creo. Tampoco necesita demasiado, sigue soltero. Una cosa sí te digo: si el muchacho lo pasa mal, se lo calla. Igual que yo. La procesión va por dentro. A llorar, te quedas solo. Es bueno jugando a los dardos. Juega a lo que se tercie. Y no sabes cómo clava a la gente con sus imitaciones.

—¿Todavía hace la de Milton Homer? En clase lo imitaba.

—Sí que la hace, sí. Milton Homer. Esa le sale muy graciosa. Y tiene otras también.

—¿Vive aún Milton Homer? ¿Sigue marchando en los desfiles?

—Claro que vive. Aunque está mucho más tranquilo, ahora. Está en la residencia municipal, y los días soleados lo ves por la carretera, echando un ojo al tráfico y dando lametazos a un cucurucho de helado. Las dos ancianas murieron.

—O sea, que ya no sale en los desfiles, ¿no?

—Es que ya no hay desfiles. Los desfiles han dado un buen bajón. Los caballeros de la Orden de Orange se van muriendo, y de todos modos apenas habría concurrencia, la gente prefiere quedarse en casa viendo la televisión.

En visitas sucesivas Rose se enteró de que Flo se había vuelto en contra de la Legión.

—No quiero ser uno de esos carcamales chiflados —dijo.

—¿Qué carcamales chiflados?

—Se pasan todo el día contando las mismas batallitas estúpidas y bebiendo cerveza. Me ponen mala.

Eso era un patrón habitual en Flo. Personas, lugares, pasatiempos, ganaban o perdían su favor de buenas a primeras. Esos giros se hacían más drásticos y frecuentes con la edad.

—¿Es que ya ninguno te cae bien? Y Ralph Gillespie, ¿aún va por allí?

—Claro que va. Le gusta tanto que hasta quería trabajar allí. Intentó encargarse del bar a media jornada. Hay gente que dice que no se lo dieron porque ya tiene la pensión, pero yo creo que es por cómo se comporta.

—¿Cómo? ¿Se emborracha?

—Si se emborrachara, ni te darías cuenta, sigue igual, con sus imitaciones, y la mitad de las veces imita a alguien que la gente que lleva menos tiempo viviendo en el pueblo no sabe ni quién era, así que toman a Ralph por idiota.

—¿Como Milton Homer, por ejemplo?

—Exacto. ¿Cómo van a saber que se supone que se trata de Milton Homer, y que Milton Homer era así? No tienen ni idea. Ralph no sabe cuándo parar. Se ha metido tanto en la piel de Milton Homer que ha perdido un trabajo.

Después de que Rose llevara a Flo a la residencia municipal —no había visto por allí a Milton Homer, aunque sí a otra gente a quien creía muerta hacía tiempo— y se quedara para limpiar la casa y ponerla a la venta, acabó yendo a la Legión con los vecinos de Flo, que creyeron que debía de sentirse sola un sábado por la noche. No supo cómo negarse, así que se encontró sentada a una mesa larga en el sótano del local, donde estaba el bar, justo a la hora en que los últimos rayos del sol atravesaban los sembrados de judías y los maizales, el aparcamiento de gravilla y se colaban por las ventanas altas, tiñendo los paneles de aglomerado. De todas las paredes colgaban fotografías, con etiquetas escritas a mano pegadas con cinta adhesiva a los marcos. Rose se levantó a echar un vistazo. El 106.º Regimiento, justo antes del embarco, en 1915. Diversos héroes de guerra, con el mismo apellido de hijos y sobrinos conocidos, pero que para ella no habían existido hasta entonces. Cuando volvió a la mesa estaba en marcha una partida de cartas. Se preguntó si había dado la nota, levantándose a mirar las fotografías. Lo más probable es que nadie las mirara nunca; no las habían puesto para eso; estaban simplemente ahí, como el aglomerado de las paredes. Los visitantes, los forasteros, siempre van mirándolo todo, interesándose, preguntan quién era fulano, eso cuándo fue, intentando animar la conversación. Además quizá pensaran que se paseaba por el local con ganas de llamar la atención.

Una mujer se sentó a su lado y se presentó. Era la esposa de uno de los hombres que jugaban a las cartas.

—La he visto en la televisión —le dijo.

Rose siempre se sentía obligada a deshacerse en disculpas cuando alguien le decía eso; o más bien tenía que controlar ese absurdo impulso suyo de disculparse. En Hanratty el impulso se exacerbaba. Era consciente de que a veces sus formas podían pasar por arrogantes. Recordaba su época de entrevistadora, su seguridad y su encanto cautivador; allí más que en cualquier otro sitio debían de verla como una farsante. Sus trabajos de interpretación eran otro tema. No se avergonzaba de las cosas que la gente quizá suponía; no sentía vergüenza por un pecho flácido desnudo, sino por un fracaso que no acababa de entender ni podía explicar.

La mujer con la que estaba hablando no era de Hanratty, había nacido en Sarnia. Llevaba quince años en el pueblo, desde que se casó.

—Aún me resulta difícil acostumbrarme. Francamente, me cuesta, después de haber vivido en la ciudad. Por cierto, se la ve a usted mejor en persona que en aquella serie que hacía.

—Menos mal —dijo Rose, y le explicó cómo la maquillaban. A la gente le interesaban esas cosas, y Rose se sentía más cómoda, una vez la conversación viraba hacia detalles técnicos.

—Bueno, aquí está el viejo Ralph —dijo la mujer.

Se apartó para hacerle sitio a un hombre delgado, de pelo gris, que llevaba una jarra de cerveza en la mano. Era Ralph Gillespie. Si Rose se lo hubiera cruzado por la calle, no lo habría reconocido, habría sido un extraño más, pero después de observarlo un momento no lo vio tan cambiado, se parecía mucho a cómo era a los diecisiete o los quince años, el pelo antes castaño claro y ahora canoso aún le caía sobre la frente, tenía la misma cara pálida y serena y un poco grande para su cuerpo, conservaba la mirada huidiza, atenta, reservada. Estaba más delgado, eso sí, y parecía que se le habían escurrido los hombros. Llevaba un jersey de manga corta, azul claro a rayas beis y amarillas, con un pequeño cuello y tres botones de adorno. A Rose le dio la impresión de que ese jersey hablaba de un desenfado rancio, una especie de adolescencia petrificada. Se fijó en sus brazos enjutos, brazos de viejo, y en que le temblaban tanto las manos que usaba las dos para llevarse la jarra de cerveza a la boca.

—No va a quedarse mucho tiempo por aquí, ¿verdad? —le preguntó la mujer que había llegado de Sarnia.

Rose dijo que volvía a Toronto al día siguiente, domingo, por la noche.

—Debe de llevar una vida ajetreada —dijo la mujer, con un profundo suspiro, una sana envidia que por sí sola habría revelado que era forastera.

Rose estaba pensando que el lunes a mediodía había quedado con un hombre para almorzar e irse a la cama. Ese hombre era Tom Shepherd, a quien conocía desde hacía mucho. En cierto momento había estado enamorado de ella, le había escrito cartas apasionadas. La última vez que se vieron, en Toronto, mientras tomaban un gin-tonic sentados en la cama —siempre bebían de lo lindo cuando estaban juntos—, de repente Rose pensó, o supo, que ahora había alguien más, alguna mujer de la que estaba enamorado y que cortejaba a distancia, a la que tal vez escribía, y que también debió de haber otra mujer con la que se acostaba asiduamente, en la época en que le escribía a ella. Además, y en todo momento, estaba su esposa. Rose quiso indagarlo; saber más de la necesidad, los obstáculos, las satisfacciones. Su interés era amistoso y sin afán de crítica, pero supo, tuvo la prudencia de darse cuenta, que la pregunta sobraba.

La charla en el bar de la Legión había derivado hacia boletos de lotería, partidas de bingo, ganancias. Los hombres que jugaban a las cartas, entre ellos el vecino de Flo, estaban hablando de un tipo que al parecer había ganado diez mil dólares, pero no dijo ni pío, porque se había arruinado unos años antes y debía dinero a mucha gente.

Uno de ellos dijo que si se había declarado en quiebra, ya no debía el dinero.

—Quizá no lo debiera entonces —replicó otro—. Pero lo debe ahora. Por la sencilla razón de que ahora lo tiene.

Esa opinión contó con la aprobación general.

Rose y Ralph Gillespie se miraron. Fue la misma broma silenciosa, la misma complicidad, la soltura; igual, igual.

—He oído que eres todo un imitador —dijo Rose.

Fue un error; no debería haber dicho nada. Él se rio y negó con la cabeza,

—Ah, vamos. He oído que haces un Milton Homer sensacional.

—No sé yo.

—¿Todavía anda dando vueltas?

—Según tengo entendido, está en la residencia municipal.

—¿Te acuerdas de la señorita Hattie y la señorita Mattie? Montaban en su casa aquel pase de diapositivas con la linterna mágica.

—Claro.

—La imagen que tengo de China en esencia todavía es la que se me grabó con aquellas diapositivas.

Rose siguió hablando así, aunque deseó poder parar. Hablaba con una confianza que en otra situación habría podido parecer desenvuelta y confidencial, un coqueteo flagrante y absurdo. Ralph Gillespie no le siguió mucho el juego, aunque se le veía atento, incluso alentador. Mientras hablaba, Rose no dejaba de preguntarse qué quería que dijera. Quería algo. Pero no pensaba mover un dedo para conseguirlo. La primera impresión que se había hecho de Ralph, como un hombre apocado y obsequioso, cambió. Era así en la superficie. Por dentro era autosuficiente, resignado a vivir en el estupor, quizá orgulloso. Rose deseó que le hablara desde ese plano, y pensó que Ralph también lo deseaba, pero que ambos se reprimían.

Cuando Rose recordaba esa conversación frustrada, sin embargo, parecía rescatar una ola de cariño, de compasión y perdón, aunque desde luego nada de eso se había dicho con palabras. Fue como si esa peculiar vergüenza que solía acompañarla se atenuara. De lo que se avergonzaba, al actuar, era de haber podido enfatizar demasiado ciertos detalles, caricaturizarlos, cuando siempre había algo más allá, un tono, un matiz, una luz, que se le escapaba y no conseguía plasmar. Y esa sospecha no la rondaba solo al actuar. A veces todo lo que había hecho podía verse como una equivocación. Nunca esa duda la había asaltado con tanta fuerza como mientras hablaba con Ralph Gillespie, aunque cuando lo recordara más adelante sus errores perderían importancia. Como buena hija de su tiempo se preguntaba si simplemente había sentido atracción, curiosidad sexual; no creía que fuese eso. Se diría que hay sentimientos que solo se pueden expresar traduciéndolos; que tal vez solo se pueden interpretar traduciéndolos; no hablar y no interpretar es el camino que se debe seguir, porque la traducción es sospechosa. Y peligrosa, también.

Por esas razones Rose no les explicó a Brian y Phoebe nada más acerca de Ralph Gillespie cuando recordó la ceremonia de Milton Homer con los recién nacidos o su diabólica expresión de felicidad en el columpio. Ni siquiera mencionó que había muerto. Supo de su muerte porque estaba suscrita al periódico de Hanratty. Flo le había regalado a Rose una suscripción de siete años las últimas navidades, porque algo había que regalar en esas fechas; Flo, típico de ella, dijo que el periódico solo servía para que la gente figurara y que no había nada que valiera la pena leer. Normalmente Rose lo hojeaba deprisa y luego lo echaba al fuego, pero vio la nota sobre Ralph que aparecía en primera página.

MUERE ANTIGUO SOLDADO DE LA MARINA

El señor Ralph Gillespie, suboficial de Marina retirado, sufrió una caída letal al golpearse la cabeza en el Salón de la Legión la noche del pasado sábado. Nadie más presenció la caída, y por desgracia pasaron varias horas antes de que se descubriera el cuerpo del señor Gillespie. Todo apunta a que confundió la

puerta del sótano con la de la salida y perdió el equilibrio, ya de
por sí precario debido a una antigua herida sufrida durante su
carrera naval que lo dejó parcialmente impedido.

A continuación se daba el nombre de los padres de Ralph, que
por lo visto aún vivían, y de su hermana casada. La Legión correría con los gastos del funeral.

Rose no se lo contó a nadie, contenta de que hubiera al menos
una cosa que no estropearía al contarla, aunque en el fondo sabía
que si callaba era tanto por falta de material como por decoro.
¿Qué podía decir de Ralph Gillespie y de sí misma, salvo que sentía que la vida de él había calado hondo en la suya, más hondo
que la vida de hombres a los que había amado?

Índice